Marie-Lumière

De la même auteure

Sexe, pot et politique, Éditions Libre Expression, 2016.
Demain, il sera trop tard, mon fils, Stanké, 2014.
Comprendre l'Afrique du Sud, Ulysse, 2011.
Encore un pont à traverser, Éditions Libre Expression, 2010.
Notre Afrique, Éditions Libre Expression, 2006; coll. « 10 sur 10 », 2010.
Eva, Éditions Libre Expression, 2005; coll. « 10 sur 10 », 2008.
Mon Afrique, Éditions Libre Expression, 2001; coll. Zénith, 2004; coll. « 10 sur 10 », 2009.

Lucie Pagé

Marie-Lumière

Libre Expression

Catalogage avant publication de Bibliothèque et Archives nationales du Québec et Bibliothèque et Archives Canada

Titre : Marie-Lumière / Lucie Pagé.
Noms : Pagé, Lucie, 1961- auteur.
Identifiants : Canadiana 20200092774 | ISBN 9782764814482
Classification : LCC PS8631.A335 M37 2021 | CDD C843/.6—dc23

Édition : Johanne Guay
Coordination éditoriale : Pascale Jeanpierre
Révision et correction : Marie Pigeon Labrecque et Julie Lalancette
Couverture et mise en pages : Clémence Beaudoin
Photo de l'auteure : Julien Faugère

Même si une ressemblance peut transparaître dans certains personnages ou faits réels, cet ouvrage demeure une œuvre de fiction.

Remerciements
Nous remercions le Conseil des Arts du Canada et la Société de développement des entreprises culturelles du Québec (SODEC) du soutien accordé à notre programme de publication.
Gouvernement du Québec – Programme de crédit d'impôt pour l'édition de livres – gestion SODEC.

Conseil des arts du Canada Canada Council for the Arts · SODEC Québec · Financé par le gouvernement du Canada | Canada

Les Éditions Libre Expression
Groupe Librex inc.
Une société de Québecor Média
4545, rue Frontenac
3e étage
Montréal (Québec) H2H 2R7
Tél. : 514 849-5259
libreexpression.com

Dépôt légal – Bibliothèque et Archives nationales du Québec et Bibliothèque et Archives Canada, 2021

ISBN : 978-2-7648-1448-2

Distribution au Canada
Messageries ADP inc.
2315, rue de la Province
Longueuil (Québec) J4G 1G4
Tél. : 450 640-1234
Sans frais : 1 800 771-3022
www.messageries-adp.com

Diffusion hors Canada
Interforum
Immeuble Paryseine
3, allée de la Seine
F-94854 Ivry-sur-Seine Cedex
Tél. : 33 (0)1 49 59 10 10
www.interforum.fr

Ces mots, tricotés avec l'espoir de l'éveil des consciences,
sont dédiés à mes petits-enfants,
à qui je souhaite une vie dans la paix,
la santé et la sécurité.
À chanter et à danser, toujours.

Avant-propos

Je suis née dans une famille catholique, mais j'ai été élevée dans l'athéisme, mes parents ayant même fait acte d'apostasie. C'est simple : j'ai appris que rien n'existe sans preuve. J'ai toujours excellé en sciences, le monde des preuves. J'ai d'abord percé dans le journalisme scientifique et médical avant que l'Afrique du Sud ne tombe dans ma soupe et que j'élargisse mes horizons. Et me voilà à parler de spiritualité !

J'ai fini par comprendre que les instruments pour mesurer la spiritualité n'existent pas dans les laboratoires ; que la religion, surtout institutionnalisée comme nous l'avons vécue, nous a volé l'accès à notre spiritualité, nous a déresponsabilisés – comme le font d'ailleurs les systèmes politique, économique et médical – de notre bien-être physique, émotif, mental et spirituel. Nous en sommes venus à confondre la religion et la spiritualité, fondues dans la même bougie. Or la spiritualité ne professe aucune religion.

Depuis 2015, je travaille avec des gens qui portent différents noms selon la région du monde d'où ils viennent, certains ayant une connotation négative. En somme, qu'on dise chaman, *sangoma*, *pajé*, gourou, guérisseur, médecin spirituel, médium, voyant ou sorcier, cela désigne des personnes qui peuvent communiquer avec la dimension spirituelle d'une façon ou d'une autre ou qui ont appris à utiliser l'énergie qui s'y trouve pour traiter le mal d'autrui. Généralement, ces gens ont traversé des périodes très sombres dans leur vie et sont devenus ce qu'on appelle des « guérisseurs blessés ». Mais comme nous n'avons pas les outils pour *prouver* qu'effectivement ils peuvent travailler avec « l'au-delà », beaucoup s'y taillent une place grâce à la crédulité des individus. Alors nous parlons de charlatans, de ramancheux et de rebouteux.

Tout est énergie, ça, on le sait. Einstein l'a démontré. On sait aussi que l'énergie ne meurt pas. Des scientifiques qui ont poussé, depuis quelques décennies, leurs recherches dans la physique quantique en sont même arrivés à la conclusion que la « conscience » est une forme d'énergie, donc qu'elle ne meurt pas. Elle change de dimension. Les études, controversées certes, de Stuart Hameroff de l'université de l'Arizona et du physicien britannique Sir Roger Penrose en 2014, par exemple, parlent de microtubules à base de protéines qui transportent l'information quantique, une information stockée à un niveau subatomique. Ce ne sont que les balbutiements de la compréhension scientifique de la spiritualité. Mais même avec des preuves, nous doutons. Beaucoup doutent du phénomène des changements climatiques, adoptant une attitude semblable qu'envers une religion : on y croit ou non. Alors que s'est-il passé pour que je commence à croire en une autre dimension ?

En 2003, je perdais un oncle très cher qui, dans mon enfance, me berçait sur ses genoux et qui, plus tard, m'a initiée à la voile ; un oncle avec qui je riais, je jouais de la musique, je chantais. Mon oncle aimait la chasse, vivait dans la montagne, parlait toujours des animaux qu'il y découvrait. Il était un raconteur. On s'aimait fort.

Souvent, un de ses neveux se joignait à nous, un cousin avec qui je partageais de parfaits moments de bonheur. Je le voyais surtout l'été, l'appelais toujours pour sa fête. Ce cousin a écrit des dizaines de pages sur les malheurs et les bonheurs de sa vie, la veille de sa mort, en 2005. Dans ce cahier, que seul son père a vu, il y avait un poème pour moi. Cet oncle m'a appelée en Afrique du Sud pour me le lire. Ce poème est resté gravé dans ma mémoire.

En 2007, ma grande copine Brigitte, avec qui je peignais, je faisais du ski, du canot, des soirées, des piqueniques avec nos enfants, a succombé au cancer du cerveau. Une semaine avant sa mort, je me suis couchée pendant trois heures avec elle dans son lit à la maison de soins palliatifs, à Aylmer, où elle attendait l'inévitable. Nous étions seules. Elle avait quarante-deux ans, était très populaire dans sa communauté, un boute-en-train généreux. À un moment, elle a ouvert les yeux et une larme a coulé sur sa joue. Je l'ai essuyée. Elle m'a dit : « Lucie, tu penses que j'ai eu plein d'amis dans ma vie. Oui, il y a eu beaucoup de monde. Mais si tu me demandes combien étaient de vrais amis, je te répondrai trois. Juste trois : Julie,

Chantal et toi. Merci, ma belle amie. » Et j'ai répondu : « Je t'aime, Brigitte, je t'aime tant. »

C'est la dernière fois que je l'ai vue. Quelques jours plus tard, alors que j'étais dans un magasin d'art, à Johannesburg, pour acheter de la peinture et des canevas, j'ai reçu un appel. *Brigitte vient de rendre l'âme.* Ironiquement, j'avais rencontré Brigitte dans mes cours de peinture. Je me suis effondrée dans le magasin. Même si c'était évident qu'elle ne s'en sortirait pas, on espère toujours un miracle jusqu'à la dernière minute. J'ai pleuré. On m'a apporté de l'eau sucrée, d'autre eau pour asperger ma nuque. Après une demi-heure, j'ai quitté la boutique. De toute façon, j'avais rendez-vous avec ma massothérapeute.

Couchée sur la table de massage, je sanglotais comme un veau. Janine a arrêté et m'a dit :

— Impossible de te faire un massage, Lucie. J'ai une idée. Va voir une de mes clientes. Elle parle avec les morts.

Je me suis levée, fâchée.

— Mais voyons donc, parler avec les morts ! Je n'ai pas envie de rigoler en ce moment ! Quelle foutaise !

J'étais en colère.

— Mais elle est aussi thérapeute ! Tu as besoin d'aide, Lucie. Tu viens de perdre ta plus grande amie. Va la voir juste une petite heure.

Sans attendre ma réponse, elle l'a appelée et lui a expliqué l'urgence de la situation. En raccrochant, Janine a dit : « Elle t'attend. »

Je suis arrivée chez la thérapeute un peu à reculons, mais je me connaissais. Avec mon passé de dépressions et de thérapies, je devais faire attention de ne pas retomber dans un autre abîme.

Elle était belle, d'une cinquantaine d'années, vêtue d'une longue robe orange pâle, genre soutane. Elle avait la voix toute douce. Un remarquable calme émanait d'elle. Juste sa présence m'a fait du bien. Je me suis présentée et l'ai remerciée de me voir à la dernière minute, comme ça.

— Janine m'a dit que vous veniez de perdre votre grande amie ?

— Oui, ai-je dit en fouillant dans mon sac pour trouver mon cellulaire. J'ai une photo d'elle ici.

— Non ! Je ne veux pas de photos. Asseyez-vous confortablement.

Elle a fermé les yeux pendant plus d'une minute. Dans ce contexte, c'était très long. Je n'avais aucune idée de ce qui se passait. Je la trouvais un peu ridicule. Je jugeais facilement à cette époque. Tout à coup, tout son corps s'est mis à trembler. J'avais l'impression de me retrouver dans le film *Ghost* devant Whoopi Goldberg, lorsqu'elle voit et entend les fantômes. Elle a dit :

— Ce n'est pas votre amie qui est là. C'est un homme, il vous aime beaucoup, il était très près de vous. Il dit qu'il est heureux maintenant, dans sa montagne avec les animaux. Il ne chasse pas, bien évidemment ! Il s'amuse, joue et vit avec les animaux. La montagne est heureuse sous les étoiles, dit-il.

Elle a parlé un peu de la montagne et je ne pouvais penser qu'au mont Mégantic, où se trouve un observatoire astronomique, près duquel habitait mon oncle. C'était « sa » montagne, exactement comme le tableau qu'elle brossait. Je suis restée perplexe. C'était comme si elle venait de décrire mon oncle. *Une coïncidence*, me suis-je dit.

L'esprit est parti et un autre est arrivé. La dame s'est mise à trembler de nouveau pendant une trentaine de secondes. Cette fois-là, j'étais curieuse.

— Ce n'est pas votre amie, encore une fois ! C'est un homme qui était aussi proche de vous. Il dit qu'il pense à vous, qu'il est fier de vous, qu'il vous aime. Il vous presse de continuer d'écrire (ni moi ni Janine n'avions mentionné à la thérapeute que j'écrivais). Il est désolé d'être parti aussi vite.

Puis, comme un éclair dans un ciel bleu, elle a récité le poème que mon cousin avait écrit dans ses mémoires, mot à mot. Celui que son père m'avait lu au téléphone. Je répète : MOT À MOT. J'étais à l'autre bout du monde, avec une femme qui ne me connaissait pas, qui ne savait rien de moi, encore moins de ce que mon cousin avait écrit. Ce cahier était privé. Ce poème aussi, d'ailleurs, sacré. La coïncidence était absolument impossible. Toutes les croyances, ou plutôt les incroyances, de ma vie venaient de prendre le bord. Au diable la science !

Quand la dame s'est remise à trembler de tout son corps, j'avais les deux fesses sur le bout de la chaise. Les yeux fermés, elle a commencé à faire de grands cercles avec ses bras en disant :

— Ah ! Les couleurs ! Elles sont magnifiques, les couleurs, ici ! Je peins tout ce que je veux ! Je peins et je peins !

Elle était devenue Brigitte. Je ne lui avais pas dit que Brigitte était artiste peintre. Elle m'a parlé de son fils alors que je ne lui avais pas donné cette information. Elle a dit que Brigitte accueillait les âmes tristes à leur arrivée dans l'autre dimension, car elle avait une énergie pétillante.

Un ouragan a soufflé dans ma tête. Mon conditionnement, mes croyances, mon éducation, tout a été balayé en quelques secondes. J'ai fondu en larmes.

— Dites-lui que je l'aime. Dites-lui que je l'aime. Dites-lui…

La thérapeute a éclaté de rire ! Cela m'a un peu froissée puisque j'étais devant elle à sangloter.

— Pourquoi riez-vous ?

— Ben voyons, elle le sait, que vous l'aimez ! Elle rappelle que vous vous l'êtes dit sur son lit de mort. Elle vous a confié qu'elle n'avait eu que trois vraies amies dans sa vie…

J'étais estomaquée. Sidérée. Encore du mot à mot. Nous étions au-delà du monde des hasards. En sortant, j'ai demandé à la dame si je pouvais venir de temps à autre, histoire de piquer une jasette avec Brigitte, à travers elle. J'étais sérieuse.

— Non, ne revenez plus jamais. D'ailleurs, je ne savais pas qu'il y aurait autant d'esprits qui voudraient vous parler. Cela me prendra plusieurs heures à me remettre, car ça demande énormément d'énergie à mon corps. Je vais aller me coucher. Je vous souhaite une belle vie.

Elle s'est éclipsée. Et moi, j'ai compris que ma vie venait de changer. J'ai laissé la place au doute et j'ai ouvert de nouvelles portes dans ma tête et ma conscience. J'ai commencé à fouiller. Ce que j'ai trouvé est inimaginable.

Ainsi, après treize ans de recherche et d'expériences est née *Marie-Lumière*.

— 1 —

Assez !

« Lorsque la douleur, la misère ou la colère surviennent, il est temps de regarder en vous, pas autour de vous. »

SADHGURU

— Marie-Jeanne Richard ?

L'infirmière, dossier en main, pointa son nez dans la salle d'attente de la clinique où quelques patients lisaient des revues ou pitonnaient sur leur cellulaire. Marie-Jeanne se leva et remercia l'infirmière d'un timide sourire. Elle prit l'épaisse chemise, longea le long couloir sombre au tapis gris et accéda au bureau de son psychiatre. Elle avait choisi un spécialiste loin de chez elle, pour éviter qu'un de ses patients apprenne qu'elle consultait un « docteur pour les fous », comme disaient les gens. Les nouvelles dans sa petite communauté d'Oka voyageaient aussi vite qu'un feu de broussailles et elle perdrait la confiance durement acquise de sa clientèle.

Marie-Jeanne entendit l'eau du robinet couler derrière la porte du cabinet d'aisances du Dr Jobard. Elle déposa le dossier sur le bureau et s'installa sur le canapé de velours vert usé qu'elle connaissait si bien pour l'avoir fréquenté pendant vingt ans ; venant d'abord une fois par semaine, Marie-Jeanne avait graduellement espacé ses visites à deux fois par année, afin de doser ses médicaments. Avec ses doigts, elle brossa machinalement ses épais cheveux noirs parsemés de quelques filets argentés. Sa peau basanée était lisse comme du beurre, et ses pommettes bien saillantes reflétaient souvent un peu de lumière. Aucune ride. Ses yeux brun foncé en amande et ses longs cils noirs invitaient les interlocuteurs à plonger dans son regard. Ses dents larges et blanches, bordées par des lèvres bombées comme des collines, lui donnaient un sourire éclatant. Aujourd'hui, elle ne souriait pas.

Marie-Jeanne fixait la neige qui tombait dehors et pensait au poète Émile Nelligan, mort dans un « asile de fous ». Mais l'avait-il vraiment été, fou ? Ne se sortirait-elle jamais de ce pénible et infernal cycle de thérapies, d'antidépresseurs, d'anxiolytiques et de somnifères ? Ne pourrait-elle jamais vivre naturellement ? Comment se sent-on sans médicaments chimiques dans le corps ? Que veut dire « être bien dans sa peau » ?

Elle entendit la poignée de porte tourner et se raidit, enlaça ses doigts et déposa ses mains sur ses cuisses. Le Dr Jobard sortit de son cabinet et lui adressa un grand sourire.

— Docteure Marie-Jeanne, quel plaisir ! Cela ne fait que quelques mois que nous nous sommes vus, je crois, dit-il, perplexe, avec son fort accent français qu'il avait conservé malgré ses nombreuses décennies au Québec. Voyons, c'était le…

Il ouvrit le dossier sur le bureau et, avant qu'il ne puisse poursuivre, Marie-Jeanne finit sa phrase.

— Trois mois. Ça fait trois mois. Je suis venue à la mi-décembre. Je veux arrêter mes médicaments.

Le Dr Jobard prit le dossier et son enregistreur, s'avança vers elle et traversa la vaste pièce tapissée d'un kilim pakistanais rouge et or en seulement quatre pas tant il était grand. Il s'installa dans le large fauteuil de cuir, devant le divan.

— D'abord, bonne année 2019 !

Son sourire était figé, tout comme la gravité sur le visage de Marie-Jeanne.

— Je vous la souhaite riche et prospère, continua-t-il en allumant l'enregistreur.

— Je me fous de la richesse. Je veux la santé. Je veux arrêter mes médicaments.

Le psychiatre la toisa longuement, puis baissa les yeux sur les archives de vie de sa patiente. Pas facile, la sienne : née en 1969 de mère mohawk, Mary, qui fut moulée dans un couvent catholique puis rejetée par sa communauté parce qu'elle tomba amoureuse d'un Québécois blanc, muet de naissance. Marie-Jeanne fut élevée, avec sa sœur Béatrice, de deux ans son aînée, dans le silence et les prières. Et les poèmes de Nelligan que récitait Mary. Sa sœur semblait n'avoir hérité d'aucun gène autochtone : elle avait les cheveux bruns bouclés, comme leur père, Henri, les yeux brun pâle et la peau claire comme celle des membres de la famille Richard. Béa n'eut pas à subir les méchancetés ou maltraitances dont fut régulièrement victime Marie-Jeanne en grandissant. C'étaient deux mondes différents qui se côtoyaient à la table du souper.

Le Dr Jobard tourna la page. Il se rappela le traumatisme qu'elle avait vécu à l'âge de seize ans ; l'exclusion ensuite de sa communauté ancestrale avec qui elle avait réussi à tisser des liens ; les défis colossaux durant l'université, affrontant le racisme et le sexisme, comme dans son milieu de travail. Courageuse malgré sa faible estime d'elle-même. Ou peut-être grâce à elle ?

Sa longue mèche de cheveux gris tomba sur son visage. Il la replaça sur son crâne dégarni, mécaniquement, comme un réflexe, un geste qu'il effectuait sûrement une centaine de fois par jour. Ses fines lunettes rondes ne seyaient pas à son visage ovale ni à ses yeux bleu acier surmontés d'épais sourcils rectangulaires. Le Dr Jobard retourna une feuille, puis une autre, puis une autre. Marie-Jeanne tortilla sa jupe entre ses doigts alors qu'il fouillait dans son passé. Il stoppa sur une page qu'il examina quelques secondes avant de relever les yeux. Elle s'impatienta.

— Je veux arrêter mes médicaments. J'en ai marre. Ça ne règle rien ! Ça fait presque trente ans que je suis en thérapie, environ vingt-cinq ans que je prends des médicaments, si on élimine les fois où j'ai tout cessé.

— Oui, et vous vous souvenez aussi de là où cela vous a menée ? Droit à la dépression ! On ne risquera pas ça. Vous ne pouvez pas arrêter. Je vous ai déjà dit qu'après deux dépressions majeures c'était pour la vie. Et vous en avez fait trois.

— Prendre ces médicaments pour la vie ? Mais ils ne règlent rien !

Marie-Jeanne sentit les larmes lui monter aux yeux. Elle essaya de les retenir, en vain. Elle s'étira le bras et attrapa un mouchoir de la boîte, sur le bout du sofa, pour les essuyer. Elle s'était pourtant promis de ne pas pleurer. Elle avait répété son discours tellement souvent dans sa tête.

— Voyez-vous encore votre thérapeute régulièrement ?

Marie-Jeanne se racla la gorge. Elle s'était toujours sentie coupable d'avoir abandonné la thérapie avec le Dr Jobard depuis plusieurs années. Elle le trouvait trop clinique, trop froid, et aussi un peu chauvin.

— Oui, bien sûr, dit-elle, sans préciser qu'elle ne voyait sa thérapeute qu'une fois par mois maintenant.

— Et pourquoi comme ça, tout à coup, voulez-vous tout changer alors que ça va bien ?

— Mais ça ne va pas bien ! Chaque fois que je sors en public, je reviens chez moi pleine de honte. Je me dis : « Je n'aurais pas dû dire ceci, j'ai mal dit cela, il m'a regardé d'un drôle d'air, elle m'a trouvée ridicule, j'ai dû faire quelque chose de pas correct. » J'ai de plus en plus peur de sortir. Je croule sous les regrets et la culpabilité. Sauf avec mes patients, bien sûr. Sinon je suis mal dans ma peau, docteur Jobard. Et on dirait que le problème s'aggrave !

Marie-Jeanne se moucha.

— Pourquoi vouloir arrêter la médication, alors ? Entendez-vous votre illogisme ?

— Parce que c'est justement ce qui ne va pas bien ! Je veux vivre sans médicaments ! Le voile qu'ils procurent semble s'épaissir. Ma libido est inexistante. Plus rien ne m'excite ou ne m'allume. Je ne suis pas heureuse dans mon corps ; je suis mal dans mon être.

— Marie-Jeanne… soupira-t-il longuement. Si seulement vous vous entendiez.

Il vérifia une information dans le dossier.

— Nous avons légèrement diminué le dosage de vos antidépresseurs l'année dernière. Peut-être devrions-nous penser à revenir à la dose initiale. C'est pour cette raison que vous êtes dans cet état. Avec le bon dosage, vous le savez, vous fonctionnez normalement.

— Normalement ? Mais je ne…

— Laissez-moi finir, docteure, la coupa-t-il d'un ton ferme. C'est quelque chose dont on a amplement discuté au cours des années : s'il n'y a pas de problème, vous en cherchez un. La douleur, souvenez-vous, est confortable quand c'est tout ce qu'on a connu. Et maintenant, vous avez décidé que ce sont les médicaments, le problème, alors que ce sont eux qui sont responsables de votre bien-être et de votre lucidité. Votre sommeil aussi, votre appétit…

Le souffle de Marie-Jeanne s'accéléra ; elle ne respirait plus que du haut de la poitrine. À mesure que son psy parlait, elle sentait la colère monter comme de la lave. Elle ne voulait pas exploser. Elle ne voulait plus pleurer.

— La semaine dernière, j'ai eu cinquante ans, docteur Jobard, et…

— La cinquantaine, c'est un bel âge, croyez-moi. Je m'en souviens comme si c'était hier, dit-il en replaçant sa mèche.

— J'ai eu cinquante ans et c'est comme si une cloche venait de sonner dans ma tête.

— Une cloche dans votre tête ?

— Depuis trente ans, on me dit que si je prends ces médicaments, si je parle une heure par semaine à quelqu'un, ça va se régler. Or, tout est étouffé.

— Vous savez, docteure Marie-Jeanne, que tout est une question de chimie. La vôtre ne fonctionne pas bien de façon naturelle et ces médicaments ne font que reproduire l'état normal. Vous êtes médecin. Je n'ai pas besoin de vous expliquer cela.

Elle ne put contenir plus longtemps sa frustration et haussa le ton.

— L'état normal ? Comment définissez-vous « normal » ? Pour moi, ça veut dire vivre sans médicaments ! Et puis, avez-vous lu la dernière étude sur l'effet à long terme des antidépresseurs ?

— Nous pouvons penser à changer de sorte, si vous voulez.

— Vous ne comprenez pas ? Il s'agit de tous les antidépresseurs !

— C'est impossible.

— De ce qu'ils font en général sur le cerveau, dans le corps, sur le foie, les reins, le…

— Vous me semblez en parfaite santé, Marie-Jeanne.

Marie-Jeanne s'étira pour prendre son sac à main et y chercha son cellulaire.

— Je vais vous montrer de quoi il s'agit. J'ai téléchargé certaines études, même une du *Journal of Clinical Psychiatry*. Vous l'avez sûrement vue passer !

— Docteure Marie-Jeanne, rangez vos choses. Calmez-vous. Et si nous recommencions ? Dites-moi plutôt, comment allez-vous généralement, ces temps-ci ? Comment se sont passées les fêtes ? Comment va la famille ? Louis ? Les jumeaux ?

— Je veux arrêter mes médicaments, hoqueta-t-elle, obstinée.

Le Dr Jobard la regarda, impassible. Il connaissait bien les accès d'humeur de Marie-Jeanne. Sa propension à exploser était légendaire. Elle pouvait claquer une porte si fort qu'il était même arrivé, une fois, que son cadre vole en éclats. Elle fermait la porte et s'isolait. Littéralement et mentalement.

— Dites-moi, avez-vous toujours recours à des somnifères pour dormir ?

Marie-Jeanne se moucha bruyamment et se redressa, gonflant sa généreuse poitrine. Ses grands yeux bridés crachaient du feu. Elle regarda son médecin comme un prédateur sa proie.

— Vous ne comprenez vraiment pas, n'est-ce pas ?

— Je crois que c'est moi qui devrais prononcer cette phrase, docteure.

Marie-Jeanne prit son sac et fit mine de se lever.

— Bon, vous allez encore vous sauver ? Fuir le problème ? Éviter de parler ?

— À quoi bon ! tonna-t-elle.

Elle s'efforça de tout son être de respirer, de se calmer, de rester là, de parler doucement. Mais le feu en elle était plus puissant, un feu qu'elle ne réussissait pas à contrôler, qu'elle maudissait de tout son cœur, mais qui, en même temps, la protégeait du mal qui vivait en elle, un mal profond, tellement qu'elle n'en connaissait pas la nature, ni la forme, ni la cause, ni la source. Elle n'en subissait que sa présence. Comme une victime. Depuis toujours, pilules ou non.

En trente ans de thérapie, elle avait parlé de tout, lui semblait-il. Avec le Dr Jobard, avec sa psychologue et ses thérapeutes. Depuis quinze ans, elle voyait Michèle Séguin, une travailleuse sociale qu'elle adorait. Marie-Jeanne naviguait parmi les surprises, les défis et les traumatismes de la vie avec l'aide de Michèle, qui souriait tout le temps et qui parlait doucement comme un ange, qui lui donnait des devoirs comme faire battre son cœur à grande vitesse pendant au moins trente minutes par jour – « ça crée des endorphines » ; écrire quotidiennement dans son carnet de succès ; parler dans le miroir et remarquer les beautés de la vie. Elle faisait de temps à autre des séances d'EMDR (*Eye Movement Desensitization and Reprocessing*) avec elle, cette thérapie utilisant une stimulation sensorielle bialternée, composée de mouvements oculaires, auditifs ou tactiles. Marie-Jeanne suivait les doigts de Michèle, qu'elle faisait aller de gauche à droite. Parfois, elle tapotait alternativement ses genoux.

Toutes ces thérapies, ces milliers d'heures passées assise face à un professionnel ne l'avaient toujours pas soulagée de son mal profond. On ne lui apprenait qu'à le gérer, pas à le guérir. Son cinquantième anniversaire avait réveillé en elle un désir de véritable guérison.

— Tant qu'on prend des médicaments, j'ai pour mon dire qu'on n'est pas guéri, laissa tomber Marie-Jeanne sur un ton plus mesuré.

Sa poitrine qui montait et qui descendait rapidement trahissait son état réel. Elle s'avança les fesses sur le bout du sofa.

— Je crois que nous ne sommes plus sur la même longueur d'onde, docteur Jobard. Je veux trouver un moyen d'arrêter tout médicament ET de me sentir bien et en santé. C'est mon droit.

— Vous ne réfléchissez pas très bien en ce moment, Marie-Jeanne.

— Merci, docteur Jobard.

— Ne partez pas. Nous n'avons rien réglé.

— Justement, dit-elle, la main sur la poignée de porte. Nous n'avons rien réglé depuis toutes ces années. Pardonnez-moi, je dois sortir.

Elle claqua la porte un peu plus fort que voulu et baissa la tête devant les gens dans la salle d'attente. Ainsi, ses cheveux formèrent un rideau derrière lequel elle pouvait se cacher.

— 2 —

La honte

«Jusqu'à ce que nous ayons rencontré les monstres
en nous-mêmes, nous continuons d'essayer de les tuer
dans le monde extérieur. Et nous constatons que nous
ne pouvons pas. Car toutes les ténèbres du monde
proviennent des ténèbres du cœur. Et c'est là que
nous devons faire notre travail.»

MARIANNE WILLIAMSON

La neige tombait timidement, sans vent, juste assez pour satisfaire la loi de la gravité. Le ciel glissait doucement entre chien et loup. Sur la chaussée, les piétons, tête baissée, se pressaient pour rentrer chez eux. Marie-Jeanne monta son col et se rendit au coin de la rue, où une femme, de toute évidence inuite, le visage sale, les vêtements déchirés, quêtait assise sur un pan de boîte de carton. Son regard était vide. Marie-Jeanne se figea devant sa peine, la sienne, aussi profonde que le néant dans lequel se trouvait cette pauvre mendiante. Elle regarda les gens, puis la femme, puis les voitures, les feux, les lumières, les affiches. Elle ne savait plus ce qu'elle faisait dans cette vie, quel en était son sens. Elle traitait des malades tous les jours. Elle avait remarqué une croissance accrue des dépressions depuis quelques années et ne comptait plus le nombre de patients qu'elle envoyait consulter des psychiatres. Ce qui l'inquiétait, c'est qu'ils étaient de plus en plus jeunes ; des adolescents, même des enfants qui ne pouvaient plus gérer le stress de la vie, qui avalaient des antidépresseurs et des anxiolytiques. Voilà la solution qu'on avait trouvée pour s'adapter à une société malade.

Le feu tourna au vert, mais Marie-Jeanne ne broncha pas. Des personnes la poussèrent pour passer, certaines la dévisagèrent. Le chagrin coulait sur ses joues. « Heille, l'Indienne, tasse-toé donc ! » gueula un homme. Une femme lui mit la main sur le bras et lui demanda si elle était correcte. Marie-Jeanne mit quelques secondes à revenir à la réalité.

— Ça va aller, merci.

Elle baissa les yeux et attendit le prochain feu. Ce soir-là, elle devait se rendre dans une conférence scientifique avec son mari, Louis Hamel, docteur en immunologie et chercheur. Ils s'étaient rencontrés l'été de leurs seize ans, le temps d'un party chez des amis, avant de se perdre de vue. Marie-Jeanne avait toujours voulu être médecin, mais sa mère lui avait répété toute sa vie qu'elle ne serait pas assez bonne. « Infirmière peut-être, mais médecin ? Jamais ! » Elle s'était donc inscrite en techniques infirmières au cégep. Louis lui avait dit de poursuivre son rêve, de « péter des scores de malade » et de suivre son cœur. « Sinon tu le regretteras toute ta vie. » Elle avait changé de discipline et avait finalement poursuivi ses études en médecine. C'est à la cafétéria de l'université que Louis et Marie-Jeanne s'étaient revus, quelques années plus tard, en 1992. Louis se passionnait pour l'étude de la réalité infinitésimale, comme il disait. Ils ne s'étaient pas quittés depuis.

Ce soir, ils allaient écouter un scientifique parler de la quercétine, une substance qu'on trouve dans les oignons et les pommes, entre autres, et qui pourrait jouer un rôle clé dans la protection contre les virus. Marie-Jeanne avait accepté de l'accompagner, car l'information lui servirait peut-être aussi. Mais elle n'avait pas prévu être dans un état où tout ce qu'elle souhaiterait serait de se réfugier dans sa douleur confortable, enroulée dans sa doudoune sur le sofa, pour se noyer dans Netflix et oublier la tempête de la vie.

Louis l'accueillit avec un bisou sur la joue dans le hall d'entrée de la salle de conférences. Il était galant, comme à son habitude. Il mesurait un mètre quatre-vingt-deux, avait une chevelure abondante qu'il gardait assez courte, quelques mèches brunes paraissant sous le gris. Il était frais rasé et sentait bon. Ses yeux verts et ses épais sourcils bruns attiraient les regards. Les femmes tournaient la tête lorsqu'il passait. Les petites rides au coin de ses yeux ajoutaient à son charme. Il mangeait bien et prenait soin de son corps. Il avait juré à Marie-Jeanne récemment qu'il n'avait pas de maîtresse, leur vie sexuelle ayant pris une dérive depuis quelque temps. Elle n'avait plus le goût de rien, de sexe comme de rire, ni même de parler.

— J'espère que tu n'es pas dans une de tes humeurs, l'avertit Louis, lorsqu'il vit son visage défait.

Après vingt-sept ans de vie commune, il la connaissait de fond en comble. Il perdait de plus en plus patience avec elle.

— Très gentil, Louis, comme accueil. Ça va, merci. Ne t'inquiète pas, je ne te ferai pas honte.

— Ah ! Veux-tu bien arrêter avec ta honte !

Le couple s'installa à l'une des dix tables de huit convives chacune. Louis connaissait quelques-uns des invités et leur présenta Marie-Jeanne. À part un homme, elle ne connaissait personne. La dame à ses côtés, qui était venue d'Ottawa avec son mari, immunologue comme Louis, essaya de lier conversation avec elle et lui demanda ce qu'elle faisait de ses journées. Marie-Jeanne n'était pas d'humeur très diplomatique.

— Et si j'avais été un homme, quelle aurait été votre question ? Vous m'auriez demandé ce que je fais dans la vie !

La dame recula de quelques centimètres et ne sut que répondre.

— Je suis l'épouse de Louis, mais son travail ne définit pas le mien. Je suis médecin et je travaille comme une folle. Et vous, que faites-vous dans la vie ?

Louis remarqua la scène et donna un coup de pied sous la table à Marie-Jeanne. Elle se ressaisit et tenta aussitôt de corriger le tir.

— Je vous demande pardon ! Le ton de ma voix était un reflet de ma journée, ce n'était pas contre vous ! Je suis soulagée d'être enfin assise.

Sa voisine sourit et accepta ses excuses. Les deux femmes reprirent la conversation et parlèrent d'abord de leurs enfants. La dame avait trois garçons : un avocat, un chercheur comme leur père et un professeur.

— Et vous ?

— J'ai des jumeaux de vingt ans, répondit Marie-Jeanne.

— Des jumeaux ? Comme c'est excitant !

— Ouais, c'est une façon de le voir.

Marie-Jeanne réfléchit à ses années à élever ses deux enfants.

— Il y a eu beaucoup de magnifiques moments. Parfois, les temps étaient plus durs, surtout lorsque Louis voyageait souvent. Aujourd'hui…

Elle marqua une pause et baissa la voix.

— En réalité, ils sont perdus, tous les deux. Mikaël, qu'on appelle Mika, a laissé trois programmes universitaires. Il dit que les professeurs ne savent pas ce qu'ils font. Il passe ses journées au sous-sol chez nous à lire, écrire et jouer de la musique. On a décidé de le laisser faire pour l'instant.

La femme, déstabilisée, afficha un air douteux.

— Notre fille, Kateri, Kat, a quitté la maison et abandonné les études. Elle vit au centre-ville de Montréal quelque part avec quatre ou cinq autres jeunes drogués. Mon mari et moi sommes un peu dépassés par tout ça. Auriez-vous des suggestions ?

La dame resta bouche bée. Marie-Jeanne était à bout de souffle, elle avait perdu ses filtres. Elle sentait son être disparaître, ce soir et dans la vie. Les discours commencèrent, ce qui sauva la situation. De toute façon, Marie-Jeanne n'avait plus d'énergie pour entretenir des conversations insignifiantes et fausses. Dans ce genre d'événements, la réalité était transformée, protégée de la « vraie vie ». L'argent et le pouvoir, la vie sur papier, occupaient les discussions. Était-elle la seule à avoir des problèmes dans la vie ? Pourquoi ne parlait-on pas des vraies affaires ? Était-elle la seule à souffrir ? Elle analysa les visages autour de la table. Les gens souriaient, semblaient libres de tout souci.

Marie-Jeanne sentit le mal dans son ventre revenir. D'aussi loin qu'elle se souvenait, elle avait toujours eu ce mal sous son nombril. Et il augmentait avec les années, qu'elle prenne des pilules ou non. Elle avait subi une panoplie d'examens visant à en identifier la cause. Aucune de ses recherches ni celles de ses collègues n'avaient permis de diagnostiquer ce mal. La plupart du temps, on fermait le dossier de chiffres et de graphiques en affirmant que c'était « psychosomatique », un mot fourre-tout quand on ne sait plus quoi dire. Parfois, la douleur devenait tellement forte qu'elle devait mettre des compresses chaudes et froides pour la calmer.

Elle mit ses mains sur son ventre pour tenter d'atténuer l'élancement. Elle n'entendait plus ce qu'on disait, sauf quelques mots ici et là – *mitochondrie, neutrino, homéostasie* –, qui n'avaient plus aucun sens.

Le retour à la maison fut pénible. D'abord dans le silence, ensuite dans l'engueulade.

— Je ne veux plus prendre mes pilules, dit Marie-Jeanne pour briser le silence qui pesait plus qu'un gratte-ciel sur ses épaules.

— Ah non ! Marie-Jeanne. Arrête ! As-tu vu ce soir comment tu étais ? Tu n'es pas du monde ! J'ai appris ce que tu as dit au sujet de nos enfants. C'est terrible !

— Quoi ? Parce que personne d'autre n'a de problèmes ? Ce n'est que nous ? Pourquoi faut-il toujours cacher la vérité ? Et si on s'entraidait à la place ?

Louis ne répondit pas.

— Je te fais honte ? C'est ça ?

Louis soupira. Il avait entendu cette phrase mille fois, dix mille fois dans sa vie de couple. Il n'en pouvait plus.

— Il faut que ça change, Marie-Jeanne. Je n'en peux plus. Je n'en peux plus de te voir te diminuer ainsi, de te voir pleurer, de t'entendre rabâcher cette certitude que tu as de toujours faire honte aux autres. Je n'en peux plus.

— Alors, qu'est-ce que tu dis, Louis ?

— Écoute, je t'aime, Marie-Jeanne. Je t'aimerai toujours, mais là, moi, j'étouffe. Je n'en peux plus.

— Tu veux divorcer, c'est ça ?

— Ah ! Ça suffit ! Pourquoi toujours le drame ? Pourquoi toujours les extrêmes ? Est-ce qu'on peut parler un peu ?

— Parce que, toi, tu es parfait ? Tu n'avales pas de pilules alors tu es normal, c'est ça ? Tout le monde est normal !

— Marie-Jeanne, je crois qu'il faut que tu reprennes tes thérapies régulières. Ça ne va plus.

— Mais je veux changer ! Je dois me sortir de ce cycle ! Revenir à la thérapie, c'est comme retourner dans un territoire si connu que je n'ai plus rien à dire !

Elle se mit à sangloter.

— Que vas-tu faire sans médication, Marie-Jeanne ? As-tu un plan, une stratégie, un calendrier ?

Elle pleura encore plus fort. Louis était peiné pour elle, mais à bout de ressources.

Ils arrivèrent à Oka et empruntèrent quelques rues avant de garer la voiture dans l'entrée. Louis éteignit le moteur et se tourna vers Marie-Jeanne.

— Ce soir, tu prends tes pilules. Tu vas te coucher. On parlera en fin de semaine. J'ai une grosse journée demain. Là, je suis épuisé.

Il sortit de la voiture et rentra dans la maison, sans se retourner. Marie-Jeanne se sentit tomber dans un gouffre. Elle pleura à chaudes larmes, espérant que Louis reviendrait vers elle pour la réconforter : *Viens, ma chérie, viens dans mes bras, on va en parler.* À une époque, ils passaient des heures ensemble à discuter de sa mère qui l'avait dénigrée toute sa vie, qui la punissait pour un tout et pour un rien. Marie-Jeanne portait surtout le poids de la responsabilité d'avoir provoqué la fin brutale de la famille, car sa mère, qui voulait à tout prix un garçon, ne put avoir d'autres enfants après sa naissance. Marie-Jeanne et Mary avaient failli mourir dans l'hémorragie lors de l'accouchement.

Sa mère ne l'avait pas allaitée. Elle posait le biberon appuyé contre une couverture lorsque la petite avait faim. Elle lui faisait faire les tâches les plus difficiles, couper et corder le bois, nettoyer le poulailler, laver la toilette et le bain après le passage de chacun. Marie-Jeanne avait beau revenir de l'école avec des quatre-vingt-dix-huit et des cent pour cent en sciences et en mathématiques, sa mère la punissait pour les soixante-dix-huit pour cent en histoire. « Tu nous fais honte avec cette note ! Monte dans ta chambre ! » Marie-Jeanne comprit tout ce jeu machiavélique qui l'avait façonnée depuis le premier jour. Toutes ses thérapies avaient abordé ce problème. Mais comment s'en débarrasser pour ne plus jamais y penser ?

Elle vit la lumière du salon s'éteindre. Louis ne viendrait pas la chercher. Il ne le faisait plus depuis quelque temps. Elle était en train de le perdre. Elle saisit son cellulaire et appela son amie Sofia, celle qui savait tout d'elle. Il était passé minuit, mais il n'y avait pas d'heures entre les deux femmes.

— Sofia. Je suis à bout. J'ai touché le fond.

Sofia la laissa pleurer. Marie-Jeanne avait peine à parler.

— Tu avais dit que... que... tu pouvais peut-être m'aider autrement ?

— Oui, en effet, confirma Sofia.

— C'est le temps.

— Il faut que Louis soit là, dit Sofia. On mange ensemble en fin de semaine ?

— 3 —

Le message

« Nos doutes sont des traîtres et nous privent
de ce que nous pourrions souvent gagner de bon
parce que nous avons peur d'essayer. »

William Shakespeare

La Dre Marie-Jeanne Richard tenait un cabinet de consultation à Oka, au-dessus de la Pharmacie Desrosiers appartenant à son ami et collègue pharmacien, le Dr Martin Desrosiers. Elle arriva avec dix minutes de retard, ce qui ne s'était produit que deux fois en vingt ans de pratique. Elle avait horreur de faire attendre les gens. La veille, elle avait fini par avaler un somnifère et un anxiolytique, mais la nuit avait été trop courte et elle se sentait encore gommée. Si seulement les patients connaissaient l'état de leur médecin…

Marie-Jeanne avait dû démolir un mur de préjugés pour bâtir sa clientèle à Oka, où ses traits autochtones et le fait qu'elle était femme suscitaient la méfiance. Sa clientèle habituelle était surtout constituée de femmes parmi les moins bien nanties. Elle voyait les hommes pour les accidents ou les bobos passagers. De plus, comme partout ailleurs au Québec, la relation entre les Blancs et leurs voisins autochtones ne pouvait être qualifiée d'histoire d'amour. Ironiquement, un médecin blanc se rendait deux fois par mois sur le territoire de Kanehsatake, à un jet de pierre de là, et elle, la Mohawk, travaillait sur le territoire blanc. C'était le monde à l'envers. Mais retourner à Kanehsatake après ce qui était arrivé trente-quatre ans plus tôt n'était pas une option. Si les habitants voulaient la voir, ils pouvaient se rendre ici. Elle avait tout de même quelques patientes mohawks.

Les matins sans rendez-vous étaient toujours très occupés. Elle salua Diane, la réceptionniste, et s'excusa du retard en baragouinant quelques explications. Diane l'interrompit.

— C'est correct, docteure Richard.

— Arriver en retard n'est pas correct, surtout pour un médecin ! riposta-t-elle sur un ton un peu trop ferme.

Marie-Jeanne n'avait aucun problème à se fouetter. Les quelques patients dans la salle d'attente scrutèrent la docteure, qui semblait hors d'elle. Les cernes sous ses yeux rougis et tristes parlaient plus fort que son sourire, qu'elle offrit pour se faire pardonner.

— Prenez quelques minutes avant votre premier patient, souffla Diane en mettant la main sur la sienne.

Marie-Jeanne pénétra dans son cabinet, déposa son manteau et son sac, plaça machinalement des choses sur son bureau, sortit son carnet d'ordonnances et son stylo, enfila sa blouse blanche et mit son stéthoscope autour de son cou. Elle s'effondra sur sa chaise et se demanda : *Et si j'étais assise en face de moi, je me prescrirais quoi ? Je ferais quoi ?* Elle n'avait pas de réponses.

Certes, son amie Sofia, ostéopathe, tentait, depuis quelques années, de l'amener dans son monde à elle, celui de la méditation, du yoga, de l'introspection. Elle lui avait même proposé de suivre un Vipassana, une retraite fermée de méditation silencieuse de dix jours. Sofia lui disait qu'il fallait qu'elle se retrouve, qu'elle aille à l'intérieur d'elle. Elle parlait de spiritualité, un mot qui ne figurait pas dans les livres de médecine ni dans la pratique. « Je sais exactement ce qui se trouve à l'intérieur de moi », ripostait Marie-Jeanne, se vantant d'avoir disséqué et analysé chaque recoin du corps humain lors de ses études.

Elle appuya sur le bouton de l'interphone et demanda à Diane de faire entrer le premier patient. Mme Fortier, quatre-vingt-quatre ans, veuve depuis quinze ans, arriva dans son bureau quelques instants plus tard. Après les chaleureuses salutations, Marie-Jeanne la réprimanda gentiment.

— Madame Fortier, vous savez que la clinique sans rendez-vous, c'est surtout pour les urgences. Je peux vous voir en après-midi, avec rendez-vous. Vous n'auriez pas à venir si tôt pour être la première dans la file et devoir attendre autant.

— Mais c'est une urgence, docteure !

Marie-Jeanne sourit. Elle abdiqua.

— Que puis-je faire pour vous ?

La vieille dame lui dit que son arthrite l'empêchait maintenant de dormir, qu'elle ne sentait plus les effets des médicaments contre l'anxiété ; que ceux pour les maux de cœur l'endormaient, mais elle ne voulait pas faire de sieste en après-midi, car ensuite elle passait ses nuits à regarder la télé, ce qui lui faisait mal aux yeux.

Marie-Jeanne lui posa des questions au sujet de sa diète, lui suggéra encore une fois de couper le sucre, de surveiller les protéines et le gras. Que pouvait-elle de plus pour elle ?

— Vous n'auriez pas autre chose que des médicaments à m'offrir, docteure ? Le monde est rendu fou, vous ne trouvez pas, docteure ?

Elle ne pouvait qu'acquiescer. Son travail lui donnait l'impression d'être à la queue d'une longue file de personnes brisées laissant tomber des morceaux qu'elle devait ramasser, elle-même défaite. Pourtant, la médecine aurait dû l'amener au front, à faire de la prévention et à s'assurer que les malades prenaient le chemin de la santé. C'est la société entière qui était à refaire.

— Vous avez raison, madame Fortier, dit-elle en l'auscultant. Le monde est fou. C'est tout dit. Le monde est fou…

— En fait, docteure, si vous voulez savoir la vérité, j'écoute les nouvelles, vous savez. Tous les jours ! Et je vous dis que le monde ressemble à une garderie sans surveillants.

Marie-Jeanne, le cœur encore en compote, refoulait ses larmes depuis qu'elle était sortie du lit. Mme Fortier rit en exposant ses vieux dentiers, ce qui dissipa immédiatement sa peine. Les deux ricanèrent, même s'il n'y avait rien de drôle.

Marie-Jeanne vit un patient après l'autre. La seule vraie urgence fut un garçon de six ans qui avait besoin de quatre points de suture sur le front. Sinon ce fut l'habituel défilement de bobos : une vaginite, un mal de ventre, des étourdissements, une maladie pulmonaire obstructive chronique, deux dépressions dont une presque suicidaire. Elle faisait souvent appel à sa thérapeute, Michèle, qui se spécialisait en prévention du suicide. Trouver quelqu'un rapidement dans ce réseau de la santé débordé était une mission éprouvante. Elle prit quinze minutes pour manger une salade de fèves et une banane, et passa son après-midi dans un nuage sans passion.

Il était presque 17 heures lorsqu'elle sortit de son bureau, manteau sur le dos, sac à l'épaule. À la réception, un jeune homme aux cheveux longs jusqu'à la taille insistait auprès de Diane pour rencontrer le médecin.

— Elle ne voit les patients sans rendez-vous que les matins et, je vous le répète, sa journée est maintenant terminée. Si vous n'avez pas d'urgence, vous devez…

— Bonjour, je suis la Dre Richard, dit Marie-Jeanne en s'approchant.

Les deux se retournèrent. Le jeune homme était mohawk. Diane et lui parlèrent en même temps. Marie-Jeanne mit les deux mains sur ses oreilles. Ils se turent quelques secondes puis reprirent.

— Je lui ai dit que vous ne preniez…

— C'est une urgence ! la coupa le jeune Mohawk.

— Quelle est votre urgence ? demanda Marie-Jeanne en l'examinant de haut en bas.

— Je dois vous voir.

— Il y a des médecins à Laval, à Deux-Montagnes, à…

— Je dois vous voir, *vous*. Pas un autre médecin.

— Pourquoi moi ? Comment vous appelez-vous ?

— Steve Gabriel.

Des Gabriel, chez les Mohawks, il y en avait tout un bottin.

— Quel âge avez-vous ?

— Vingt-quatre ans.

Steve regarda Marie-Jeanne droit dans les yeux, attendant la prochaine question. Ses yeux semblaient maquillés tant ses cils étaient longs, son regard sincère. Ses dents blanches parfaitement alignées comme un clavier de piano auraient fait l'envie des meilleurs orthodontistes. Ses cheveux, une crinière noire comme un ciel sans lune, reflétaient les rais de lumière lorsqu'ils se mouvaient. L'expression sur son visage exprimait la détermination.

— Suivez-moi, dit Marie-Jeanne. Vous pouvez partir, Diane. Je fermerai.

— Merci, docteure.

Marie-Jeanne pria Steve de passer à son cabinet. Sa démarche était celle d'un jeune homme sûr de lui. Il avançait la tête haute, les épaules détendues. Elle l'invita à s'asseoir et prit place derrière son bureau. Elle le fixa en silence. Il soutint son regard sans broncher pendant un long moment. C'est Marie-Jeanne qui abdiqua.

— Que voulez-vous ?

Steve ajusta son manteau et se tint droit comme un arbre sur la chaise.

— Ma grand-mère a besoin de vous voir.

— Je ne fais pas de visites à domicile.

— Pas comme patiente. Elle n'est pas malade. Elle a besoin de vous rencontrer parce qu'elle vous a vue dans ses visions.

Marie-Jeanne l'examina de plus près. Elle ne put s'empêcher de sourire.

— Des visions ? Qui est votre grand-mère ?

— Lee-Ann. Je l'appelle *tóta ma,* qui veut dire « grand-maman » en mohawk.

— Lee-Ann Gabriel ? La prophétesse ? demanda-t-elle, surprise.

— Oui. Mais nous l'appelons chez nous une *seer*, une voyante, si vous voulez.

Marie-Jeanne avait bien sûr entendu parler de Lee-Ann. Tout le monde la connaissait. Elle avait même une réputation internationale, ayant voyagé sur les cinq continents. Certains l'appelaient une sorcière, d'autres une messagère, une voyante ou une chamane. Elle disait parler aux esprits, voir des catastrophes et voyager où elle voulait sur la spirale du temps, car, prétendait-elle, le temps n'était pas linéaire. Elle soignait les gens avec les plantes, avec des plumes d'oiseau ou des crânes d'animaux, ou parfois avec le tambour qu'elle pouvait battre pendant une heure sans arrêt. Pour Marie-Jeanne, certains éléments de ce discours évoquaient plutôt des critères lus dans son manuel de psychiatrie. Alors que, pour d'autres aspects, elle nageait dans l'ignorance puisqu'elle n'avait jamais exploré la dimension culturelle de ses origines. Elle avait tenté durant l'adolescence de se faire des amis mohawks. Cela avait duré deux ans, jusqu'au jour fatidique où elle dut quitter le territoire à jamais. Steve la sortit de ses rêveries.

— Ma grand-mère a un message pour vous. Elle dit que c'est très important. C'est un aigle qui le lui a apporté.

— Un aigle lui a apporté un message ? Bon, écoutez, Steve. Je...

— C'est vraiment très important. Je sais que vous ne comprenez pas ce genre de...

— Je comprends très bien, Steve. Peut-être que votre grand-mère aurait besoin d'un rendez-vous avant tout. J'aimerais mieux l'évaluer médicalement avant de...

— Docteure Richard.

Il s'avança sur sa chaise. Ses yeux la pénétrèrent, ce qui eut le même effet que s'il lui avait injecté une dose de frissons.

— C'est à dix minutes d'ici. Elle a un message important pour vous.

Il se leva et sortit de sa poche un bout de papier sur lequel étaient inscrits une adresse et un numéro de téléphone. Il ouvrit la porte du bureau et se retourna vers la docteure.

— Mon père, c'est son fils, Rick Gabriel. Ma mère, c'est Tess.

La porte se referma doucement. Marie-Jeanne faillit perdre connaissance. Elle s'effondra sur sa chaise. Un flot de souvenirs remonta à la surface. Elle se sentit étourdie. Elle entendit les cris de Tess dans sa tête. Elle avait pourtant enterré cette histoire…

— 4 —

Silence

« Pardonnez-vous pour ne pas avoir su ce que
vous ne saviez pas avant de l'apprendre. »

MAYA ANGELOU

Son refuge, c'était le garage de papa, pour échapper aux affres de maman. Jusqu'à la mort d'Henri, en 2000, le bâtiment de Mécanique chez Henri, adjacent à la maison familiale, était aussi un antre pour les vieux du coin, qui venaient siroter un café en poudre pendant que papa réparait leur véhicule. Marie-Jeanne était convaincue que certains d'entre eux cherchaient un bobo à leur voiture juste pour venir raconter leurs histoires, se vider de leurs peines, regrets et secrets. Des genres de Mme Fortier, mais dans le monde des hommes.

Papa était l'homme idéal pour écouter. Il ne parlait pas, né sans cordes vocales, et il était illettré. Les informations qu'il tenait lui auraient d'ailleurs permis de récrire les livres d'histoires de la région, tant chez les Blancs que chez les Mohawks. Henri écoutait, et ça, les gens aimaient ça. « Le monde n'écoute plus », disaient ses clients entre deux virgules. Henri répondait par les yeux surtout, par le visage aussi, par les mains et, s'il le fallait, par tout le corps. Il avait inventé son propre langage. Il avait exprimé ses félicitations et son amour en dansant lorsque Marie-Jeanne avait reçu son doctorat en médecine. Mary avait pincé les lèvres et levé les yeux au ciel, implorant Jésus pour qu'elle ne fasse pas trop d'erreurs dans sa pratique.

Marie-Jeanne s'occupait toujours dans le bureau attenant à l'atelier. Petite, elle jouait sur la grande table de bois avec ses poupées qu'elle auscultait avec un stéthoscope en plastique, tout en entretenant des conversations avec les dizaines de papillons épinglés sur le mur devant elle. Ce n'étaient pas des calendriers de femmes toutes nues qu'on trouvait dans le garage d'Henri, mais des papillons, et que des bleus et des jaunes. Personne ne savait pourquoi il exposait uniquement ces deux couleurs. Henri ne faisait que hausser les épaules et sourire, une main sur le cœur. Fallait-il avoir une raison d'aimer quelque chose ?

Ce jour-là, en ce début de juin 1985 alors qu'elle avait seize ans, Marie-Jeanne faisait ses devoirs sur cette même table. Elle s'imaginait les véhicules que son père démontait, réparait, comme des corps sous des scalpels. Des tubes, des pompes, des fils, des courants, un moteur ; son père était médecin de voitures, disait-elle à ses amis. Elle passait ses samedis dans le garage à faire de la biologie ou à disséquer des grenouilles. Elle répondait au téléphone aussi, au lieu de laisser le répondeur prendre les messages. C'étaient les femmes de la maison qui s'occupaient des appels d'Henri. Elle répondit à la première sonnerie.

— Mécanique chez Henri, bonjour.

— Allô, Marie-Jeanne? C'est Tess. J'ai bien pensé que tu serais au garage.

— Salut, Tess.

— Écoute, lâche tes grenouilles pis tes livres et viens fêter avec nous ce soir.

— Il ne reste que deux semaines d'école. Je suis débordée.

— Juste pour ce soir...

Marie-Jeanne s'était liée d'amitié avec quelques jeunes Mohawks depuis deux ans. Elle avait soif d'être reconnue quelque part. Sa mère agissait comme une religieuse de couvent dans une peau de Mohawk, elle qui n'avait vécu que six ans chez les siens avant d'être envoyée dans un pensionnat. Marie-Jeanne avait décidé d'honorer, ou du moins d'explorer ses origines qui, de toute façon, la classifiaient dès le premier coup d'œil comme membre des Premières Nations. « Tant qu'à avoir l'air, aussi bien jouer la chanson ! » disait-elle en riant à Tess.

Marie-Jeanne rejoignit Tess et ses amis dans un champ sur le bord de la rivière des Outaouais. Sortir en groupe n'était pas son passe-temps préféré. Elle aimait mieux se trouver avec une ou deux personnes à la fois. Elle ne s'était jamais sentie à l'aise avec beaucoup de gens, croyant que tout le monde la jugeait tout le temps. Mais Tess avait insisté, en précisant: «Je suis trop gênée et le gars que je trouve de mon goût sera là. »

Une douzaine de jeunes Mohawks jasaient et riaient autour d'un feu sur la grève, au bas d'une pente, en territoire blanc, comme il leur arrivait de temps à autre. Ils buvaient de la bière, alors que plusieurs n'avaient pas encore dix-huit ans, et fumaient de la marijuana, ce qui, en 1985, était illégal. Contrairement à un Blanc, qui recevait une amende ou un avertissement, l'Autochtone qui se faisait prendre était jeté en prison. Deux des gars portaient des couteaux, l'un à la cheville, l'autre au milieu du dos. « Pour protéger nos femmes », prétendaient-ils.

L'un d'eux, parti uriner derrière un arbre, vit une voiture de patrouille stationnée plus haut, les lumières éteintes. Deux hommes marchaient vers le groupe, matraque à la main. « POLICE ! » cria le Mohawk. Ses amis prirent leurs jambes à leur cou et se dispersèrent. Marie-Jeanne et Tess papotaient près de l'eau, en sirotant leur bière. Cela leur prit quelques longues secondes à réaliser ce qui se passait. Elles coururent dans la mauvaise direction et aboutirent dans les bras d'un des policiers, qui hurla : « J'en ai deux ! » Son collègue arriva peu après et agrippa aussitôt Tess. Ce qui se produisit ensuite fut digne d'une scène d'horreur.

D'abord dénigrées par des propos comme « chair à baiser » ou « bonnes pour des changements d'huile », les deux filles subirent ensuite des coups dans le ventre et au visage. Marie-Jeanne fut menottée à un arbre, l'épais fil de plastique coupant la peau de ses poignets, ses bras caressant l'arbre de force. Pendant qu'un des hommes tenait Tess et gardait une main sur sa bouche, l'autre la viola. Marie-Jeanne ne pouvait rien voir, dos à la scène. Les cris étouffés de son amie la paralysèrent. Elle perdit la voix. Elle ne put émettre un son. Rien ne sortait de sa bouche béante, comme il arrivait à son père lorsqu'il voulait crier.

Soudain, quatre gars masqués, dont le prétendant de Tess, arrivèrent armés de bâtons et de couteaux. Ils bondirent sur les policiers et dégagèrent les deux filles. Les quatre Mohawks rouèrent de coups les agents en invoquant, tonitruant, des esprits quelconques. Et le Grand Manitou. *How dare you touch our women !* « Comment osez-vous toucher à nos femmes ! » Un policier perdit connaissance, l'autre reçut deux coups de couteau dans l'aine. Marie-Jeanne tira sur le gilet de Rick, qui poignardait le policier.

— Arrête ! Arrête !

— Partons ! cria Tess.

— *Let's go*, dit un autre.

Marie-Jeanne ne broncha pas.

— Marie-Jeanne. Viens vite !

— Il va mourir !

— On s'en fout ! Viens !

— *Come on ! Let's go !* insista un des gars.

— Je ne peux pas, répliqua Marie-Jeanne.

Elle s'agenouilla à côté du policier gémissant de douleur et déchira son pantalon à l'endroit de sa blessure.

— Es-tu folle, Marie-Jeanne ? s'exclama Tess, étonnée.

— *Come on.* Elle est folle. *Let's go*, ordonna son prétendant.

Les cinq partirent, deux garçons tirant Tess par les bras alors qu'elle ne cessait d'appeler son amie.

Le sang pissait. Il faisait noir. Marie-Jeanne était seule avec les deux policiers dans un champ à une cinquantaine de mètres de la route. L'artère fémorale était sectionnée. C'était la mort assurée. Elle savait exactement où et comment passait le sang dans cette artère. Elle excellait dans ses cours de biologie. Elle appliqua une forte pression avec ses deux mains pour arrêter le saignement. Le policier remua de douleur. « Ne bougez pas, ne bougez pas, respirez », dit-elle d'une voix toute douce. Pendant de longues minutes, elle le guida dans sa respiration pour faire baisser son pouls, allant même jusqu'à lui chanter une berceuse.

Son collègue s'était réveillé et avait appelé l'ambulance. Marie-Jeanne avait dit aux deux hommes: « Si vous ne portez pas plainte pour cette attaque, je ne dirai rien au sujet du viol. » Rick aurait été cuit, il aurait croupi en prison et eu un dossier criminel à vie. Marie-Jeanne avait seize ans lorsqu'elle prit cette décision, une adolescente coincée entre deux mondes, deux cultures. Pour elle, le silence était la seule option.

Elle sauva effectivement la vie du policier. On en parla dans le journal local et à la radio. La nouvelle se répandit rapidement parmi ses pairs. Non seulement Marie-Jeanne n'avait pas appelé à l'aide durant le viol de Tess, mais elle avait secouru celui qui l'avait agressée: un Blanc, un policier, un violeur, trois mots qui ne faisaient pas bon ménage chez les Mohawks, même pris individuellement. On en voulut à Marie-Jeanne. Sa famille fut aussi la cible de représailles. Sur le mur du garage de son père, on peignit en grosses lettres « Traîtres », au pluriel.

Mary accusa sa fille de tous les maux de la terre. Marie-Jeanne partit en autostop et se sauva à Montréal. Elle aboutit dans un party, où elle rencontra Louis, qui lui conseilla de changer sa vie. Elle passa les douze années suivantes dans la grande ville avant de revenir s'établir à Oka, surtout pour être près de son père, qui mourut peu de temps après.

Le viol de Tess avait complètement bouleversé l'existence de Marie-Jeanne. La tragédie l'avait libérée de sa vie d'enfer. Marie-Jeanne avait enterré cette culpabilité au plus profond de son être jusqu'à même l'oublier.

— 5 —

La plante

« Ce que la physique quantique nous enseigne, c'est que tout ce que nous pensions être physique n'est pas physique. »

BRUCE LIPTON

La pluie battait la fenêtre en saillie du salon chez les Hamel-Richard. Un bâton d'encens au bois de santal embaumait le douillet foyer modestement décoré – des tableaux de paysages, des broderies et des bibelots autochtones. Les choses s'étaient calmées un peu entre Marie-Jeanne et Louis, même s'ils ne s'étaient pas encore vraiment parlé.

Louis préparait un feu dans la cheminée. Leur fils, Mika, jouait de la guitare au sous-sol. Lorsqu'il ne travaillait pas à faire du ménage dans une résidence de personnes âgées, il passait ses journées à lire, écrire et jouer de la musique. Il avait abandonné ses études pour une troisième fois. Il reprochait à l'université de l'empêcher de citer qui il voulait dans ses travaux de psychologie et de lui interdire d'émettre ses propres opinions. Une liste de lecture d'auteurs plutôt blancs et occidentaux leur était imposée et délimitait le terrain que les étudiants pouvaient arpenter. Mika avait finalement décidé que ce n'était pas d'un diplôme qu'il avait besoin, mais de connaissances et de savoir.

Leur fille, Kat, avait donné des nouvelles, ce qui était rare. Elle avait semblé sobre au téléphone, plus tôt, ce qui était inhabituel pour un samedi soir. Éteinte, mais sobre, du moins. Tout avait bien été dans le parcours de leur fille jusqu'à sa dernière année de secondaire. Quelque chose était arrivé. Marie-Jeanne et Louis ignoraient pourquoi Kat avait soudainement perdu les pédales. Elle avait abandonné le cégep dès la première session et était partie de la maison. L'entente était qu'elle vienne manger une fois par semaine, mais en réalité ses visites s'étaient espacées à une fois par mois. L'état de sa fille pesait lourdement sur les épaules de Marie-Jeanne. Elle, médecin, à qui les mamans demandaient conseil pour leurs enfants, n'avait même pas réussi à percer le mystère de sa propre fille. « Et toi, avec toutes tes pilules, tu penses que c'est mieux que ce que je prends ? Tu es aussi une accro, maman ! » lui avait crié Kat la dernière fois qu'elle l'avait vue, à son cinquantième anniversaire. C'est aussi ce qui avait déclenché le signal dans sa tête. Le lendemain, elle prenait rendez-vous avec le Dr Jobard.

Debout devant la fenêtre du salon, Marie-Jeanne sirotait une tisane à la menthe, hypnotisée par la pluie qui se transformait en gros flocons gorgés d'eau. Elle attendait Sofia, qui n'habitait qu'à quelques rues de chez elle. Sofia Ferreira tenait une clinique d'ostéopathie au sous-sol de sa demeure. Depuis quelques années, sa clientèle ne cessait de grandir. Elle recevait même des patients de Montréal. C'est Louis qui l'avait d'abord rencontrée, à cause d'une capsulite. Après deux traitements, il était guéri. Il avait envoyé Marie-Jeanne pour sa tendinite. Les deux femmes étaient vite devenues amies, partageant le même mal social, celui de ne se sentir chez soi nulle part.

Sofia, les yeux bruns et les cheveux bouclés bruns, était africaine, née au Mozambique d'un père d'origine portugaise et africaine et d'une mère française. Elle devait parfois taire ses origines puisque l'attitude des gens changeait lorsqu'elle mentionnait le mot « Afrique », souvent perçu comme synonyme d'incompétence et d'ignorance. Elle avait grandi à Maputo jusqu'à l'âge de douze ans. À la mort de son père, médecin de profession, guitariste à la maison, sa mère emmena la famille à Paris.

Durant ses études universitaires en physiothérapie, Sofia rencontra un Québécois qu'elle suivit chez lui. Elle bifurqua vers l'ostéopathie et fit cinq ans d'études à Montréal avant d'avoir sa fille, Léa. Trois semaines après la naissance, son conjoint la largua. « Et puis, en fait, le bébé dérange ma routine », avait-il dit en la quittant. Elle avait failli repartir en France, mais une amie massothérapeute l'avait invitée à s'installer à Oka. Avec sa fille, aujourd'hui âgée de dix-huit ans, Sofia s'était tissé une riche toile d'amis et d'activités dans un douillet cocon.

Après le départ du père de Léa, Sofia avait été en couple pendant sept ans avec un homme, jusqu'à ce qu'elle tombe sur des échanges entre lui et une jeune femme de vingt-cinq ans, une relation qu'il entretenait depuis un bon bout de temps. Sofia avait alors quarante ans. Ce fut un coup de poignard dans son cœur, elle qui s'était vue vieillir avec cet homme. Après une dépression, elle décida de changer sa vie, tant sa diète physique et mentale que spirituelle. Elle partit faire quelques retraites holistiques, en Asie et en Afrique, et transforma complètement sa façon d'être. Aujourd'hui, à quarante-cinq ans, elle avait atteint un stade où elle ne désirait rien de particulier, vivant dans une sorte de contentement confortable. Elle avait cessé de chercher le grand amour.

Une voiture s'approcha et se gara dans l'entrée.

— Elle est arrivée ! cria Marie-Jeanne à Louis, qui s'affairait maintenant dans la cuisine.

Sofia entra avec des bouchées, une bouteille de vin et un dessert. L'accueil fut chaleureux. Les trois amis et leurs enfants prenaient souvent des vacances ensemble. Louis servit les hors-d'œuvre sur un plateau. Le trio s'installa devant le feu dans le salon. Sofia sentit tout de suite le froid entre Louis et Marie-Jeanne.

— Qu'est-ce qui se passe ? Vous voulez m'en parler ?

Le couple échangea un regard, puis Louis sourit. Il était toujours le premier à déposer les armes. Il fit signe à sa conjointe de commencer. Marie-Jeanne lui raconta d'abord sa rencontre avec le Dr Jobard, le fait qu'elle ait décidé d'arrêter ses médicaments, que sa vie tournait en rond, que Louis était tanné et elle aussi. Sofia opina de la tête. Louis ferma les yeux. Marie-Jeanne énuméra des points l'un après l'autre : Mika, Kat, la maison, son travail, son mal-être, sa honte…

— Je veux vraiment guérir. Il y a quelque chose en moi qui crie.

— Je comprends, dit Sofia. Mais si tu veux véritablement changer, tu dois faire quelque chose de différent dans ta vie. Et ne plus prendre ta médication ne réglera pas le problème.

— Mais c'est toi qui me rebats les oreilles depuis quelques années avec ça !

— Cesser les médicaments n'est que la première étape. Je te dis aussi que tu dois faire de l'introspection, t'ouvrir à ta spiritualité.

— Ma mère priait à longueur de journée et regarde ce que ç'a donné !

— Mais la spiritualité n'a rien à voir avec la religion, Marie-Jeanne ! La religion a institutionnalisé la spiritualité et y a imposé des règles externes. La religion, c'est chercher une réponse à l'extérieur de soi, c'est suivre l'expérience d'un autre. La spiritualité, c'est la trouver à l'intérieur de soi, en faire l'expérience soi-même.

Marie-Jeanne leva les yeux au ciel. Combien de fois Sofia avait-elle tenté de l'amener à s'éveiller à la spiritualité ? Elle avait toujours résisté.

— Marie-Jeanne, arrête de t'enfermer dans tes dogmes un instant, la pria Louis, d'une voix douce. Laisse parler Sofia.

— Ah ! Parce que toi tu crois en Dieu, maintenant ?

Louis secoua la tête.

— Marie-Jeanne ! tonna Sofia. Nous ne parlons pas de dieux, ni de religion, ni de la Bible, du Coran, de la Torah ou de la Bhagavad-Gita. Ces écrits sont faits par des hommes, et j'emploie le mot « homme », pas « être humain ». Ces écrits, même s'ils possèdent énormément de vérités, sont biaisés, parfois terriblement patriarcaux, certains passages menaçants, d'autres condescendants, homophobes, racistes ou sexistes. Il ne s'agit pas de spiritualité.

Marie-Jeanne soupira. Des larmes coulèrent sur ses joues.

— Alors, comment je fais ? Je m'assois et je médite ? Je ne suis pas capable !

— Je sais, c'est difficile. Mais c'est comme n'importe quoi, il faut s'exercer, expliqua l'ostéopathe.

Louis regarda Sofia et lui fit un signe de la tête. Sofia acquiesça. Elle s'approcha de Marie-Jeanne et lui prit la main.

— Louis et moi avons parlé d'une idée ensemble.

Marie-Jeanne parut surprise. Louis se leva et partit vers son bureau.

— J'ai une bonne amie qui, très semblable à toi, a passé des décennies en thérapie. Elle a essayé une nouvelle approche, une plante médicinale ancestrale, et cela a changé sa vie.

Louis revint avec un tas de documents dans les mains.

— Ah oui ? De quoi s'agit-il ?

— As-tu déjà entendu parler d'ayahuasca ?

Marie-Jeanne s'étonna.

— Oui, justement, il y avait un reportage à la télévision il n'y a pas longtemps. C'est une drogue hallucinogène qui peut causer la mort ! Ton amie a pris ça ? demanda-t-elle, scandalisée.

— Premièrement, ce n'est pas une drogue comme nous l'entendons, mais une plante médicinale, répéta Sofia calmement. Deuxièmement, elle n'est pas hallucinogène. Elle est visionnaire. Je t'expliquerai. Et elle n'a jamais causé la mort jusqu'à ce que l'homme blanc s'en mêle. Ce n'est pas la plante qui est dangereuse, mais la façon incorrecte de s'en servir.

— Écoute, Marie-Jeanne, intervint Louis, c'est moi qui ai d'abord appelé Sofia. J'avais besoin d'aide, admit-il. Je ne sais plus quoi faire pour toi, pour nous. Sofia m'a alors raconté l'expérience d'ayahuasca de cette femme. J'ai tout de suite fait de la recherche. Je crois réellement que cette voie pourrait grandement t'aider.

Marie-Jeanne se redressa. Son visage était dur.

— Mais tu étais avec moi, Louis, quand on a regardé cette émission ! Ils ont dit des choses horribles au sujet de cette drogue !

— J'ai vu ce même reportage, confia Sofia. Ce n'est pas du journalisme, qu'ils ont fait, mais du sensationnalisme. L'ayahuasca est une plante dont on se sert en Équateur, au Pérou, en Colombie et au Brésil depuis plus de dix mille ans, sans aucun problème. Les ennuis n'ont commencé que lorsqu'on l'a sortie de la jungle il y a une trentaine d'années. Depuis, il y a eu quelques cas isolés de mort. Et combien de personnes meurent chaque année après avoir ingéré des médicaments pharmaceutiques ?

— Des milliers, confirma la docteure.

— Des centaines de milliers, Marie-Jeanne. Pas quatre ou cinq personnes. En fait-on le procès, comme on le fait avec ces plantes ?

— Mais comment cette drogue…

— Cette plante médicinale, la corrigea Sofia.

— Comment peut-elle m'aider ?

— Le nom *ayahuasca* est un mot composé en langue quechua, où *aya* signifie « âme » ou « ancêtres » ou « mort », et *wasca* signifie « vigne » ou « corde ». Donc la « vigne de l'âme ». C'est une plante qui te permet d'ouvrir un profond processus de guérison et d'éveil. Tu parlais de guérison tantôt, du fait que tu veux vraiment *guérir.* C'est possible. Ce n'est pas garanti, mais c'est possible.

— Comment le sais-tu ?

Sofia sourit.

— Je crois que nous devrions nous attabler, suggéra Louis. Nous en avons pour un moment.

— 6 —

L'esprit

« La "réalité" n'est qu'un mot.
Et vous ne devriez pas l'utiliser
sans des guillemets de toute façon. »

Joseph Campbell

Louis avait préparé un curry thaï aux légumes et tofu, puisque Sofia était végétarienne. Il avait décoré le riz jasmin de coriandre fraîche, arrosé la salade aux fèves vertes de noix de pin sautées dans l'huile de sésame.

— Tu as marié le bon, déclara Sofia en humant les différents plats.

— Je sais, acquiesça Marie-Jeanne. C'est lui qui n'a peut-être pas marié la bonne.

— Ah ! Marie-Jeanne ! Ça suffit ! soupira Louis. Suffit, à la fin.

Il hocha la tête. Sofia ne fit semblant de rien et demanda :

— Mika ne mange pas ?

— Il a déjà mangé, répondit Louis. Je lui ai dit que nous avions des choses à discuter.

Les trois amis s'installèrent à la table et se servirent en silence. Marie-Jeanne comprit que Louis et Sofia avaient longuement parlé pour préparer cette discussion. Louis fouilla dans les dossiers et sortit un épais document. Il savait que, pour convaincre Marie-Jeanne, il fallait des preuves scientifiques. Il lui tendit une étude américaine, dont le titre en grosses lettres sur la première page indiquait: *Les potentiels thérapeutiques de l'ayahuasca: effets possibles contre diverses maladies de la civilisation.*

— Je me suis amusé comme un petit fou en faisant de la recherche sur cette plante. J'ai eu accès à une banque de données étonnante, dit Louis, animé par sa passion des recherches.

— Et quelles sont ces maladies de la civilisation? s'enquit Marie-Jeanne en avalant une bouchée.

Louis tourna quelques pages du document et lut à voix haute.

— « Dépression, maladies cardiovasculaires, diabète, accident vasculaire cérébral, alzheimer, cancer, autisme, ostéoarthrose, ostéoporose, affections auto-immunes, schizophrénie, maladie pulmonaire obstructive chronique, trouble d'hyperactivité avec déficit de l'attention, dégénérescence maculaire, syndrome de douleur chronique, maladies neurodégénératives. »

— Ouf! s'exclama Marie-Jeanne. Tu viens de décrire mes journées. Ils ont vraiment mis le doigt sur les bobos du XXIe siècle!

— Les scientifiques en question ont suivi le modèle « biopsychosociospirituel » et analysé rigoureusement tous les aspects de la plante, expliqua Louis. La biochimie, la neuropharmacologie, la physiologie, les imageries cérébrales, les effets psychologiques, les ramifications sociales et, finalement, les implications spirituelles.

— Implications spirituelles ? Vraiment ? fit Marie-Jeanne ironiquement.

Son époux ignora sa remarque.

— Voici ce qu'on dit en conclusion. « Les effets de la plante sont similaires à ceux d'une psychothérapie intense, car le travail psychologique s'opère à un niveau beaucoup plus profond que dans les cas de psychothérapies traditionnelles. L'effet peut être si profond que les individus disent ressortir de l'expérience comme une différente personne. »

— Une psychothérapie intensive ? Pas une autre !

— Marie-Jeanne, ça n'a rien à voir avec les psychothérapies traditionnelles, intervint Sofia. Toi, ça fait trente ans que tu es en thérapie. Ne trouves-tu pas que tu as le droit d'essayer autre chose ?

Marie-Jeanne poussait la nourriture avec sa fourchette dans son assiette. Après quelques secondes, elle demanda :

— De quoi s'agit-il ? Une pilule ? Une injection ?

— C'est un thé qui provient, en fait, de deux plantes, expliqua Sofia. La plante de l'ayahuasca est une liane qui doit être mêlée à des feuilles pour qu'elle puisse faire effet.

— Les feuilles contiennent l'alcaloïde psychoactif qu'on appelle la *DMT*, poursuivit Louis, en langage scientifique la *diméthyltryptamine*, une substance endogène produite par notre glande pinéale, ou épiphyse, qu'on trouve chez tous les mammifères et en abondance dans le règne végétal. La DMT, en forme pure, est extrêmement hallucinogène, donc illégale dans la plupart des pays du monde, car elle peut être produite chimiquement et causer ainsi des ravages.

— Alors donc, c'est bel et bien hallucinogène ?

— Non, pas vraiment, répondit Louis. L'ayahuasca intègre cette molécule avec les siennes, qui sont des précurseurs naturels de la sérotonine, un important neurotransmetteur du système nerveux central. Ce n'est plus de la DMT une fois qu'elle est mêlée à la vigne. C'est quelque chose de nouveau, à l'instar de l'hydrogène et de l'oxygène qui s'unissent pour former de l'eau.

Marie-Jeanne comprenait tout à fait ce langage. Le Dr Jobard avait aussi souvent parlé des dangers d'une production insuffisante de sérotonine : anxiété, dépression, attaques de panique, insomnie, obésité, fibromyalgie, faible estime de soi. Il y avait tant de raisons pour assurer un équilibre dans sa sérotonine, et c'était pourquoi elle prenait des médicaments. « Votre chimie à vous ne fonctionne pas bien de façon naturelle et ces médicaments ne font que reproduire l'état normal. » Les mots du Dr Jobard lui martelaient la tête. Si ces médicaments lui avaient permis de fonctionner pendant toutes ces années et lui avaient même peut-être sauvé la vie, ils n'avaient rien guéri.

— Cette plante te permet d'accéder au monde spirituel, Marie-Jeanne, tu imagines ?

Les yeux de Louis brillaient.

— Non, justement, je ne peux pas m'imaginer. Chaque fois que l'un de vous mentionne le mot « spirituel », c'est le vide. Le néant.

Sofia leva le doigt pour parler. Ses deux amis l'écoutèrent.

— Tu connais ces sifflets pour chien, ceux qui ne semblent produire aucun son quand on souffle dedans ?

— Oui, je connais, répondit Marie-Jeanne. Seuls les chiens peuvent l'entendre.

— Mais il existe ! Le son existe, non ?

— Oui, bien sûr.

— Donc notre sens de l'ouïe se limite à certaines vibrations dans un champ circonscrit, expliqua Sofia. Penses-y, Marie-Jeanne, nous avons cinq sens pour TOUT capter ce qui existe, dit-elle en faisant un grand cercle avec ses bras. Toutes les vibrations, les ondes, l'énergie, quoi, car tout est énergie. Même la chaise sur laquelle tu es assise est énergie, de l'énergie dense. Donc nos cinq sens sont limités à capter une certaine gamme de la réalité qui existe, un spectre défini de vibrations et de fréquences, si tu veux. Tu me suis ?

— Tout à fait.

— L'ayahuasca permet d'élargir cette gamme, d'agrandir le champ d'énergie et de vibrations perçues. Il nous amène à voir ce qui est là, mais que nos cinq sens ne parviennent pas à capter, ou percevoir, ou sentir, ou voir, ou entendre. Et c'est pourquoi on ne qualifie pas ces visions d'hallucinations, puisqu'il s'agit de la réalité qui nous entoure, mais une réalité qui reste inaccessible à nos sens limités de terriens dans des corps humains de basses vibrations, comme les chaises.

— Je comprends le principe de ce que tu dis, Sofia, mais je ne suis pas certaine de croire en tout ça.

— Ce n'est pas une question de croyances, Marie-Jeanne, intervint Louis, mais une question de science : d'énergie et de physique quantique.

— Ouais, en tout cas.

Elle n'était pas du tout convaincue.

— Et comment ça peut guérir ? demanda-t-elle.

— D'abord, ce n'est pas la plante qui guérit, répondit Sofia. On appelle l'ayahuasca une plante maîtresse, une *teacher plant*. Si elle peut libérer des énergies coincées qui causent des maux, elle te dit comment guérir, quoi changer dans ta vie, où et comment trouver ton bonheur. C'est à toi ensuite de suivre ou non les leçons données par la plante.

— La plante te parle ? Tu ne fais pas très sérieuse, là, Sofia.

— Absolument. Elle a un esprit, comme tout ce qui est vivant. Notre société nie tout cela, je sais. Le système ne veut surtout pas que nous ayons un moyen de nous guérir nous-mêmes, en trouvant une réponse à l'intérieur de nous. Le concept même de cette plante médicinale va à l'encontre des principes capitalistes auxquels nous sommes habitués, qui contrôlent nos désirs, nos besoins, nos droits, qui dénigrent toute approche thérapeutique des peuples autochtones de la planète. Car comment faire de l'argent si les gens guérissent ? Notre système est en train de nous tuer, et nous avons la science pour le prouver, mais nous nous entêtons à le perpétuer. Nous vivons dans l'ère du suicide collectif socialement accepté. Dans le cas des troubles psychiatriques ou psychologiques, on t'apprend généralement à gérer le mieux possible ton mal, pas à l'éliminer.

— Dans le reportage, précisa Marie-Jeanne, ils disaient que les personnes voient des démons puis qu'elles peuvent mour...

— Arrête, Marie-Jeanne ! la coupa Sofia. Oublie ce reportage. D'abord, tu ne peux pas en mourir si tu suis les règles ancestrales des Huni Kuin, aussi connus sous le nom de Kaxinawá. Ils sont les gardiens des remèdes sacrés de la jungle depuis des millénaires. Ils vivent dans l'Acre, l'État le plus septentrional au Brésil, à la frontière entre le Pérou et la Bolivie.

Huni Kuin signifie « peuple de vérité ». Ils sont considérés comme les gardiens premiers de l'ayahuasca. Le chaman sait ce qu'il fait. Et si les gens disent voir des « démons », fit Sofia en imitant les guillemets avec ses doigts, ce sont les leurs qu'ils rencontrent. Le langage est symbolique dans cette dimension. Mais revenons-en à la guérison. Par exemple, toi, Marie-Jeanne, le fait que tu te dénigres tout le temps, que tu ne voies pas ta valeur, ça vient de ton enfance. Le fait que tu portes une culpabilité due à un viol, ce traumatisme est aussi de l'énergie. Tout est énergie, rappelle-toi. Cette énergie s'entrepose quelque part dans ton corps, et la seule façon de s'en débarrasser, c'est d'y faire face. Pourquoi est-ce que la thérapie et les pilules ne parviennent-elles pas à te délivrer de ce mal ? Parce que, dans notre monde moderne, nous avons oublié, éliminé en fait, un facteur bien important dans les quatre principales composantes de l'être humain : corps, cœur, tête et esprit. Nous ne traitons, en fait, que le corps, et le cœur – nos émotions – en jouant avec la chimie de notre tête et de notre corps. Nous ne nous en tenons qu'à ce que nos cinq sens peuvent voir et comprendre. Or, on le sait, l'énergie dépasse les bornes de nos sens. On néglige l'esprit.

— Tête et esprit, c'est la même chose, par contre, fit remarquer Marie-Jeanne.

— Esprit dans le sens d'« âme », précisa Sofia. Nous sommes des êtres spirituels, nous avons un esprit, une âme, une conscience, une…

— La conscience vient de notre cerveau, pas de l'extérieur, insista Marie-Jeanne.

— Voilà le nœud du débat ! s'exclama Louis. Toutefois, de plus en plus de scientifiques commencent à voir la brume se lever sur le pont entre la science et la spiritualité. La physique quantique a fait des bonds de géant dans ce domaine récemment. Nous pouvons même mesurer sur ordinateur l'énergie émise par nos chakras, ces centres d'énergie répartis dans le corps.

— *Chakra* veut dire « roue » en sanskrit, expliqua Sofia. Les chakras sont des roues d'énergie qui tournent. Nous avons sept principaux chakras dans le corps, qui vont de la base de la colonne à la couronne de la tête. D'ailleurs, quand Sadhguru, le maître spirituel indien, décrit les quatre aspects de l'être humain, il parle toujours de « corps, cœur, tête et énergie ». Il ne parle pas d'âme ou de conscience. Ce ne sont que des mots. Sadhguru a raison de parler d'énergie, car c'est ce que c'est.

— On ne sait tout simplement pas comment appeler ce qu'on ne peut pas mesurer, ajouta Louis.

— Attendez ! C'est trop ! gémit Marie-Jeanne.

Elle se prit la tête à deux mains. Son souffle s'accéléra et Sofia le remarqua.

— Respire, Marie-Jeanne.

— Je ne comprends toujours pas comment l'ayahuasca peut guérir.

— Tu es blessée, Marie-Jeanne, et il me semble que tu te retrouves maintenant à une croisée de chemins. Tu as dit que tu cherchais une nouvelle voie. La voilà ! Nous sommes plus que des amies, nous sommes des sœurs. Est-ce que je t'entraînerais dans une aventure dangereuse ? Est-ce que je risquerais ta vie et la mienne ? Et puis, si ça ne fonctionne pas, tu n'auras rien perdu.

— En tout cas, moi, je suis preneur, dit Louis.

Marie-Jeanne sursauta.

— Toi ? Tu prendrais cette potion ?

— Sans hésiter. J'ai découvert qu'on s'en sert déjà en milieu médical à certains endroits du monde, surtout pour traiter la dépression, le stress post-traumatique et les dépendances de toutes sortes, aux drogues, à l'alcool et aux médicaments. En Afrique du Sud, d'ailleurs, il y a un médecin généraliste, comme toi, qui veut intégrer officiellement l'ayahuasca dans sa pharmacopée.

Louis fit une pause et prit une grande inspiration. Il savait qu'il s'engageait sur un terrain glissant. Marie-Jeanne écoutait attentivement.

— Je pense même que cette plante pourrait bénéficier à Kat. En passant, il faut toujours que les cérémonies soient faites avec un médecin spirituel authentique. On ne peut pas avaler cette potion sans supervision appropriée. Et j'ai lu dans les études qu'un élément fréquemment mentionné par les victimes d'abus et les toxicomanes guéris est que les visions induites par l'ayahuasca les ont aidés à retrouver des souvenirs oubliés depuis longtemps d'événements traumatisants qu'ils ont ensuite pu surmonter, fournissant une base pour réorganiser leur vie personnelle. On parle d'un « état de conscience visionnaire » qui motive le changement, ce qui enclenche un processus de restructuration dans le cerveau. C'est absolument fascinant !

L'enthousiasme de Louis sautait aux yeux. Ceux de Marie-Jeanne étaient écarquillés. Elle tentait de s'imaginer tout cela. Louis pria Sofia de lui parler de son amie, dont le neveu avait arrêté de consommer après une séance d'ayahuasca.

— Ah oui ! Te souviens-tu de ma copine en Afrique du Sud, Juliette Brault ?

— Oui ! Celle qui a traité sa ménopause avec de l'huile de cannabis ?

— Exactement. Elle a fait quelques cérémonies d'ayahuasca. Elle avait de gros problèmes de dépression et a vu plein de thérapeutes, comme toi. Elle dit que sa vie a changé. Son neveu, qui était aux prises avec une dépendance aux stupéfiants, a fait une cérémonie d'ayahuasca et n'y a plus jamais retouché. Bien sûr, la guérison n'est pas garantie, mais la possibilité est là.

— Quoi ? Mais comment est-ce possible ? demanda Marie-Jeanne. Si c'est vrai, pourquoi n'en parle-t-on pas ?

— Parce qu'on traite avec condescendance derrière nos étroites œillères occidentales toute médecine des Premières Nations du monde. Ces gens travaillent avec le monde spirituel et disent que tout problème physique ou mental prend sa source dans cette dimension. Notre médecine à nous, et tu en es la preuve, nie l'existence même de ce monde. Cette plante demande au chercheur d'en faire l'expérience. Sinon, de l'extérieur, on la réduit à des hallucinations gratuites et aléatoires.

Sans laisser le temps à Marie-Jeanne de répliquer, Sofia ajouta :

— Si tu veux, je peux organiser une rencontre avec Juliette et elle pourra te raconter de vive voix ce qu'elle a vécu. D'ailleurs, elle arrive bientôt au Québec avec son mari sud-africain, un important acteur dans la reconstruction de la nouvelle Afrique du Sud.

— En a-t-il fait, lui aussi ? demanda Marie-Jeanne, curieuse.

— Tout à fait ! Il pourra sûrement t'en parler.

Marie-Jeanne resta songeuse quelques instants. Louis et Sofia échangèrent un regard tout en se croisant les doigts.

— On en boit beaucoup, de ce thé ? L'effet dure longtemps ? reprit-elle, soudainement intéressée.

— On boit l'équivalent d'un shooter, répondit Sofia. Avant toute chose, il faut savoir que la préparation à effectuer pour avaler cette décoction est cruciale. Nous devons suivre une diète sévère une semaine avant la cérémonie, essentiellement végétalienne, sans sucre, ni alcool, ni sel. Surtout, il ne faut avoir aucune drogue pharmaceutique dans le système, aucun produit chimique depuis au moins deux semaines. Seuls quelques-uns sont permis, comme pour le diabète, ou certains médicaments pour le cœur. Mais sinon il est impératif que ton corps élimine toute trace d'antidépresseurs, anxiolytiques, somnifères, enfin, toute cette gamme de pilules.

Marie-Jeanne repoussa son assiette et joua avec des miettes invisibles sur son napperon. Quelque chose en elle lui disait de faire le saut, mais elle ne voulait pas se l'admettre. Ce serait l'occasion, le catalyseur qu'il lui fallait, pour vraiment arrêter ses remèdes et plonger dans le renouveau.

— Et pourquoi ne peut-on pas prendre de médicaments ?

Louis fouilla dans ses dossiers et sortit une feuille couverte de graphiques. Il devait employer son langage.

— Parce que l'ayahuasca agit sur les mêmes régions du cerveau. Il est impossible de la conjuguer avec des antidépresseurs ou autres médicaments du genre, comme les inhibiteurs sélectifs de la recapture de la sérotonine et surtout les inhibiteurs de la monoamine oxydase, dit-il en désignant un graphique. Il y aurait une surcharge, comme une centrale électrique qui sauterait, littéralement.

— Ah ! Je vois. Je comprends, fit Marie-Jeanne.

Elle regarda son mari et son amie. Un sourire se dessina tranquillement sur ses lèvres.

— OK. Commençons par organiser une rencontre avec Juliette Brault, décida-t-elle finalement. Ensuite, on verra.

Les trois compagnons levèrent leur verre à la résolution. Marie-Jeanne émit un immense soupir de soulagement. Elle souriait de toutes ses dents. Louis l'observa quelques instants, heureux de voir sa femme respirer. Elle avait le regard pétillant. Il poussa, lui aussi, un long soupir.

— Ah ! s'exclama Marie-Jeanne. J'ai oublié de vous dire !

Elle leur raconta sa rencontre avec Steve Gabriel. Elle peina à mentionner le nom de Tess. Elle leur confia, avec un soupçon de doute et une bonne dose d'ironie, que sa grand-mère avait reçu un message pour elle et désirait la voir.

— Lee-Ann ? demanda Sofia, surprise. La chamane ? Vas-y !

— Ah oui ? Tu crois ?

— Absolument. Va la voir. Elle est connue partout dans le monde et a été invitée pour partager son savoir avec les aborigènes d'Australie, plusieurs peuples d'Afrique et, évidemment, beaucoup d'Amérique. Elle a toute une réputation ! Mais elle doit être rendue vieille aujourd'hui, ajouta Sofia, pensive. Je sais qu'elle ne voyage plus. J'aimerais bien la rencontrer un jour. Tu me raconteras !

Les amis mirent fin à la soirée, épuisés par tout le changement qui s'introduisait dans leur vie.

Sofia remonta le col de son manteau et mit la main sur la poignée de porte.

— Je n'aurais jamais cru que je ferais un voyage spirituel avec ma sœur scientifique. Et tu verras, tu vas beaucoup mieux comprendre la science après, ça, je peux te le jurer !

Cette nuit-là, Marie-Jeanne dormit sans somnifère ni tracas. La porte de doute que Sofia et Louis avaient ouverte dans sa tête l'assoupit, la rassura, car, malgré l'inconnu, une cage venait de se déverrouiller.

— 7 —

Le pont

«Afin que les choses se révèlent à nous,
nous devons être prêts à abandonner nos vues à leur sujet.»

THICH NHAT HANH

NO TRESPASSING. MOHAWK TERRITORY. Marie-Jeanne s'arrêta devant l'affiche à l'entrée de Kanehsatake. Elle avait seize ans la dernière fois qu'elle avait mis les pieds sur le territoire de ses ancêtres. Elle sentit son cœur battre à tout rompre. Son estomac était sens dessus dessous. Le point dans son ventre se réveilla et se mit à élancer. Elle baissa sa vitre pour respirer l'air frais. Marie-Jeanne avait bien vérifié auprès de Steve au téléphone qu'elle ne rencontrerait personne d'autre que sa tóta ma. Elle ne savait même pas s'il était au courant du drame de sa mère. Quelqu'un le lui avait-il dit? L'avait-il lu dans un vieux journal quelque part? Tess était-elle toujours en colère contre elle? Elle ne voulait surtout pas la rencontrer. Ce genre de circonstance demandait de la préparation.

Marie-Jeanne conduisit très lentement, la route étant étroite et glissante à certains endroits à cause de la pluie persistante des derniers jours. Les maisons étaient petites, vieilles et délabrées pour la plupart, comme dans ses souvenirs. Mais aujourd'hui, après des années à vivre à Oka à quelques kilomètres de là, elle trouvait le contraste saisissant. Un léger manteau de neige laissait transparaître une carcasse de voiture ici, une vieille roulotte là, une moitié de grange plus loin, exhibant son trou béant comme si elle cherchait à crier. Parfois, Marie-Jeanne voyait une jolie maison peinte de belles couleurs et se demandait comment elle avait abouti dans ce décor. Puis il y avait des arbres, beaucoup d'arbres, une forêt saine et éclatante.

Son GPS lui dit de tourner à gauche, mais il n'y avait qu'un champ à l'endroit indiqué, où trônait un vieux tracteur rouillé qui avait rendu l'âme depuis des années. Elle continua un ou deux kilomètres et retrouva le repère que Steve lui avait donné. « La longue entrée se trouve face à une grange au toit bleu. » Elle monta l'allée jusqu'à la maison. Deux véhicules y étaient stationnés. Un autre, sur le côté de la demeure, semblait abandonné.

Elle éteignit son moteur et attendit quelques secondes pour évaluer la dangerosité des deux dobermans qui aboyaient à sa portière. Une tête apparut dans la fenêtre du salon. Peu après, Steve sortit et appela les chiens. Il arriva avec un parapluie et lui ouvrit la portière. Marie-Jeanne le remercia, flattée de l'accueil.

— Venez par ici, dit-il en indiquant le sentier sur le côté de la maison. Nous allons dans ce que tóta ma appelle sa *reading room*, sa chambre de lecture.

— Elle lit beaucoup ?

Steve leva la tête et émit un profond rire.

— La lecture divinatoire. Oui, elle lit beaucoup dans la vie.

Il rit de bon cœur. Ils marchèrent dans un chemin boueux sous les arbres. Une petite cabane en bois apparut, parfaitement ronde, ce qui était inhabituel chez les Mohawks.

— Tóta ma a voulu une cabane ronde après avoir passé du temps en Afrique australe. Là-bas, ils disent que les esprits ne peuvent pas rester pris dans les coins.

Il ricana encore. Marie-Jeanne n'était pas certaine de ce qu'exprimait son rire : le doute, l'ironie ou l'évidence de la chose. Des scènes de différentes périodes de la vie, de la terre et des saisons étaient peintes sur la maisonnette. Steve l'invita à faire le tour pour y voir les tableaux d'animaux, d'oiseaux, d'arbres, de fleurs, de tótas mas, ou de *kukums*, comme sont appelées les grands-mères chez d'autres nations, décorées de plumes et de robes colorées, de chefs autochtones plumés, du soleil, du vent, du feu, de l'eau, de la lune et des étoiles.

— Ce tableau est une œuvre d'art ! s'exclama Marie-Jeanne. Qui a fait ça ?

— Tóta ma et moi.

Marie-Jeanne le jaugea.

— Vous passez beaucoup de temps avec votre grand-mère ?

— Autant que possible.

— Vous devriez transmettre cette valeur chez nous, souffla-t-elle. Et que faites-vous ensemble ?

— Elle partage avec moi son savoir. Elle dit que ses jours sont comptés et que quelqu'un doit prendre la relève. Moi, j'ai l'appel.

— L'appel ?

Il la fixa dans les yeux.

— Oui. Je vis à cheval entre les deux mondes. Comme tóta ma.

Marie-Jeanne resta perplexe.

— Entre le monde physique et le monde spirituel, précisa Steve. Ce n'est qu'une question de dimensions, docteure.

Il lui expliqua qu'il passait du temps avec tóta ma dans la forêt pour y explorer la vie individuelle et communautaire de celle-ci : les arbres, les plantes, les feuilles et les fleurs, le langage qu'ils emploient entre eux. Ou alors ils s'enfermaient ici, dans cette cabane ronde, et exploraient le monde des herbes médicinales, leurs propriétés, leurs usages, parfois en thé, en lavement d'intestins ou d'estomac, en étuvage, en aspersion. Tóta ma lui transmettait les secrets et les méthodes de lecture de feuilles de thé. Elle avait aussi appris, lors d'un voyage au Zimbabwe, le *bone reading*, la lecture par les os, où, après des invocations et des rituels, elle vidait un sac d'objets et voyait dans la vie de la personne selon leur disposition.

Steve cogna trois coups et ouvrit la porte. Ils étaient attendus. L'endroit était sombre, les rideaux tirés sur deux des trois fenêtres. L'odeur de sauge et d'herbe douce brûlées embaumait la pièce. Quelques chandelles apportaient une douce lumière sur les tapisseries tissées de scènes de vie colorées, sur les objets de bois, de cuir, sur des outils, des paniers en osier contenant toutes sortes d'herbes, des tambours, une flûte, même un crâne d'animal qui pendait sur un mur. La vieille dame suivit les yeux de Marie-Jeanne.

— C'est le crâne d'un ours, précisa Lee-Ann, assise les jambes croisées par terre sur une peau d'ours.

— Tóta ma, voici la Dre Marie-Jeanne Richard, dit Steve.

— Bonjour, madame Gabriel.

— Vous pouvez m'appeler Lee-Ann.

Steve partit et promit de revenir dans une petite heure. Marie-Jeanne commenta la beauté des lieux, de l'art, des objets, et la sérénité de l'endroit. La vieille dame sourit. Il lui manquait plusieurs dents.

— Vous y sentez donc l'énergie, affirma-t-elle, provocatrice.

Steve l'avait prévenue.

— L'énergie ? En tout cas, on se sent bien, répondit Marie-Jeanne.

— Alors que sentez-vous ?

— Eh bien, je... on sent que c'est calme, que...

Marie-Jeanne ne savait pas trop comment s'exprimer.

— Où le sentez-vous ?

— Eh bien, dans le corps.

— Où dans le corps ?

— Pourquoi me posez-vous ces questions ?

— Parce que, quand on dit qu'on se sent bien, que l'atmosphère est sereine, qu'on s'y sent en paix, c'est qu'une énergie est venue nous influencer et, dans ce cas-ci, vous apaiser.

Sa voix était un tantinet rauque, comme si elle avait beaucoup parlé dans sa vie. Elle avait certainement sept ou huit décennies dans le corps, les profondes rides dans son visage indiquant un long chemin parcouru. Ses cheveux étaient presque tout blancs, avec encore quelques stries de noir dansant dans le creux de ses deux longues tresses. Elle portait sur la tête un bandeau en cuir orné de perles qui pendaient sur des fils, comme un rideau. Sa longue jupe blanche brodée de dessins géométriques bleus et verts cachait ses jambes repliées. Elle ne devait pas peser plus de cinquante kilos. Lee-Ann indiqua le coussin face à elle et pria Marie-Jeanne d'y prendre place.

— Merci d'être venue me voir. Je suis fort honorée de vous recevoir.

— C'est moi qui le suis, répondit Marie-Jeanne. Votre réputation n'est pas à faire. Même moi qui ne crois pas en ces choses, je vous connaissais.

Les petits yeux en amande de Lee-Ann disparurent dans son rire.

— Vous y croyez un peu puisque vous êtes ici.

— Ah ! C'est une amie qui m'a convaincue de venir.

— Pas Steve ? Sinon vous ne seriez pas venue ?

— Eh bien…

— Faites-vous tout ce que votre amie vous dit de faire ou prenez-vous des décisions par vous-même, parfois ?

Marie-Jeanne se sentit un peu insultée. Elle se demanda même si elle ne devait pas partir. Elle s'apprêtait à répliquer, mais se ravisa. Lee-Ann alluma une chandelle et y tint des feuilles de sauge blanche dans sa flamme pendant quelques instants. Elle brossa la fumée sur le petit tapis de paille tressé entre son invitée et elle.

— Marie-Lumière… dit-elle tout bas.

— Pardon ? demanda Marie-Jeanne.

— Je vous ai vue dans un rêve. Un aigle est venu me porter un message. Vous savez, les aigles représentent la vision et symbolisent le pouvoir de l'observation. Mais il était pour vous, ce message.

— Et comment savez-vous qu'il m'était destiné ?

La vieille dame prit un bâton d'encens et l'alluma sur le feu de la chandelle.

— Parce qu'il a dit votre nom.

— Mon nom ? Marie-Jeanne Richard ?

Lee-Ann sortit un sac de cuir du panier à ses côtés et le déposa sur le tapis de paille.

— Votre prénom.

Les yeux de la vieille chamane pénétrèrent ceux de Marie-Jeanne, comme si elle pouvait lire au plus profond de son âme. Marie-Jeanne en eut des frissons ; c'était le même regard que celui de son petit-fils.

— Dans ce message, on me demandait de vous rencontrer et de vous faire une lecture avec les os.

Elle brassa le sac de cuir devant elle.

— Des os ?

— En fait, ce ne sont pas que des os. Ce sont des objets de toutes sortes. Me donnez-vous la permission de faire une lecture ?

Marie-Jeanne se sentit coincée. Et si elle disait non ?

— Pour savoir quoi ?

— Le message qu'ils ont pour vous.

Marie-Jeanne avait envie de rire tellement c'était irréel.

— Mais je ne veux pas savoir ce qui va se passer dans ma vie !

— Alors donc, vous y croyez !

Lee-Ann éclata de rire.

— Pas du tout, se défendit Marie-Jeanne. Mais allez-y.

— De toute façon, ce n'est pas ce qu'on fait, prédire l'avenir.

Lee-Ann prit le sac et le leva vers le ciel. Les yeux fermés, elle récita une prière dans sa langue. Elle présenta le sac aux quatre directions, y inséra une petite feuille de sauge pour y distribuer la fumée parmi tous les objets. Elle tendit ensuite le sac à Marie-Jeanne et lui demanda de bien souffler dedans pour que son énergie se répande partout à l'intérieur. Elle remercia encore une fois le Grand Esprit et laissa tomber le contenu sur le tapis de paille.

Marie-Jeanne se rappela ses activités de scoutisme chez les jeannettes, où elle devait examiner un tas d'objets divers pendant trente secondes et se souvenir du plus grand nombre possible. À cet instant, ce qu'elle voyait devant elle n'était qu'un tas de pacotilles : de petits os, effectivement, mais aussi quelques coquillages, des cristaux, deux dés, un petit cadenas et sa clé, des pièces d'argent, des cailloux, des ciselures.

Lee-Ann voyait tout autre chose. On aurait dit qu'elle lisait un livre. Marie-Jeanne observa son visage alors qu'elle scrutait les objets sur son tapis de paille. Son front se plissait, comme d'inquiétude, puis en sens inverse, témoignant de la surprise. Enfin, elle prit une grande inspiration et parla, penchée sur sa lecture. Avec une aiguille de porc-épic, elle pointa une pierre turquoise.

— Vous êtes ici. Voyez-vous la petite tige de métal ici, d'un côté, et ironiquement, vous me direz, l'aigle de l'autre ?

— Pourquoi ironiquement ?

— Parce que c'est un aigle qui m'a livré le message de vous voir.

Marie-Jeanne se pencha et vit à son tour l'aigle en argent à côté de la pierre turquoise.

— L'aigle signifie qu'il est temps de prendre votre chemin spirituel, sinon votre vie s'engouffrera dans un cul-de-sac malheureux. Et la tige signifie les résistances que vous avez. En fait, vous êtes à une croisée des chemins dans votre vie.

Marie-Jeanne suivit le conseil de Sofia et ne révéla absolument rien à son sujet. Et pourtant, la vieille sage la décrivait comme si elle la connaissait depuis des années. En désignant tel objet, elle parlait de la honte qui la tourmentait, en s'attardant à un autre, elle abordait son manque de désir pour tout. Elle lui parla de son mari, de sa passion pour la réalité infinitésimale, de la douleur qu'il transportait et qui reposait directement sur l'os représentant la honte, celle de Marie-Jeanne. Elle lui parla de ses enfants, évoquant sa fille en détresse et son fils perdu.

— Il joue plusieurs instruments de musique, mais préfère la guitare.

Elle disait des phrases comme ça, que personne au monde n'aurait pu savoir. Un objet était caché sous un coquillage. Elle prit son aiguille de porc-épic et le leva délicatement. Elle sursauta de surprise et se releva droite comme un clou. Elle plissa les yeux puis demanda à Marie-Jeanne :

— Prenez-vous parfois des plantes médicinales autochtones ?

Ce fut au tour de Marie-Jeanne de s'étonner.

— Que voulez-vous dire ?

Elle se sentit comme si on venait de l'accuser de voler des biscuits dans la jarre.

— Allez-vous prendre de l'ayahuasca bientôt ?

Marie-Jeanne tomba des nues.

— Avez-vous parlé à Sofia ?

— À qui ?

— Sofia Ferreira.

— Je ne la connais pas.

— Ou à Louis, mon mari ?

— Marie-Lumière, je n'ai parlé à personne.

— Je m'appelle Marie-Jeanne, pas Marie-Lumière.

— Je n'ai parlé à personne, répéta la sage.

Les deux femmes restèrent figées dans le regard l'une de l'autre. Marie-Jeanne se sentit attaquée, envahie dans son espace privé. Comment cette dame pouvait-elle être au courant de son intérêt pour l'ayahuasca ? Cela dépassait son imagination. Elle brisa le silence.

— Comment savez-vous au sujet de l'ayahuasca ?

Lee-Ann sourit. Elle pointa avec son aiguille sous le coquillage. Il y avait une petite feuille en argent et une clé. La feuille signifiait les plantes médicinales ancestrales.

— Et la clé de votre guérison, voyez ici, est cette médecine.

— Mais ce n'est pas écrit « ayahuasca » ! insista Marie-Jeanne.

Lee-Ann émit un petit rire.

— J'ai l'aide des esprits.

Elle montra le cadenas qui reposait, avec un cristal blanc, sur un bout de miroir retourné à l'envers et une roche enrobée de perles multicolores.

— Vous cachez quelque chose en vous de très lourd. Pourtant, la porte est ouverte à la guérison. Ce cristal représente la lumière. Et cette roche de perles, un chaman.

Elle se recula et ferma les yeux comme si quelqu'un lui parlait. Elle marmonnait des mots incompréhensibles. Elle ouvrit les paupières et annonça :

— Il y aura un chaman du Brésil, son nom commence par un K, qui changera votre vie, cet été.

Le cœur de Marie-Jeanne manqua un battement. Elle s'étouffa dans sa surprise et toussa. Elle dut consciemment prendre de bonnes grandes respirations pour pouvoir poser sa question.

— Et pouvez-vous voir si ce chaman sera au Brésil ou ici au Québec ?

Lee-Ann fixa le tapis et marmonna quelques mots. Marie-Jeanne était subjuguée.

— Ici, tout près, dit-elle très sérieusement.

Marie-Jeanne resta bouche bée. L'aïeule lui laissa le temps de reprendre son souffle. Les deux femmes restèrent à regarder le tapis d'objets. Il y avait tant d'informations.

— Pourquoi m'avez-vous appelée Marie-Lumière ?

Lee-Ann inspira profondément. Elle déposa son aiguille et se frotta les mains et le visage.

— Parce que c'est ce que vous trouverez et propagerez. Le nom viendra. Il fait partie du message.

— Et quel est ce message ?

— Vous allez devoir bâtir un pont entre le monde médical et les médecines ancestrales. Il y aura des défis importants. Mais nous n'avons pas le choix. Gaïa, notre Terre Mère, va riposter au traitement qu'on lui réserve et nous devons être prêts.

Elle fit une pause en fermant les yeux et bougeant les lèvres.

— Il vous faut faire un choix. Affronter vos démons ou non. Les outils sont là. Il y a toutes sortes de façons d'accéder à la guérison, mais pour vous, c'est l'ayahuasca qui est proposé.

Marie-Jeanne quitta Lee-Ann en promettant de revenir la voir très bientôt. Steve l'accompagna jusqu'à sa voiture. La pluie avait cessé. Un rayon de soleil se tailla une place à travers la cime des arbres. Steve avait tressé ses cheveux en une longue natte attachée avec un ruban rouge. Comme le bandeau qu'il portait autour du crâne.

Il lui prit les mains en toute douceur. Elle se laissa faire. En la fixant au creux de son regard, il lui offrit des paroles de sagesse surprenantes pour son âge.

— Vous vous cherchez, docteure. Et je sais que votre conscience se bute contre des préjugés et conditionnements culturels.

— Vous savez, j'ai vécu l'enfer des prières de ma mère. Pour elle, la religion était le salut de tout mal, et pourtant, c'est ce qu'elle propageait.

Elle lui expliqua que la spiritualité de Mary se résumait à Jésus et Marie. Elle était une fervente catholique, et cela n'avait jamais attiré Marie-Jeanne, car idolâtrer à ce point des humains qui ont vécu ne permettait pas de trouver sa propre vérité, pensait-elle. De plus, sa mère n'avait jamais participé aux rituels autochtones de ses pairs. Elle ne comprenait pas ces gens qui parlaient de l'esprit des arbres, de l'eau et du vent, de la Terre Mère, de Gaïa, de Pachamama, qui s'habillaient de vêtements « bizarres » et de bijoux traditionnels indiquant leur croyance à un monde ancestral spirituel. Mary vivait en perpétuant l'héritage de son couvent, pas celui de sa culture.

Steve la prit dans ses bras et lui dit à l'oreille :

— La Grande Source, la conscience suprême, que l'homme a baptisée « Dieu », ne professe aucune religion. L'énergie suprême n'est que de l'amour pur, la vibration suprême du cosmos, la fréquence ultime de la Grande Conscience.

— Je ne suis pas certaine de comprendre.

— Hum… Dieu, c'est en fait une source d'énergie, et cette énergie, cette vibration, c'est de l'amour pur.

Marie-Jeanne le remercia et monta dans sa voiture. En reculant dans l'entrée, elle téléphona immédiatement à Sofia.

— Non, je te jure, Marie-Jeanne, je n'ai jamais parlé à Lee-Ann de ma vie !

Louis répondit la même chose. Marie-Jeanne était fascinée par sa découverte d'aujourd'hui. « Et si c'était vrai ? » se dit-elle tout haut dans la voiture. Elle prit une heure à faire le trajet de quinze minutes pour retourner chez elle.

En arrivant à la maison, elle rappela Sofia.

— C'est bon. Quand arrive-t-elle, ton amie ?

— Laquelle ?

— Juliette Brault.

— Dans quelques semaines. Pourquoi ? demanda Sofia, curieuse.

— Peux-tu organiser un souper avec elle ?

— Certainement !

— 8 —

AMANDLA !

« Imaginez comment le monde va changer quand l'humanité réalisera son interconnexion avec toute forme de vie et travaillera ensemble afin de restaurer la santé et le bien-être de l'ensemble. »

NASSIM HARAMEIN

Marie-Jeanne avait vu les premières fleurs du printemps apparaître à travers un voile de vertige. Elle avait commencé à diminuer sa prise de médicaments, guidée par les conseils d'un collègue médecin. Elle ne prenait plus que le quart de sa dose initiale. Elle avait passé les trois premières semaines complètement étourdie, à un point tel qu'elle crut un moment souffrir d'une labyrinthite. Elle dut se résigner à voir moins de patients quotidiennement. Elle avait perdu du poids. Elle s'était enfermée toute une journée dans sa chambre. Elle avait dansé seule dans son salon, les yeux fermés, chantant à voix haute, pleurant à chaudes larmes en ne sachant pas si elles étaient de joie, de peine ou simplement le résultat d'un laisser-aller d'une énergie coincée. Elle tentait de repousser la peur de perdre cette béquille chimique, la peur du changement, même s'il était ardemment souhaité.

Sofia rendait visite à Marie-Jeanne deux ou trois fois par semaine. Elle lui préparait des thés médicinaux faits de toutes sortes de plantes, lui offrait des traitements ostéopathiques et des massages. Les symptômes physiques s'étaient finalement estompés. Un brouillard s'était levé de sa conscience, si opaque qu'elle n'avait jamais remarqué avant à quel point elle vivait submergée dans l'automatisme.

La fin mai sonna, et avec elle arriva la rencontre tant attendue. Juliette Brault et son mari, Sai Chetty, venaient souper ce soir-là. Louis et Mika avaient passé l'après-midi à préparer les lits pour les semences de légumes et d'herbes du jardin. Marie-Jeanne et Kat s'affairaient dans la cuisine pour préparer le repas.

Marie-Jeanne avait réussi à percer la bulle de Kat et les deux avaient beaucoup parlé récemment. Kateri avait enfin exprimé le désir de reprendre le contrôle de sa vie. Elle était même revenue vivre à la maison. La cohabitation n'était pas toujours facile entre deux jeunes perdus de vingt ans et une mère égarée. Toutefois, depuis que Marie-Jeanne avait décidé de changer de cap, on aurait dit que toute la famille éprouvait un renouveau d'énergie.

Juliette et Sai étaient végétaliens, ce qui donna un peu de fil à retordre à Marie-Jeanne puisqu'elle employait beaucoup le beurre, le lait et les œufs dans sa cuisine. Elle finit par opter pour une ratatouille aux pois chiches, du riz et une salade.

Sofia et sa fille Léa arrivèrent avec l'entrée, le dessert et un immense bouquet de fleurs fraîches. Léa et Kat, qui ne s'étaient pas vues depuis plusieurs mois, disparurent dans la chambre.

— Ah ! Ça sent l'été ! dit Marie-Jeanne, le nez enfoui dans les fleurs.

— Toi, dis-moi, ça va ? Je vois que tu portes ton orthèse, remarqua Sofia en désignant son coude. Ton épicondylite est revenue ?

— Malheureusement, oui. Je pensais avoir tout réglé avec les séances d'acupuncture. Je prends des anti-inflammatoires de temps à autre quand la douleur est trop forte.

— Je te ferai des traitements. Tu sais que si tu fais l'ayahuasca tu ne pourras plus prendre ces médicaments pendant quelques semaines.

— Je sais. Mais je n'ai pas encore décidé si je ferai la cérémonie. Il y a des journées où je crois que oui, et d'autres non.

— Attends de parler avec Juliette.

Sofia avait rencontré Juliette à sa clinique d'ostéopathie. La quinquagénaire avait été happée par une voiture alors qu'elle était à vélo. Juliette avait suivi des traitements pour son épaule, fracturée à quatre endroits. Les deux femmes s'étaient liées d'amitié. C'est d'ailleurs Juliette qui avait insisté pour que les enfants soient présents, ce soir. « Ils sont assez grands pour comprendre. » Marie-Jeanne avait d'abord résisté, mais avait par la suite abdiqué devant l'insistance de Louis, qui avait passé des mois le nez dans des recherches intensives sur l'ayahuasca et d'autres plantes médicinales.

On sonna. Marie-Jeanne était nerveuse, car elle allait discuter de choses très privées avec une parfaite inconnue.

— Je suis certaine que vous allez vous entendre à merveille, lui confia Sofia. D'ailleurs, vous vous ressemblez à plusieurs points de vue.

— Ah oui ? Lesquels ?

— À toi de les découvrir, s'exclama-t-elle dans un éclat de rire.

Louis, Mika, Kat, Sofia et Léa se tinrent debout près de l'entrée, tandis que Marie-Jeanne ouvrait la porte.

Une femme au large sourire et aux petits yeux rieurs la prit dans ses bras, comme si elle la connaissait depuis longtemps.

— C'est vraiment un honneur de vous accueillir, dit Marie-Jeanne.

— C'est moi qui vous renvoie la gratitude, répondit Juliette. Ça me donne aussi l'occasion de passer du temps avec Sofia. Nous ne nous voyons pas souvent. Et ses amis sont mes amis.

Elle fit le tour de la petite assemblée avec son mari sud-africain, un grand homme mince, à la peau noir d'ébène, comme ses cheveux et ses yeux.

— Je comprends assez bien le français, dit Sai avec un fort accent, mais je ne peux pas beaucoup le parler.

— Nous parlons tous l'anglais ici, le rassura Louis.

Ils s'installèrent sur la terrasse dans la cour, profitant du beau temps et des derniers rayons de la journée. Sofia avait fait un pâté d'aubergine, qu'elle distribua avec des crudités. Les trois jeunes conversèrent ensemble alors que les plus vieux parlaient surtout de l'état de l'Afrique du Sud et du continent africain en général. Louis avait mille et une questions à poser à Sai, lui qui avait été secrétaire général et fondateur d'une fédération de syndicats. Après le soulèvement de Soweto en 1976, lorsque la police sud-africaine avait tué plus de huit cents enfants d'école qui protestaient contre l'imposition de l'afrikaans comme langue d'enseignement, la vie de Sai, et celle du pays, avait changé.

— C'est comme si on voulait imposer l'anglais comme langue d'enseignement au Québec, compara Sai.

— Il y aurait des émeutes ! s'exclama Louis.

— Le peuple était en colère, et si on ne canalisait pas cette énergie, expliqua Sai, elle serait dévastatrice pour le pays. Ç'aurait été la guerre civile. Moi, j'ai vu une occasion à saisir auprès des travailleurs, la main-d'œuvre bon marché qui assurait le roulement du régime de l'apartheid. Je me rendais tous les jours, à 4 heures du matin, rencontrer les employés près de l'entrée des usines. Il fallait les convaincre un à un, faire grandir l'espoir plus que la peur, la principale arme que le pouvoir exploitait. Puis on a rencontré les familles, les communautés, et on a fondé notre fédération au milieu des années 1980, les pires années de l'apartheid. C'est une fois la masse unie qu'on a pu commencer le travail.

Sai parla de ses années à vivre en cachette, se déguisant, couchant chez l'un et chez l'autre, changeant de domicile tous les soirs pendant deux ans. Il raconta avec nostalgie le matin du 11 février 1990, quand il s'était rendu à la prison où se trouvait Nelson Mandela. Ils eurent le temps de prendre le thé ensemble avant d'aller affronter l'armée d'amour de la planète qui les attendait. Puis les difficiles années de négociations, les cinq ans au parlement à changer des siècles d'histoire, pas seulement les quarante-six ans du régime d'apartheid. La toute première loi sud-africaine, au XVIIe siècle, était raciste.

— L'apartheid est réellement né en 1652, raconta Sai, avec l'arrivée de Jan van Riebeeck, mais il a été officialisé en 1948, lorsque le parti nationaliste afrikaner a pris le pouvoir et a institutionnalisé le racisme.

Sai était fatigué. Une vie à se battre pour la justice.

Marie-Jeanne dut à un moment lever la main et demander qu'on le laisse souffler un peu. C'était aussi le signal pour rentrer manger.

Une nappe de solennité se posa doucement dans la pièce aussitôt les convives installés à la table. Les jeunes – Mika, Kat et Léa – attendaient fébrilement la « grande nouvelle » dont leur avaient parlé leurs parents. C'est Sofia qui entama la conversation.

— Merci, Juliette et Sai, de partager avec nous des anecdotes du cheminement que vous avez entrepris, qui nous intéresse particulièrement. Ça reste un sujet difficile et délicat.

Sofia se tourna vers les trois jeunes.

— D'abord, tout ce qui se dira à cette table restera sous ce toit. C'est compris ?

Les trois opinèrent de la tête, Mika avec un grand sourire aux lèvres, curieux et interloqué à la fois devant le mystère entourant cette rencontre. Il avait attaché sa crinière de cheveux noirs comme ceux de sa mère et bouclés comme ceux de son père, à la demande de Marie-Jeanne.

— Juliette et Sai sont venus nous raconter leur expérience d'ayahuasca, car nous pensons, Marie-Jeanne, Louis et moi, faire une cérémonie pour...

— L'ayahuasca ? La drogue hallucinogène ? Mais êtes-vous tombés sur la tête ?

Kateri, qui tentait de se sortir d'un délicieux, mais douloureux cycle de drogues, n'en croyait pas ses oreilles. Louis, Sofia et Marie-Jeanne passèrent les quinze minutes suivantes à défaire la propagande qui avait circulé sur les réseaux sociaux et à la télévision québécoise, que ce soit dans une série dramatique ou au sein d'émissions d'information ou d'enquête.

Mika prit le parti de ses parents. Il connaissait déjà la plante pour avoir visionné le film *From Shock to Awe*, de Luc Côté. Il s'obstinait avec Kat et Léa, qui appuyait son amie. Juliette et Sai restèrent silencieux sans oser manger alors que le feu familial flambait à la table.

Tout à coup, Sai leva son poing et cria: « *AMANDLA !* » Juliette sourit et répondit: « *NGAWETHU !* » Tout le monde se tut, figé dans son langage corporel; Kat un doigt au visage de son frère, Sofia les deux bras dans les airs, Marie-Jeanne la bouche grande ouverte. Juliette éclata de rire.

— Sai vient de scander ce qu'on entend dans les grands rassemblements en Afrique du Sud quand c'est le temps de commencer les discours. *Amandla* veut dire « pouvoir », et l'assistance répond *ngawethu*, qui veut dire « au peuple ».

— Et si on recommençait? dit Sai. Si on s'écoutait et on ne parlait qu'un à la fois, ça irait beaucoup mieux.

Il sourit de toutes ses dents.

— D'ailleurs, pourquoi ne pas laisser la chance à Juliette de parler? demanda Louis.

Un déplacement de fessiers et redressement de corps se fit entendre dans le silence humilié de la querelle familiale. Juliette se racla la gorge et sourit. Elle regarda d'abord Kat et Léa.

— Les filles, comme je vous comprends! Je n'ai jamais consommé de drogue psychédélique ni hallucinogène de ma vie. J'ai toujours eu peur de ça. Ça magane un cerveau et un corps pas à peu près!

Kat baissa les yeux.

— Je veux d'ailleurs commencer par l'histoire de Ken, mon neveu en Afrique du Sud, avant de parler de la mienne. Quel âge avez-vous?

— Dix-huit ans, répondit Léa.
— Et moi vingt, dit Kat.
— Hmm…
Sofia avait confié à Juliette le problème de drogue de Kat et parlé de sa fille, Léa, qui buvait un peu trop à son goût. Juliette voulait rester discrète.
— Ken a aujourd'hui vingt-deux ans. Mais entre seize et vingt ans, il a vécu une période très difficile. Il avait une sérieuse dépendance aux drogues, des substances chimiques dures et dangereuses. Il a vu nombre de thérapeutes mais sentait qu'il n'avait plus aucun recours. Jusqu'au jour où ses parents l'ont fortement encouragé à faire une cérémonie d'ayahuasca.
Les yeux de Kat et de Léa s'écarquillèrent.
— Ils étaient environ vingt-cinq jeunes, tous dans la vingtaine. Ken est parti le vendredi avec l'air bête qu'il avait depuis quelques années. Le dimanche, sa mère a dit que c'est un garçon différent qui est rentré à la maison. Il n'avait pas tout réglé, mais il n'a plus jamais touché à la drogue. Et la plante lui a donné des devoirs à faire.
— La plante lui a donné des devoirs? demanda Léa, incrédule.
— Oui, je sais, c'est difficile à comprendre. Il faut le vivre. L'ayahuasca fait partie d'un processus et n'est qu'un outil dans le cheminement que Ken a décidé d'entreprendre. D'ailleurs, c'est une plante qui est beaucoup utilisée pour aider les gens qui souffrent de dépendances, même les plus graves. On traite toutes sortes de maux et de maladies avec elle. Mais l'ayahuasca n'est pas pour tout le monde. Travailler avec cette plante demande deux choses.
Elle hésita.
— Le courage et la confiance.

— Oh ! s'étonna Marie-Jeanne.

Elle ne s'attendait pas à ces deux ingrédients.

— Pourquoi le courage ? dit Kat.

— Parce qu'on fait face à sa vérité, et ce n'est pas tout le monde qui en a le cœur. On fait face à ses démons, à l'énergie négative qui est emmagasinée quelque part dans notre corps. Si c'est un traumatisme, il faut le laisser sortir. Beaucoup ont peur de guérir parce que leur identité est construite autour de leur traumatisme. Ils n'ont aucune idée de qui ils sont en dehors de ce trauma, et cet inconnu peut être terrifiant.

— Et pourquoi la confiance ? s'enquit Léa.

— Parce que la plante t'emmène à des endroits insoupçonnés. Ce n'est pas une partie de plaisir que de faire une cérémonie d'ayahuasca ! Il y a la purge, qu'elle soit physique, émotive, mentale ou spirituelle.

— La purge ? On vomit ? fit Kat.

— Oui, mais ce n'est pas du vomissement comme tel. C'est une purge d'énergies qui ne sont plus nécessaires. Ensuite, les purges émotives peuvent sortir en peine, en colère, en frustration, en peur. Les purges mentales sont à rendre fous ! On te fait entendre ce que ton cerveau pense à longueur de journée. C'est terrible ! Et la purge spirituelle, eh bien, on peut vivre ce qu'on appelle une « mort spirituelle ». Ça peut être traumatisant, mais c'est extrêmement libérateur.

— Vous l'avez vécue ? intervint Marie-Jeanne.

— Oui.

Juliette se tut et mangea, ce qui indiquait qu'elle n'était pas ouverte à parler de cette expérience. Le silence de la tablée fut aussi limpide qu'un lac transformé en miroir à la tombée du jour. Tous les convives mastiquaient lentement, le regard dans l'assiette. Louis brisa la glace.

— Et vous, Sai, avez-vous fait des cérémonies ?

— Oui, quelques-unes. Je n'en ferai plus maintenant. J'ai beaucoup appris et fait le travail que je voulais.

Il se remit à manger.

— Par exemple ? osa Marie-Jeanne.

— Hum… Par exemple, je transportais une profonde culpabilité et je ne savais pas que c'était elle qui me rendait malade. En tant que secrétaire général de la fédération de syndicats, j'ai dû prendre des décisions extrêmement difficiles. Lorsque nous organisions une grève nationale, des millions de travailleurs sortaient dans la rue. La police ripostait, bien sûr, quand ce n'était pas l'armée. D'honnêtes travailleurs sont morts sous leurs balles. Je portais ces morts sur ma conscience. En fait, je les portais dans mes genoux. J'ai eu des maux de genoux pendant plusieurs années et le problème empirait. La solution qu'on m'offrait était des anti-inflammatoires et des antidouleurs, des exercices aussi. Depuis la libération de cette culpabilité, je n'ai plus mal. De toute évidence, cette énergie avait choisi les genoux comme lieu d'entreposage.

Il fallut un moment à la tablée pour absorber cette information. Mika lui posa plusieurs questions par la suite et la conversation divagua pour se porter sur l'organisation sociale des masses. On ramassa les assiettes et prépara la table pour le dessert.

— Juliette, c'est toi qui vas nous raconter ton histoire maintenant, décida Sofia.

— Oui, *boss* !

Les deux éclatèrent de rire.

— 9 —

Zéro sur dix

> « L'éveil est le but. L'éveil du fait que par essence nous sommes lumière, nous sommes amour. Chaque cellule de notre corps, chaque cellule et molécule de tout. La source d'énergie de toute vie est la lumière. Donc, s'éveiller à cette connaissance, vouloir opérer dans ce domaine, et croire que c'est possible sont tous des facteurs qui vous y mettront. »
>
> DOLORES CANNON

Une atmosphère de confiance avait rapproché les convives, comme si les différences d'âge entre eux n'existaient plus. Parler de choses secrètes et clandestines avait ce pouvoir de réunir les gens. Après tout, c'est ainsi que naissent les révolutions.

La table avait été débarrassée et le dessert servi. Léa, Mika et Kat buvaient les paroles de Sai. Il avait le tour avec les jeunes. Ils discutaient de ce qui pourrait remplacer le système d'éducation mondial actuel, désuet, puisque basé sur l'ère industrielle.

Marie-Jeanne, Sofia et Juliette parlaient des traditions spirituelles mohawks. Juliette posait plein de questions à Marie-Jeanne, puisqu'elle avait, avait-elle appris, dans sa ligne ascendante une ancêtre mohawk. Marie-Jeanne n'avait que son expérience avec la voyante Lee-Ann à offrir. Juliette voulut absolument la rencontrer.

Les trois femmes discutèrent du rôle des grands-mères au sein des Premières Nations du monde. Sofia raconta qu'avant l'arrivée des Européens les femmes autochtones avaient le pouvoir, surtout les femmes ménopausées, vers qui on se tournait pour évaluer les risques d'une opération, d'un projet ou d'une aventure quelconque. Leurs décisions prenaient en compte l'impact des gestes sur les sept prochaines générations. Ces femmes préservaient l'équilibre entre la survie et la sécurité des membres de la communauté et le respect des besoins, du rythme et des limites de la Terre Mère. Elles étaient considérées comme les protectrices et les gardiennes du territoire, de l'eau, de la culture, de la langue et de la famille.

— Si on avait écouté les tótas mas, dit Juliette, on n'aurait pas massacré la planète au point de compromettre la survie de l'humanité.

— Mais qui va écouter les femmes ménopausées, aujourd'hui, surtout celles des Premières Nations ? demanda ironiquement Marie-Jeanne.

— Ah ! Pas besoin d'être des Premières Nations pour être ridiculisée à cause de sa ménopause ! répondit Juliette, en riant jaune.

— Oui, d'ailleurs, mon amie, dit Sofia, pourrais-tu nous raconter comment l'ayahuasca a réglé tes problèmes dus à ta ménopause ?

À la seule mention du nom de la plante, tout le monde se retourna et regarda Juliette.

Elle émit un rire gêné.

— Bon, ce n'est pas quelque chose dont je parle aux gens, enfin, dans notre petit cercle à nous, oui. Car nous sommes habitués désormais à avoir ce langage, mais dans le monde en général, je ne peux pas en parler.

— Pourquoi ? fit Léa.

— Parce que cette plante est incroyable, répliqua Juliette. Même moi, aujourd'hui, je me demande comment c'est possible. Ça l'est, de toute évidence, puisque c'est arrivé, mais la guérison de ma ménopause m'a apporté plus de questions que de réponses. On dit que les outils pour mesurer ce qui se passe lors d'un traitement d'ayahuasca n'existent pas. Or mon corps a été l'outil.

Mika s'était levé et faisait le tour de la table avec une théière de tisane à la camomille. Juliette accepta volontiers.

— Tu sais, mon fils fait pareil. Il nous sert toujours le thé après le repas. Merci, Mika.

Juliette sourit en le suivant des yeux. Elle revint à la conversation.

— Oui ! Bon ! D'abord, je dois avant tout dire que je souffrais d'une forme potentiellement mortelle de ménopause.

Marie-Jeanne avait déjà entendu parler de certains cas rares comme le sien. Juliette avait des chaleurs toutes les vingt minutes, vingt-quatre heures par jour, tellement puissantes qu'elle en vomissait. Tous les matins, le lit était à changer tellement il était trempé. Une fois, elle n'avait pas dormi pendant cent seize heures et avait maigri de quatre kilos et demi pendant ces cinq jours. Son cas, effectivement, figurait dans les statistiques de la catégorie « ménopause potentiellement fatale » parce que ne pas pouvoir manger ni dormir tue.

Juliette expliqua qu'elle avait pris des hormones pendant deux ans avant d'aboutir au programme d'oncologie de l'hôpital Royal Victoria, à Montréal, pour les femmes de cinquante ans et plus à risque ou souffrant du cancer des ovaires. Elle avait cessé sur-le-champ les hormones sur les conseils de l'oncologue. Pendant quatre mois, elle avait pris quatre sortes de médicaments – somnifères, antidépresseurs, anxiolytiques et antinausées.

— Elle vivait dans une brume, dit Sai. Elle ne pouvait pas fonctionner normalement.

— J'avais quand même des chaleurs, précisa Juliette, mais les médicaments m'assommaient tellement que je pouvais dormir par petits bouts de dix ou quinze minutes, jusqu'à la prochaine bouffée. C'était comme ça la journée complète. Je ne me supportais plus. En d'autres mots, aucun produit pharmaceutique ne me permettait de vivre sans inconfort. Et j'avais tout essayé, du changement de diète à l'acupuncture, de la méditation aux herbes chinoises, tout !

Un jour, au soixantième anniversaire de Sai, une amie de Juliette était arrivée avec des muffins au cannabis. À sa grande surprise, après en avoir avalé un, Juliette s'aperçut que tous les symptômes de sa ménopause avaient disparu. Elle entreprit une recherche de deux ans sur la plante. Elle intégra plusieurs groupes clandestins de guérison par le cannabis. L'un d'eux comptait dix mille membres qui cherchaient à soulager une panoplie de maux, surtout le cancer, dont plus de la moitié repartait guérie, un taux qui augmentait si les personnes optaient pour l'approche holistique du traitement. En plus d'ingérer chaque jour mille milligrammes d'huile de cannabis brute dont la teneur en THC était de soixante-cinq pour cent, le patient atteint de cancer suivait une diète végétalienne alcaline et une diète spirituelle, incluant la méditation et le yoga. Juliette avait adopté la même approche pour sa ménopause, sauf pour la quantité d'huile.

— J'ai pris quelques gouttes d'huile de cannabis tous les soirs pendant cinq ans. Certes, cela avait totalement éliminé mes symptômes, mais j'en avais marre. Je ne pouvais plus vivre sans mon huile de cannabis, ce qui m'empêchait de voyager puisqu'il est interdit de le faire avec cette substance dans ses bagages, contrairement aux autres médicaments, ceux qui sont légaux mais qui peuvent tuer en surdose, chose impossible avec le cannabis.

Juliette était passionnée lorsqu'elle parlait. On voyait bien qu'elle avait fait ses devoirs, et Marie-Jeanne se promit de s'informer à son tour en étudiant cette plante et ses bienfaits. Après tout, dans sa communauté, on trouvait plusieurs boutiques de cannabis, mais elle n'avait toujours considéré que le côté récréatif de son usage. Elle ne s'était jamais penchée sur son potentiel médical. Elle avait lu quelque part que quatre-vingt-quinze pour cent des médecins pratiquaient la médecine sans prendre en compte le système endocannabinoïde de l'être humain, pourtant central au système immunitaire et qui joue un rôle dans la guérison de toutes les maladies. Elle faisait partie de ce pourcentage.

— Alors voilà, un jour l'année dernière, j'ai décidé de faire une cérémonie d'ayahuasca pour demander à la plante de me guérir de la ménopause. J'ai dû arrêter le cannabis pendant les sept jours précédant la cérémonie, donc après ce sevrage, sur une échelle de dix, les symptômes de ma ménopause étaient à dix. Nous étions une vingtaine de personnes autour d'un feu, dans une vallée en Afrique du Sud, avec un chaman huni kuin du Brésil. Quand ç'a été mon tour d'aller boire la médecine, je me suis levée, puis je suis allée m'asseoir devant le chaman et, en portant le verre à mes lèvres, j'ai dit : « Mama Ayahuasca, de grâce, libère-moi de cette ménopause. Je n'en peux plus. » Et je suis retournée sur mon matelas pour m'étendre. L'effet prend quarante-cinq minutes à une heure à se faire sentir. Après un moment, des voix sont arrivées. Voici l'échange approximatif qui a eu lieu.

Elle se redressa sur sa chaise.

— *Comme ça, vous voulez guérir votre ménopause ?* dit Juliette en changeant sa voix légèrement.

— *Oui !* ai-je répondu. *Je n'en peux plus, de ma ménopause. Ça fait sept ans que j'en souffre ! C'est lourd à gérer.*

— *Rien de plus simple !* ont dit les esprits.

— *Que voulez-vous dire, « rien de plus simple » ? Je souffre d'une ménopause mortelle !*

— *Oui, on sait ça. Mais il est facile d'en guérir.*

— *Facile ? Mais pourquoi ne me l'avez-vous pas dit avant ?* J'étais fâchée, ajouta Juliette.

— *Parce que vous ne l'avez jamais demandé,* ont-ils répliqué.

— *Eh bien, je crois que vous ne comprenez pas la sévérité de cette ménopause. Parfois, les chaleurs sont tellement fortes que j'en vomis !*

— *Nous savons ça.*

— *Je ne peux pas parler, lire, me concentrer, je ne peux rien faire durant une chaleur.*

— *Nous savons ça. Mais vous pouvez guérir.*

— *Mais vous ne comprenez pas. Cette ménopause est tellement grave que c'est peut-être impossible d'en guérir !*

— *Voulez-vous vous taire et faire le travail ?*

— Est-ce que vous parliez tout haut ? l'interrompit Mika, intrigué.

Juliette rit et prit une gorgée de tisane.

— Non, tout se passe en soi.

Elle reprit son histoire.

— On m'a menée à ce que la plante a appelé *Forgiveness land*, la « terre du pardon ». Je ne saurais trop vous expliquer de quoi ç'a l'air ou comment s'est fait le voyage. C'est une autre dimension. À mon arrivée, la plante m'a dit que j'avais deux choses à faire.

— La plante vous parle vraiment? demanda Marie-Jeanne, encore incrédule.

— Oui, et les esprits aussi. Alors la plante m'a dit que, d'abord, je devais me pardonner. J'ai demandé: *Me pardonner quoi ?* Elle m'a répondu:

— *Tout! Tout ce que vous avez fait dans votre vie, toutes les erreurs, tous les regrets, vous devez tout vous pardonner.*

— *Tout ?*

— *Tout!*

— *Même la fois où j'ai fait ceci ?*

— *Oui.*

— *Même la fois, très grave, où j'ai fait cela ?*

— *Oui.*

— *Quoi ? Et même la fois où j'ai dit ceci ?*

— *Tout!*

Juliette expliqua qu'elle avait dû passer deux heures à se pardonner toutes les erreurs et fautes commises dans sa vie.

— C'est la chose la plus difficile à faire, celle de se pardonner. La plante m'aidait et m'apportait les bulles de souvenirs.

Elle prit une grande inspiration.

— Ce qui est arrivé après est incroyable, laissa-t-elle tomber.

Juliette baissa les yeux et Sai lui prit la main.

— Bon, ce n'est pas facile pour moi de parler de tout cela, car c'est assez privé. Mais allons-y.

Juliette raconta que quatre esprits d'enfants apparurent l'un après l'autre. D'abord, celui de son frère mort peu de temps après sa naissance. Le jumeau de ce dernier, lui, le frère de Juliette, avait survécu et vivait toujours. Ensuite, elle rencontra la jumelle de sa fille, qu'elle avait perdue à quatre mois et demi de grossesse. Enfin, un garçon et une fille, deux avortements qu'elle avait subis dans sa jeunesse, malgré l'emploi de contraceptifs dans les deux cas.

— Je ne voulais même pas lui prendre la main de peur qu'elle tombe enceinte ! confia Sai en riant.

La tablée s'esclaffa. Juliette continua de relater son aventure.

— Je me suis aperçue que j'avais stocké de la culpabilité dans mon corps quant à ces deux interruptions de grossesse. Je ne le savais même pas. Le garçon et la fille m'ont dit qu'ils comprenaient, que la situation l'exigeait, qu'ils étaient bien, heureux, de ne pas m'en faire, de laisser aller ce poids inutile.

Elle prit une autre gorgée de tisane et finit sa tasse. Mika s'empressa de lui en verser encore. Juliette poursuivit son récit.

— Ensuite, j'ai beaucoup parlé à la jumelle de ma fille. Elle m'a expliqué pourquoi elle avait quitté le nid. Ce n'était pas ma faute. Ça m'a tellement soulagée.

Juliette raconta qu'après un moment elle pensait avoir fait le tour de toutes les fautes de sa vie et s'être pardonnée. Elle a alors demandé à la plante : *Et puis maintenant ?*

— *Il faut pardonner à tout le monde tout le mal qu'on a pu vous causer dans la vie.*

— J'ai répondu un peu scandalisée : *Quoi ? Même celui qui m'a…*

— *Oui.*

— *Et l'autre qui m'a…*

— *Oui. Tout le monde.*

Juliette dit qu'il lui avait fallu encore quelques heures à pardonner à tous ceux qui lui avaient fait du tort dans la vie. Elle était épuisée après ce temps à la terre du pardon. Elle a ensuite beaucoup purgé. Elle a pleuré. Quelque chose s'était libéré.

— À la fin de la cérémonie, vers 3 heures du matin, on a fait un « partage », c'est-à-dire un moment où les gens peuvent choisir de ne rien raconter ou de révéler un peu ou tout ce qu'ils viennent de vivre. Le groupe est séparé selon les sexes, les hommes d'un côté et les femmes de l'autre. Une question d'énergie. Le chaman donne une plume d'aigle à celui qui parle. Les hommes ont parlé en premier. Quand Sai a pris la plume de parole…

Sai émit un rire en hochant la tête.

— *Incredible!* dit-il en anglais, se remémorant la soirée.

— Qu'est-ce qui s'est passé? les pressa Kat, absolument captivée par l'histoire.

— Lorsque Sai a pris la plume, la première chose qu'il a dite, c'est: «Juliette, je te demande pardon pour tout. Je suis allé à la terre du pardon et j'ai passé la soirée à pardonner et à me pardonner. Mais j'ai besoin d'avoir ton pardon.» J'ai tellement ri. Je lui ai répondu qu'il était tout pardonné.

— Incroyable! s'exclama Louis.

— Et ta ménopause? demanda Marie-Jeanne.

— Plus rien. Zéro sur dix. Aucun symptôme. Tout est parti.

— Incroyable! répéta Louis.

— Le pardon est la plus puissante des médecines, affirma Juliette. J'ai compris que garder une rancœur contre quelqu'un, c'est garder le lien énergétique entre l'événement ou la personne qui nous a causé du mal dans la vie. La colère, la vengeance, la frustration, la jalousie, enfin, toutes ces émotions négatives nourrissent le lien. Pardonner ne veut pas dire approuver le geste de la personne – ou de soi-même – qui nous a fait mal. L'événement ne changera jamais. Il est là, dans le passé. Pardonner veut dire couper le lien énergétique avec cet événement. Et mon corps en est la preuve concrète. Atteinte d'une ménopause mortelle, je suis sortie libérée de tout symptôme en passant six heures à pardonner.

Marie-Jeanne était bouche bée. Mika était fasciné, comme Léa et Kat d'ailleurs.

— Maman, papa, décida Kat, je veux faire une cérémonie d'ayahuasca.

— Moi aussi, renchérit Léa.

— Moi, c'est sûr ! s'exclama Mika.

Sofia et Louis manifestèrent leur intérêt à leur tour. Il ne restait que Marie-Jeanne, qui n'avait encore rien dit.

— Et toi, maman ? l'interrogea Kat.

Marie-Jeanne revint à la réalité, perdue dans un jeu de tir à la corde entre ses dogmes et ce doute qui grandissait.

— Moi ? Hum... Je crois que... je crois que oui, finalement.

Tout le monde éclata de rire, incluant Marie-Jeanne.

— Est-ce difficile d'organiser une cérémonie ici, au Québec ? demanda-t-elle.

— Oui ! répondit Juliette. C'est difficile partout, sauf en Amazonie. Malheureusement, au Canada, les lois sont intolérantes, et les gens, bornés. Si tu fais partie de la secte Santo Daime, par exemple, tu peux importer la médecine. La loi te donne la permission d'en faire usage seulement si tu crois en leur dieu.

— Mais c'est anticonstitutionnel, ça ! affirma Sai, lui qui avait assisté de près à la rédaction de la Constitution de son pays. Vous pourriez facilement le contester.

— Facilement ? Pas certaine que ce soit le bon mot, commenta Sofia.

— Alors c'est impossible à moins de se joindre à ce groupe ? demanda Marie-Jeanne.

— Ah ! Ce n'est pas une option, quant à moi, l'avisa Juliette. Ils sont bien gentils, mais ils n'utilisent pas cette médecine comme outil de guérison ; plus pour l'introspection et la communication avec leur dieu. Ils ne font généralement de mal à personne, mais ils ont recours à des quantités insuffisantes pour faire des guérisons profondes. Bien qu'il n'y ait pas de danger de mort, il peut tout de même y avoir d'autres risques. Les sectes qui se servent de cette plante en prennent assez pour qu'il y ait des dégâts spirituels. Par exemple, il est possible qu'un participant devienne « parasité » par une entité négative. Un vrai chaman protège l'espace contre cela. D'ailleurs, il faut faire attention aux charlatans qui se disent chamans. Et, croyez-moi, des charlatans, il y en a en masse, beaucoup plus que de vrais guérisseurs !

— Alors, quelle est l'option ?

— Hmm… Mon chaman du Brésil fait une tournée européenne cet été, avec sa collègue sud-africaine. Je pourrais peut-être lui demander de passer par le Québec avant de s'envoler vers l'Europe. Il faudra au moins vingt personnes pour justifier sa venue.

— Mais vous dites que c'est illégal si on ne croit pas à un certain dieu, rappela Marie-Jeanne.

— Si on attendait que tout soit légal avant d'agir, le régime de l'apartheid serait encore au pouvoir en Afrique du Sud, répliqua Juliette. Tout se fait. Pour traiter une vingtaine de personnes, le chaman trouvera un moyen d'apporter sa médecine.

Les jeunes semblaient excités, les parents, plus inquiets à cause des lois.

— Quand vont-ils en Europe ? demanda Louis.

Juliette sortit son cellulaire et pianota sur l'écran.

— Ils y seront à la fin du mois d'août. Donc ça nous donnerait la mi-août ici, dans deux mois et demi.

Mikaël, Léa et Kateri ne tenaient plus en place, emballés par la tournure de la soirée.

— Attendez ! s'exclama Marie-Jeanne. Il n'y a rien de certain. Juliette doit d'abord vérifier leurs disponibilités, les prix et tout ça.

Elle se souvint soudainement des paroles de Lee-Ann, qui lui avait dit qu'un chaman dont le prénom commençait par un K changerait sa vie.

— Et comment s'appelle-t-il, ce chaman ?

— Kana, répondit Juliette. Kana Yawanawa. *Kana* veut dire « tonnerre » en hancha kuin.

— 10 —

Le recrutement

« Sur le plan élémentaire, nous, les humains,
ne sommes pas des réactions chimiques,
mais une charge énergétique. »

LYNNE MCTAGGART

La vie avait pris un nouveau tournant. Marie-Jeanne ne voyait plus ses patients du même œil. Elle avait commencé à réviser systématiquement leurs dossiers pour savoir exactement le type d'ordonnances qu'on leur faisait. Plusieurs avalaient six, huit et même jusqu'à dix sortes de pilules, certaines d'entre elles pour contrer les effets secondaires des médicaments principaux. Le soir, elle lisait tout ce qu'elle pouvait sur cette nouvelle voie. Elle commença par les documents de médecins et scientifiques qui faisaient le lien entre le monde physique et celui des autres dimensions énergétiques, avant d'élargir ses recherches. Elle dévora tout ce qu'elle put trouver sur le Dr Joe Dispenza, Gregg Braden, Lynne McTaggart, Bruce Lipton, Anita Moorjani, Thich Nhat Hanh, Eckhart Tolle et Sadhguru, entre autres. C'était comme si elle découvrait un monde qui lui avait été caché par sa culture, sa société, ses médias, ses institutions, lesquels dictaient les croyances à son peuple.

Elle s'était finalement sevrée de tout médicament et se sentait relativement bien. Le fait de savoir que la cérémonie d'ayahuasca avait été confirmée raffermit sa détermination.

Kat avait aussi suivi un programme de désintoxication personnel et voyait maintenant Michèle Séguin, la thérapeute de sa mère, une fois par semaine. Mika et Louis n'avaient aucun médicament à arrêter, mais le régime à adopter leur faisait peur. Le traitement par ayahuasca exigeait une diète végétalienne, sans sel, ni sucre, ni alcool, ni excitants d'aucune sorte comme la caféine, ni drogues, pendant une semaine avant et une semaine après la cérémonie. Le corps devait être libéré du maximum de substances toxiques possible. Ils avaient commencé à couper la viande, passant de cinq ou six fois par semaine à une ou deux. Même chose pour le café. Juliette les avait bien avertis: « N'attendez pas la dernière semaine avant de faire les changements dans votre diète. Votre corps va capoter! »

Il restait quatre semaines avant la cérémonie. Tout se faisait en catimini – le recrutement des gens, l'organisation de la venue du chaman et de ses collègues, ainsi que la rencontre pour expliquer le déroulement de l'événement. Les gens étaient surpris d'apprendre qu'ils auraient à avaler la médecine au moins deux soirs d'affilée. Le processus dure habituellement entre deux et dix jours. Le chaman avait suggéré une cérémonie de trois jours, qu'on appelle un *Nixi Pae*. « Moins que ça, on ne fait que chatouiller le problème. » Quand la cérémonie compte cinq jours ou plus, on l'appelle alors une *dieta*.

Marie-Jeanne s'était engagée à trouver les vingt participants. Elle passa de longs moments avec certains de ses patients en qui elle avait une confiance absolue. Son intuition lui dit d'en parler à Mme Fortier. Une des conditions nécessaires à la prise d'ayahuasca était d'avoir un bon cœur, ce qui était le cas de cette dame, dont les problèmes concernaient plutôt les jointures et les os. Un peu d'anxiété aussi.

— Si vous voulez me convaincre qu'il y a un monde spirituel, vous perdez votre temps, avait-elle répliqué. Parce que ça fait longtemps que je sais qu'il existe.

Marie-Jeanne avait ri. Elle avait trouvé un moyen d'expliquer le travail de la plante aux participants potentiels en quinze minutes pile. Elle finissait toujours son exposé en disant: « Mon amie a guéri sa ménopause, et son mari, ses problèmes de genoux. Tout ça en six heures. » Tout le monde exigeait des preuves. C'était normal.

— Je n'ai plus rien à perdre, moi, docteure. Rendue à quatre-vingt-quatre ans, je suis prête à tout, sauf peut-être à sauter en parachute.

Elle s'esclaffa, faisant vibrer son petit corps de haut en bas.

— Et j'ai pour mon dire que ça ne peut pas être pire que toutes les pilules que je prends présentement.

Marie-Jeanne avait commencé à la guider dans son sevrage. Mme Fortier était un cas particulier. Comme Nadia, une célibataire de trente-deux ans, qui lui avait jadis offert une lecture de cartes de tarot. À l'époque, Marie-Jeanne avait balayé du revers de la main cette gentille proposition. Elle rappela sa patiente, qui affirma avoir entendu parler de la plante. Marie-Jeanne en fut d'abord surprise, puis elle comprit que c'est elle-même qui aurait dû avoir honte de ne pas connaître ces plantes médicinales ancestrales, en tant que professionnelle de la santé, ayant des ancêtres autochtones de surcroît. Il y avait tout un monde à découvrir ! Marie-Jeanne se sentait comme une petite fille qui ouvrait une boîte de trésors.

Pour les autres personnes, Marie-Jeanne adopta l'approche scientifique. Elle parlait d'énergie, faisait des dessins des sept principaux chakras le long de la colonne vertébrale, traçant une flèche pour indiquer les glandes endocrines liées à ces chakras. Elle parlait de l'ADN, expliquait que ce n'était pas que les traits physiques qu'il transportait, mais l'énergie des ancêtres, leurs traumatismes aussi, et que c'était une des raisons pour se guérir, pour arrêter de transmettre ces énergies.

Elle avait identifié une douzaine de patients à qui elle pouvait s'ouvrir et avec qui elle avait une excellente relation depuis très longtemps. S'ils ne jugèrent pas la route qu'elle avait choisie, seulement quelques-uns acceptèrent de suivre cette thérapie unique. Les gens avaient peur pour toutes sortes de raisons.

Pierre, un professeur de sociologie à l'université, souffrait de maux de dos depuis des années, mais le problème s'était accentué à un point tel qu'il peinait à marcher, même avec une canne. Il était en attente d'une opération à la colonne qui n'offrait que cinquante pour cent de chances de succès. Il avait dit que c'était mieux que les cent pour cent d'enfer qu'il vivait. Il prenait des antidouleurs et parfois de la morphine depuis un an. Sans hésiter, il accepta d'emprunter cette voie.

Marie-Jeanne avait réussi, après quelques rencontres, à convaincre Rose, quarante-deux ans, violentée par son mari, physiquement, mais surtout psychologiquement. Il lui avait dit tellement souvent qu'elle n'était bonne à rien, qu'aucun autre homme ne voudrait d'elle, qu'elle était chanceuse de l'avoir, lui, qu'elle avait fini par le croire. Ses deux fils, de seize et dix-huit ans, avaient appris que c'était de cette façon qu'on traitait une femme. Ils étaient maintenant trois à la considérer comme une servante.

— Je peux continuer, Rose, à te prescrire des calmants, des somnifères, des antidouleurs, des antidépresseurs. Mais ça ne réglera pas le problème. Tu dois trouver le courage de sortir de cette situation.

Elle avait accepté, influencée par les petits dessins que lui avait faits sa docteure.

Marie-Jeanne avait pris contact avec ses patientes violentées. Plus de la moitié refusait de parler. Leur douleur était comme un douillet sofa dans un film d'horreur. Bien sûr, il fallait du courage pour entreprendre ce parcours méconnu. Des traumatismes et des pilules, une roue qui tournait sans cesse, constatait Marie-Jeanne. *Et après*, se demandait-elle, *qu'est-ce qu'on fait ? Comment met-on fin à ce massacre ? Et si on arrêtait de battre, de violer, d'ostraciser, de ridiculiser, de rabaisser, de trahir, d'enlever et d'assassiner les femmes ? Les femmes enfantent, nourrissent, caressent, éduquent, pacifient, écoutent, comprennent, apaisent, amadouent, rassurent, aiment sans condition. Pourquoi les valeurs qui pourraient changer le monde sont-elles ainsi bafouées ?*

Ce travail de recrutement était délicat. Juliette l'avait prévenue de faire très attention à qui elle parlait de ces cérémonies. « Les gens ne comprennent pas. Ils vont te dire d'aller voir un psy. » Certains pourraient aussi la dénoncer à la police ou même au Collège des médecins. Elle pourrait peut-être perdre son permis d'exercice, qui sait ?

Marie-Jeanne avait lu au sujet de ce danger dans un document époustouflant intitulé *Ayahuasca Manifesto, The Spirit of Ayahuasca and its Planetary Mission*[1], un texte écrit à la première personne, la plante étant la voix. « Permettez-moi de vous mettre en garde contre les esprits sombres qui agressent et envahissent mon travail sacré avec l'espèce humaine. Ils discréditent, corrompent, déforment et confondent, jusqu'à ce que les pratiques de recherche de la spiritualité ou des voyages intérieurs perdent tout le sens sacré qui les a engendrées en premier lieu. La nature médicale de ma médecine est la notion conceptuelle correcte pour équilibrer le droit inaliénable à la poursuite de la spiritualité d'une part, et d'autre part pour assurer la santé des citoyens, surtout en milieu urbain. Je suis une double médecine, pour l'âme et le corps. »

« Une médecine pour l'âme et le corps », répéta tout haut Marie-Jeanne. Jamais, dans ses études ni même dans sa profession, le mot « spiritualité », ou « âme », n'avait pris une place dans l'approche pouvant mener à la guérison. Et selon les principes énoncés dans ce document, il était à la base de tout.

Avec l'aide de Steve et de Lee-Ann, Marie-Jeanne faisait du recrutement chez les Mohawks. Il y avait énormément de traumatismes parmi son peuple d'origine, surtout depuis la crise d'Oka. Un des hommes avec qui elle avait passé du temps, Bam, le père d'un ami de Steve, avait pris part aux manifestations et disait vivre l'enfer depuis. Il avait passé tout l'été 1990 masqué, barrant la route à la police et à l'armée qui protégeaient les Blancs, ceux qui voulaient étendre leur golf sur la terre sacrée des

1. « Manifeste de l'ayahuasca, l'esprit de l'ayahuasca et sa mission planétaire. »

Mohawks. Sa santé physique s'était détériorée à tel point qu'il prenait douze sortes de pilules.

Le cas de Bam avait donné une idée à Marie-Jeanne. Elle appela son collègue médecin, à qui elle parlait de temps à autre et qui se rendait deux fois par mois à Kanehsatake. Elle lui demanda un compte rendu du genre et du nombre d'ordonnances médicales circulant sur le territoire, en préservant bien sûr l'anonymat des patients concernés. Elle prétendit s'y intéresser dans le cadre d'une recherche pour un cours de sociologie. Le rapport de son collègue la jeta par terre. Comment une si petite communauté pouvait-elle avaler autant de pilules ? se demanda-t-elle. Il y avait un ménage à faire, avec ou sans l'ayahuasca.

Lee-Ann avait recruté Patricia, une jeune Mohawk de vingt-neuf ans, mère de trois enfants, qui se présentait souvent pour faire soigner l'une ou l'autre des infections transmises sexuellement. Elle savait que ça venait de son mari. « Je ne sais pas qui je suis sans lui. J'ai peur. » Marie-Jeanne lui avait répondu que la plante l'aiderait peut-être à trouver cette réponse. Elle inventerait une fin de semaine chez sa mère pour pouvoir participer au Nixi Pae.

Marie-Jeanne était tombée sous le charme de Steve et passait de longs moments à l'écouter parler des esprits de l'eau, du vent, des arbres, des animaux, de Gaïa. Elle eut finalement le courage de lui poser la question qui la taraudait.

— Et si on invitait ta mère ? J'aimerais retrouver la paix avec Tess.

Steve s'était esclaffé.

— Jamais elle ne prendra ce genre de choses ! Pour elle, tout est de la drogue. Et je pourrais te relancer la question. Pourquoi n'invites-tu pas Mary, ta mère ?

Marie-Jeanne rit à son tour, pourtant il n'y avait rien de drôle. Elle aurait souhaité que Mary participe à cette cérémonie, mais il était impossible d'avoir une véritable discussion avec elle. Elle la visitait quelques fois par année même si elle ne vivait qu'à trois kilomètres de chez elle. Les premières minutes de calme se fondaient immanquablement en deux heures de reproches. Elle repartait toujours épuisée de chez sa mère.

— C'est impensable aussi. Elle ne voudrait pas. Je ne saurais même pas par où commencer si je décidais de lui en parler.

Steve participerait à la cérémonie. Quant à Lee-Ann, elle déclara simplement: «Je n'ai pas besoin d'ayahuasca. J'ai déjà accès aux réponses qu'il me faut.»

Marie-Jeanne savait qu'elle marchait sur des œufs quant aux risques qu'elle courait en organisant cette cérémonie, et elle fit promettre à tout un chacun de garder l'événement sous le sceau du secret absolu.

Son dernier patient venait de partir. Marie-Jeanne rangeait son bureau lorsqu'elle entendit cogner.

— Oui ?

— C'est Martin.

— Entre !

Son collègue et ami, le pharmacien Martin Desrosiers, ouvrit la porte et s'installa sur la chaise devant le bureau. Marie-Jeanne se rassit dans la sienne.

— Ça va, Marie-Jeanne ?

— Très bien ! Et toi ? Prends-tu des vacances bientôt ?

— Au mois d'août. J'attends la fin des vacances de la construction, dit-il. Et toi ?

— Au mois d'août aussi. Je prends tout le mois.

— Oh ! Un mois ? Marie-Jeanne Richard ! Qu'est-ce qui se passe ?

Elle sourit en guise de réponse. Il resta silencieux quelques instants. Martin venait rarement dans la clinique au-dessus de sa pharmacie. Les deux professionnels de la santé se connaissaient depuis vingt ans, mais ne se fréquentaient pas. Un esprit de respect et d'entraide les unissait, ce qui facilitait leur association commerciale. Il leur arrivait parfois d'aller dîner ensemble, et les conversations étaient toujours agréables. Trop de choses les séparaient toutefois d'une véritable amitié. Martin conduisait une petite Porsche l'été, une grosse BMW l'hiver. Il possédait toutes les bébelles imaginables – quatre-roues, motoneige, bateau à moteur, moto marine, même une montgolfière qu'il gardait chez un ami pilote de cet engin. Il mangeait mal et buvait trop. Marie-Jeanne voyait souvent, par la fenêtre de son bureau, le livreur de poulet frit lui apporter à dîner.

La docteure scruta l'homme devant elle. Les cheveux coupés court, d'un brun grisonnant, peignés sur le côté, les yeux bruns, de fins sourcils bruns, le visage rond, comme son corps, il portait les signes d'une certaine fatigue, une lassitude de longue date. De la sueur coulait sur ses tempes, malgré l'air conditionné de la pièce. Il avait desserré son nœud de cravate et déboutonné le col de sa chemise. Le bouton devant son nombril luttait pour rester dans son trou.

— Tu m'as l'air tellement fatigué, Martin. Je peux t'ausculter rapidement, prendre ta pression aussi ?

— Ah ! Marie-Jeanne, ce n'est pas nécessaire.

— Allez ! Saute sur la table d'examen. Deux minutes.

Il obtempéra. Marie-Jeanne écouta son cœur, ses poumons, prit sa tension.

— Ta pression artérielle est légèrement élevée. Prends-tu toujours tes bêtabloquants ?

— Oui, bien sûr.

— Hmm... Il faudrait peut-être penser à les augmenter.

En disant ces mots, Marie-Jeanne resta figée un instant, fixant les yeux de Martin. Pouvait-elle lui faire confiance ? Il pourrait sûrement bénéficier d'un traitement d'ayahuasca. Cependant, son style de vie devait à tout prix changer. Elle se ravisa.

— Martin, il faudrait regarder ta diète. Tu es en surpoids, tu prends des pilules pour le cœur, d'autres pour dormir. Quoi encore ?

— Des calmants.

— Et tu n'as que quarante-cinq ans. Qu'est-ce que ce sera dans cinq ou dix ans ?

Martin baissa les yeux et ne répondit pas. Il reboutonna sa chemise.

— Prends-tu un verre tous les jours ?

— Puis après ? N'exagère pas, là ! Un verre ou deux, ça fait quoi, franchement ? Avec la vie de fou que j'ai, c'est bien mérité, crois-moi !

Il revint vers le bureau, tandis que Marie-Jeanne s'assoyait. Cette fois, Martin resta debout devant elle, les deux mains sur les hanches.

— Je veux savoir ce qui se passe, dit-il, le front plissé.

Marie-Jeanne sentit le sang monter à son visage, son ventre se serrer.

— De quoi parles-tu, Martin ? réussit-elle à dire après quelques secondes.

— Je vends moins de médicaments depuis un mois, et ces diminutions proviennent toutes de tes patients.

Elle ravala sa salive.

— Eh bien, comme tu as pu voir durant ton examen, j'ai décidé d'inclure la diète et le mode de vie dans ma pratique médicale. Tu sais que les deux tiers de nos maladies sont dus à notre alimentation et que seulement le cinquième de nos médecins est formé en nutrition ?

Marie-Jeanne souriait de toutes ses dents, ses yeux brillaient, son cœur battant silencieusement la chamade.

— Ouais, ben, tu sais…

Martin s'assit sur la chaise. Marie-Jeanne ne le lâcha pas des yeux.

— Ouais, ben, Marie-Jeanne, vas-y mollo. Pis de toute façon, ça prend du temps à voir l'effet d'un changement de régime, puis y a des limites quand même ! Ne trouves-tu pas que tu y vas un peu raide ?

Il avait raison sur le délai nécessaire avant de ressentir les effets d'une nouvelle diète.

— Je veux dire, même Mme Fortier n'a pas renouvelé ses ordonnances ! J'espère que tu sais ce que tu fais, Marie-Jeanne. Faudrait pas mettre la vie des gens en danger !

— Mettre leur vie en danger ? Tu penses vraiment que je ferais ça ?

— Des carottes pis de la laitue, ça ne peut pas remplacer des bêtabloquants pis des calmants, surtout pas si t'as quatre-vingt-quatre ans.

— Mme Fortier n'a aucun problème de cœur. Et oui, ça pourrait remplacer si…

— Quoi qu'il en soit, la coupa-t-il, je ne trouve pas très prudent ce que tu fais.

— Martin, c'est prouvé, l'alimentation a beaucoup à voir avec la santé.

— Ça peut aider, oui, mais pas se substituer aux pilules !

— Les médicaments pharmaceutiques ont énormément aidé l'humanité, Martin, je ne le nie surtout pas. Ce que je dis, c'est que d'autres méthodes ont été occultées au nom de cette industrie qui carbure à l'argent, pas à la santé.

— Ah ! Là, tu exagères ! Mon travail, c'est la santé des gens, tu sauras !

C'était un argument qui ne voulait absolument rien dire. Marie-Jeanne se tut. Elle croisa les bras et le fixa. En vingt ans de lien professionnel, jamais il n'y avait eu une mésentente majeure entre eux. Elle partageait les frais de l'endroit, lui fournissait des clients ; parfois, ils mettaient sur pied des campagnes ensemble, de vaccination, par exemple, ou des ateliers donnés par divers spécialistes qui venaient partager leurs connaissances. Martin adorait les cocktails et les *VIP*.

Ce jour-là, c'était la première fois qu'elle sentait un froid inconfortable avec Martin. Elle sut immédiatement qu'elle ne pouvait pas lui parler d'ayahuasca. Il exploserait de colère, assurément ; la dénoncerait, peut-être.

Martin partit. Marie-Jeanne laissa sortir un immense soupir de soulagement. Elle ouvrit son ordinateur et trouva le dossier Excel des participants. Il y avait vingt inscriptions, dont huit chez les Mohawks. Le recrutement initial avait été facile. Au début, les gens ne demandaient pas mieux que d'emprunter un nouveau chemin pour régler leurs vieux maux. Mais lorsqu'ils lisaient la documentation, découvraient la diète à suivre, le travail à faire, et apprenaient qu'ils auraient à rencontrer leur âme et leur vérité, ils abandonnaient. Ce concept leur était trop étranger en ces temps modernes. Marie-Jeanne avait aussi peur de faire face à son âme. Louis ne cessait de lui demander: « Mais pourquoi craindrais-tu de retrouver l'essence de qui tu es ? » Elle n'avait pas encore la réponse.

Il ne restait que le lieu à déterminer, ce qui n'était pas simple puisqu'il fallait un endroit assez grand pour y coucher une vingtaine de personnes autour d'un feu, ou du moins où l'on pourrait faire un feu à l'entrée de la place. Marie-Jeanne avait épuisé les endroits à Oka. Les Mohawks avaient la tradition des *longhouses*, de longues maisons rectangulaires. Le chaman préférait, lorsque cela était possible, travailler en cercle en mettant le feu au centre.

Son téléphone émit le signal d'un message texte. C'était Steve.

Je crois avoir déniché l'endroit idéal. Ce serait sur le terrain d'un ami, à Kanehsatake. Et mieux encore, j'ai un copain de la nation lakota qui va me prêter son immense tipi. Feu au centre avec un long tuyau pour la fumée. C'est bon ?

Les doigts de Marie-Jeanne tremblaient. À mesure que tout se concrétisait, son anxiété augmentait, surtout après cette rencontre avec Martin. Elle tapa sa réponse.

Génial ! Ultrasecret STP. N'en parle à personne. On se voit bientôt.

— 11 —

Le jeu

« Celui qui dirige les autres est peut-être puissant, mais celui qui s'est maîtrisé lui-même a encore plus de pouvoir. »

LAO-TSEU

Marie-Jeanne préparait la chambre de visite, car elle hébergerait Kana, le chaman, pendant son séjour. Sofia, quant à elle, accueillerait deux visiteurs. D'abord, la Sud-Africaine Zaza, assistante de Kana et amie de Juliette, puis un collègue.

— Zaza n'est pas que l'assistante de Kana, elle est aussi sangoma et pourra beaucoup aider durant les cérémonies, avait expliqué Juliette au téléphone.

— Elle est quoi ? avait fait répéter Marie-Jeanne.

— Une sangoma. Un médecin spirituel. « Chaman » serait le terme qu'on emploierait chez vous, un terme qui vient de la Sibérie, en fait.

Juliette lui avait raconté que le mot « chaman » était utilisé depuis près de vingt mille ans et venait d'une tribu sibérienne, les Toungouses. En langue toungouse, le mot *šaman* veut dire « celui qui sait », parce qu'il peut communiquer avec la dimension spirituelle.

— En Afrique, on les appelle des sangomas, avait-elle précisé. Ils soignent tous les types de maux : physiques, émotifs, mentaux et spirituels. Ils sont quelques centaines de milliers en Afrique du Sud à traiter les gens. Si on éliminait les sangomas du pays, le système de santé officiel s'effondrerait.

Zaza arrivait avec un de ses collègues, qui portait le titre de *sanusi*, ce qui, en rang spirituel, était au-dessus des sangomas. Un chaman suprême. Il avait aussi travaillé avec Kana.

— On écrit son nom avec un point d'exclamation devant pour indiquer le clic, avait expliqué Juliette.

!Gabu, quatre-vingt-dix ans, était du peuple des San et parlait une langue à clics, où certains sons proviennent de claquements de la langue sur le palais ou les dents et qui fonctionnent comme des phonèmes distincts.

— Les San et les Khoïkhoï, qu'on désigne comme Khoïsans, avait poursuivi Juliette, sont considérés comme les Adam et Ève de la planète. Même génétiquement, tous les êtres humains de la terre remontent à ce peuple qui vivait dans les déserts et brousses d'Afrique australe pendant des dizaines de milliers d'années. Et, fait intéressant, toutes les langues du monde prennent aussi racine dans la langue à clics des Khoïsans.

Juliette et Sai avaient décidé de ne pas se joindre aux cérémonies. « La plante nous a donné assez de devoirs pour un bon bout de temps », avait affirmé Juliette pour justifier leur absence. Elle avait dit qu'il était rare que Kana, Zaza et !Gabu fassent une cérémonie ensemble, en raison de leur rang social élevé dans leur communauté et aussi de leur horaire chargé. « Les vrais chamans, qui savent exactement quoi faire et qui maîtrisent tous les aspects de cette plante, sont rares. En termes de médecine occidentale, avait-elle comparé, Kana et Zaza seraient parmi les meilleurs neurochirurgiens de la planète. » D'ailleurs, lorsqu'une de leurs cérémonies était annoncée, quel que soit l'endroit au monde, les places se comblaient en vingt-quatre heures. Juliette avait demandé que deux de ses amis, qui attendaient depuis longtemps un tel événement, puissent se joindre à eux. Ainsi, Nirmala, une psychologue venant d'Inde, et Tom, le frère d'un collègue journaliste, un Bostonnais qui avait fait la guerre en Afghanistan, s'étaient ajoutés au groupe.

***

Louis et Marie-Jeanne buvaient un café en ce premier vendredi du mois d'août et dernier matin de travail avant de prendre le mois de congé.

— Il faut commencer à diminuer le café, rappela Louis.

— Je n'en prends plus qu'un par jour. Je vais espacer les journées à partir de demain, l'assura Marie-Jeanne.

Elle était une junkie de café et en avalaient habituellement trois ou quatre par jour.

Il faisait chaud. Marie-Jeanne avait allumé le ventilateur dans la cuisine pour préparer sa salade pour le midi.

— S'il fallait qu'il arrive quelque chose, dit-elle en coupant son concombre.

— Arrête de dire ça, répéta Louis pour la énième fois. Nous suivons à la lettre les instructions de Kana.

Nous sommes guidés par des gens qui ont participé à ce genre de cérémonie, des gens qui ont fait ça avec leurs ados. Dans la jungle, même les enfants boivent du thé, un petit peu, mais quand même.

Louis mit des documents dans sa serviette tout en avalant sa dernière bouchée de gruau, arrosé légèrement de sirop d'érable et de quelques gouttes de lait d'amande.

— J'ai aussi lu que les femmes enceintes en ingèrent une cuillère à thé au cinquième mois de grossesse, ajouta Louis. C'est censé aider la glande pinéale du bébé, entre autres. En tout cas, c'est juste pour te dire, Marie-Jeanne, qu'il faut faire confiance au maître de la chose et non se laisser effrayer par la propagande de peur autour de cette plante.

— Oui, mais si, mettons, quelque chose arrive, ce sera à la première page du journal. Tu imagines? « Une dame de 84 ans morte en buvant une drogue hallucinogène sous les soins de son médecin. »

— D'abord, ce ne sera pas sous tes soins. Et puis, Kana a promis de parler lui-même à Mme Fortier afin d'évaluer si elle pouvait prendre cette médecine et, si oui, combien lui en donner. Il dit qu'il n'a jamais couru de risques et qu'en vingt-cinq ans de pratique il n'a eu aucun incident à rapporter. De toute façon, les gens signent une renonciation à poursuivre avant la cérémonie.

— Ah! Louis! Tu sais bien qu'un bout de papier ne fait pas le poids devant la cour ici, et surtout pas contre la une des journaux et l'emballement des réseaux sociaux, que l'histoire soit vraie ou non.

Marie-Jeanne embrassa Louis et partit à la clinique.

— À ce soir! Un mois de vacances!

Elle vit plusieurs patients sans rendez-vous avant d'accueillir un homme d'une quarantaine d'années dans son bureau. Il était assez grand, costaud sans avoir l'air d'un fanatique du gym, il avait les cheveux châtains un peu en broussaille et une barbe de trois ou quatre jours, ce qui lui donnait un certain charme, dut s'admettre Marie-Jeanne. Ses yeux bleu clair étaient perçants. Elle prit le dossier qu'il tenait entre les mains. Vierge.

— C'est votre première fois ici, monsieur...

Elle regarda sur la fiche et lut.

— Monsieur Jacques Duplin.

— Oui, mais on m'appelle Jack.

Elle remarqua qu'il jouait avec ses mains et ses doigts en les enlaçant sans cesse. Il semblait nerveux.

— Vous ne venez pas d'ici, à ce que je vois par votre adresse.

— Je suis originalement de Saint-Georges. J'habite Montréal depuis dix ans. Et je pense déménager ici, à Oka. J'ai un ami qui m'y encourage.

— Ah bon ? Et comment s'appelle-t-il ?

— Euh Marc.

— Marc qui ?

— Oui, Marc me parle souvent de la région et je crois que j'aime bien.

Elle n'insista pas pour obtenir le nom de famille de son ami. De toute façon, ce n'était pas de ses affaires.

— Et pourquoi êtes-vous ici aujourd'hui ? Vous avez une urgence ?

— Oui, si on peut dire.

Les gens répondaient souvent à cette question avec ces mots. Cela faisait sourire Marie-Jeanne.

— Je dors mal, je suis irritable, agité, j'ai peur de sortir en public, je me méfie de tout, je sursaute facilement, je ne veux plus voir personne. Il m'arrive même d'avoir des pensées suicidaires.

Marie-Jeanne l'observa de la tête aux pieds.

— Vous venez d'énumérer les symptômes du trouble de stress post-traumatique. Avez-vous déjà vu un médecin pour cela ? Êtes-vous suivi par quelqu'un à Montréal ? Pourquoi venir me voir, moi, un vendredi du mois d'août ?

— Vous en posez, des questions, docteure !

Marie-Jeanne s'excusa. Elle reprit.

— D'abord, êtes-vous sous les soins d'un médecin de famille ?

— Non.

— Et pourquoi, non ?

— Parce que je n'en ai pas. Je vais aux cliniques pour voir des docs et ils me font des prescriptions selon ce que je leur dis.

— Quel genre de médicaments prenez-vous ?

Il sortit de sa poche intérieure une dizaine d'étiquettes de bouteilles indiquant les médicaments qu'il avalait.

— Ah, ma foi ! Mais c'est trop, tout ça, s'exclama-t-elle en scrutant un à un les papiers. Et ces deux-là ne devraient jamais se trouver ensemble !

Elle hocha la tête.

— Pourquoi aujourd'hui ? Pourquoi moi ? Que voulez-vous de plus ? D'autres sortes de pilules ? Si j'étais votre médecin, je couperais les neuf dixièmes de ce que vous prenez.

— Je suis venu vous voir parce que mon ami a dit que, justement, vous pourriez m'aider autrement.

Marie-Jeanne tiqua en entendant ce dernier mot.

— Votre ami, Marc ? C'est Marc qui, déjà ?

— Vous ne le connaissez pas. Il vit à Oka depuis pas longtemps.

— Ah, mais vous savez, nous sommes une petite communauté et je connais pas mal tout le monde, monsieur Duplin.

— Jack. Appelez-moi Jack. Pas lui. Il ne sort jamais.

Elle se demanda pourquoi il résistait à répondre, puis pensa soudainement qu'il pouvait être gai, qu'il ne voulait peut-être pas dévoiler sa relation avec un homme du coin. Et en fait, elle ne connaissait pas toutes les allées et venues de la communauté. Elle se promit toutefois d'enquêter un peu sur ce Marc.

— Pour répondre à votre question, poursuivit Marie-Jeanne, oui, je traite autrement. Je regarde à fond l'alimentation de la personne, car vous savez, elle influe énormément sur notre santé. La diète est la médecine numéro un.

— Je mange bien, je ne bois pas, je ne fume pas.

— Vous mangez de la viande ?

— Que du poisson.

— Bon, fit Marie-Jeanne, surprise.

Il était rare de rencontrer un homme de cette carrure qui ne soit pas carnivore.

— J'ai l'impression, Jack, que dans votre cas c'est un thérapeute qu'il vous faut.

— Ah ! J'en ai vu, des thérapeutes, si vous saviez ! Des dizaines de thérapeutes ! Je n'en peux plus !

Comme elle le comprenait.

— Si je peux me permettre alors, avez-vous vécu un traumatisme grave quelconque dans votre vie ?

Jack sembla déstabilisé par la question. Il avait préparé l'entretien par un jeu de rôles, Martin Desrosiers jouant celui de Marie-Jeanne. « Elle va t'arriver avec les conneries de la diète. Mais pousse plus loin », avait dit le pharmacien à l'enquêteur et agent de filature. Cette question n'avait pas été prévue.

Jack répondit la vérité. Même s'il ne prenait aucun de ces médicaments, il avait subi un traumatisme dans sa jeunesse.

— Oui.

— Vous voulez m'en parler ?

Il hésita un quart de seconde, puis décida de saisir l'occasion de vraiment jouer au patient. Il n'avait rien à inventer pour raconter son histoire.

Il était le seul garçon de quatre enfants, le bébé. La médaille d'honneur après tant d'efforts. Le lauréat. Sa mère et ses sœurs avaient toutes subi les mêmes brutalités de son père, un policier décoré, adoré le jour, un monstre la nuit. Chez certains, cela menait au même film d'horreur, qu'ils reproduisaient dans leur vie personnelle, une boucle sulfureuse où les paroles et gestes violents devenaient la norme. Chez Jack, c'était le contraire, probablement à cause de la culpabilité qu'il éprouvait, le fardeau d'avoir été affublé d'une aura sacrée : celle d'être l'intouchable dans une maison en guerre. Une guerre silencieuse.

— Et c'est pour ça que la violence contre les femmes me donne la nausée, expliqua-t-il pour impressionner le cœur de mère devant lui – il avait remarqué la photo de famille –, mais aussi parce que c'était vrai.

Son père l'emmenait partout avec lui, le louangeait à outrance. Tout empestait l'abus – même l'éloge – et, surtout, la boisson. Dès l'âge de quatre ans, Jack avait été initié au monde noir de son père. Combien de fois avait-il passé des soirées, voire des nuits, assis à ses côtés dans une voiture banalisée à observer les allées et venues de gens ? « Remarque l'heure, la direction d'où il arrive, où il va, son pas, ses yeux, ce qu'il porte, sa démarche, la longueur de ses bras… » Son père lui apprit le souci du détail. Il l'emmenait dans un resto, par exemple, et le faisait retenir mentalement la scène complète de l'endroit seulement en marchant de la porte à la table, pour ensuite lui demander de décrire les personnes, les lieux et les objets sans le quitter des yeux. Il le ramenait à la maison, le prenait dans ses bras, le bordait doucement dans son lit avant d'aller boire un coup et de se transformer en brute. Jack se bouchait les oreilles.

Aujourd'hui, il avait quarante-deux ans et ne faisait que travailler.

— Je suis expert-comptable, mentit-il, je travaille douze heures, quinze heures par jour, et je m'en régale.

C'était justement ce que lui avait reproché Charlotte. « Ne pourrais-tu pas être aussi passionné dans ta vie privée ? » Quelle femme pourrait l'aimer tel qu'il était ? Le départ de Charlotte, deux ans auparavant, l'avait terriblement blessé, un mal qui avait ébranlé la profonde cage fermée de la guerre silencieuse de son enfance, là où se trouvait emprisonnée une partie de son âme.

Jack ne dit pas à la docteure que son grand talent était de jouer des rôles. C'était pourquoi on l'engageait comme agent de filature. Aujourd'hui, il ne faisait que simuler la nervosité. Il ne commençait jamais de bagarres, mais s'il avait à se défendre, il n'avait aucun problème. Un jour, cinq hommes avaient tenté de le coincer après qu'ils eurent découvert qu'il était un agent de filature. Deux sont morts et trois se sont retrouvés aux soins intensifs. On ne badinait pas avec Jack.

Marie-Jeanne fut touchée par cet homme, qui parlait avec calme et compassion. Sa candeur ajoutait à son charme. Elle sourit et resta à l'examiner quelques instants. Elle s'appuya sur son bureau en y posant les coudes.

— Vous savez, Jack, dit-elle d'une voix plus douce, presque un chuchotement, dans votre cas, j'aurais vraiment un remède à vous suggérer. Par contre, vous ne pourriez pas l'ingérer avec tous ces médicaments dans le corps, ajouta-t-elle en levant la pile d'étiquettes de bouteilles de pilules devant elle.

— Ah ! Mais je ne prends plus tout ça ! déclara-t-il, ajustant son histoire au déroulement de la conversation.

Il ne savait pas pour quoi il pêchait, mais il avait tendu l'hameçon. « Elle cache quelque chose », avait assuré Martin.

— Ah bon ! Alors, dites-moi lesquels vous prenez.

— Pourquoi voulez-vous savoir cela ?

— Parce que le médicament que j'ai à vous offrir ne s'entend pas bien avec le chimique.

— En fait, docteure, j'ai pas mal tout abandonné les pilules, sauf peut-être les anti-inflammatoires, et encore. Mais il ne faudrait pas le dire à ces médecins qui m'ont prescrit ces remèdes !

Marie-Jeanne se sentit en confiance.

— Avez-vous déjà entendu parler de l'ayahuasca ?

Lorsque Jack sortit, il avait tous les détails de la cérémonie à venir, sauf le lieu, qui n'est habituellement dévoilé que vingt-quatre heures avant l'événement. Il avait même réussi à convaincre la docteure qu'il voulait rencontrer le chaman et son entourage. Marie-Jeanne l'avait informé d'une petite réunion qu'elle organiserait, puisque d'autres avaient aussi exprimé ce souhait. Il aurait le temps de bien planifier la descente avec la Sûreté du Québec.

— 12 —

La rencontre

« La vie commence là où la peur finit. »

Osho

Il faisait chaud en ce dimanche après-midi du mois d'août, et on annonçait beau toute la semaine. À quatre jours de la cérémonie, qui se tiendrait jeudi, vendredi et samedi, il était normal que les gens soient fébriles. Certains avaient même avoué leur peur dans la conversation du groupe de messagerie des participants. Une personne voulait quant à elle un remboursement de son dépôt. Kana et Zaza avaient donc offert d'ouvrir cette journée à tous ceux qui avaient des questions, qui doutaient, qui avaient besoin d'être rassurés.

— Il ne faut pas les forcer, dit Kana de sa profonde voix de ténor.

Kana était un pajé, ou chaman, huni kuin de trente-sept ans. Il était trapu et musclé, avait la peau basanée et les cheveux noirs épais, luisants et courts. Ses mains étaient grosses comme des pattes d'ours.

Il avait grandi dans la jungle amazonienne et avait appris de son père, un maître pajé.

— Il faut simplement leur fournir de l'information, expliqua-t-il. L'ayahuasca n'est pas une pilule magique. Il faut faire le travail. Il faut être prêt. Ça demande du courage parce que c'est loin d'être une partie de plaisir.

Il rit de bon cœur. Kana, Louis et Mika se promenaient dans le potager pour évaluer la récolte de légumes par mètre carré. Kana avait d'ailleurs fait la remarque qu'il ne comprenait pas la mode des pelouses qu'on avait ici, devant et derrière les maisons.

— Ce devrait être des jardins de légumes ! Vous êtes drôles de courir à l'épicerie, alors que tant de personnes ont le sol et l'espace nécessaires chez elles pour se nourrir.

Marie-Jeanne et Sofia s'entretenaient autour de la table sur la terrasse avec !Gabu, une mine d'or de renseignements après près d'un siècle sur la planète.

— Le problème a commencé quand les passeports ont été créés, dit le vieux sage, qui leur résumait sa vie. Avec eux, on accéda au pays de la faim.

!Gabu ne devait pas peser plus de quarante-cinq kilos et mesurer un mètre trente. Sa peau brune était épaisse comme du cuir, il avait les cheveux frisés serrés, des lèvres généreuses et de petits yeux rieurs cachés derrière d'épaisses lentilles. Il leur raconta la fois où il avait parlé avec un lion.

— Nous étions cinq ou six à la chasse et avions entendu un lion gémir. Mes camarades se sont tous mis à courir. Nous sommes une petite bouchée pour un lion ! dit-il en affichant son sourire édenté.

!Gabu voyageait beaucoup dans le monde, étant le dernier grand sage de sa génération du peuple des San. Il savait charmer et avait les histoires pour le faire, surtout devant les Occidentaux sceptiques.

— J'ai entendu dans ma tête : « Aide-moi, aide-moi. » C'était le lion. Je me suis approché tout doucement et j'ai vu qu'il avait une écharde de la grosseur d'un crayon dans sa patte. J'ai cueilli les plantes nécessaires pour traiter l'infection. J'ai enlevé le bout de bois, puis nettoyé sa plaie, que j'ai pansée à l'aide de feuilles spéciales.

La chasse fut infructueuse cette journée-là ainsi que les jours suivants. Il expliqua aux dames que, chez lui, on ne mangeait pas tous les jours. C'était normal. Mais au bout de cinq jours les gens commençaient à avoir faim. La famille dormait dans la petite hutte. Le soleil devait se pointer d'un moment à l'autre. !Gabu entendit des pas accompagnés du son d'un objet lourd qu'on traînait sur le sol. Il attendit quelques minutes. Il se leva et ouvrit doucement la porte. Au loin, il vit un lion qui marchait vers la brousse en boitant. Au pas de la porte se trouvait une gazelle.

— J'ai entendu « merci » avec mon cœur.

Zaza était assise sur le gazon avec Léa et Kat. Les deux jeunes femmes étaient fascinées par cette Sud-Africaine. Le contraste entre son accoutrement noir africain et sa peau blanche était criant. Afrikaner aux yeux bleus, elle avait dans la jeune cinquantaine, de longs cheveux blonds sillonnés de filaments argentés. Elle portait des bracelets aux poignets et aux chevilles et des colliers faits de billes de toutes sortes de couleurs. Un bandeau de perles et de cuir lui serrait le crâne. De petites plumes de pintade noires et blanches pendaient de ses oreilles. Une élégance s'exprimait dans ses gestes lorsqu'elle parlait.

— Je m'appelle vraiment Zaza, répondit-elle à Léa, qui lui demandait quel était son vrai nom. Ma grand-mère s'appelait Élizabeth, mais tout le monde l'appelait Zaza. Alors mes parents ont voulu m'épargner de telles remarques, dit-elle avec un grand sourire sincère. Mais comme on me pose toujours cette question, je crois qu'ils ne m'ont rien épargné du tout !

Elle pouffa de rire avec les filles.

Zaza avait un « don » qui l'avait presque tuée. Dans la vingtaine, elle s'était retrouvée à l'hôpital, où on lui avait diagnostiqué une psychose, puis la schizophrénie et la bipolarité. Elle entendait des voix dans sa tête.

— *Et leur répondez-vous ?* avait demandé le psychiatre.

— *Bien sûr ! Elles me parlent !*

Léa et Kat s'esclaffèrent.

Il n'en fallut pas plus pour qu'on décide de l'interner et qu'on la bourre de médicaments. Zaza avait perdu contact avec la réalité. Kat lui raconta l'histoire d'Émile Nelligan, un des grands poètes québécois, né en 1879 et interné à l'âge de vingt ans pour schizophrénie.

— Il est resté là jusqu'à sa mort, en 1941.

— C'est peut-être d'un sangoma qu'il aurait eu besoin, pas d'un psychiatre, estima Zaza.

Finalement, Zaza réussit, après des années de frustrations et d'efforts, à arrêter tout médicament et à suivre la route dictée par ses ancêtres, qui lui parlaient dans sa tête. Elle rencontra une sangoma qui la prit sous son aile et la forma pendant plusieurs années.

— Avez-vous suivi des cours, passé des examens ? demanda Kat, intriguée.

— Bien sûr. Ce sont de longues études.

Pour son examen final la qualifiant de sangoma, elle se rendit dans une maison avec trois autres médecins spirituels. L'un d'eux avait dit : « Vous avez vingt minutes pour trouver l'objet que nous avons caché quelque part dans la maison. » Zaza était entrée en méditation et, au bout d'une minute, avait ouvert les yeux et révélé : « C'est une machette. » Elle avait décrit le long et large couteau. Elle s'était levée et s'était rendue dans la cuisine. Les trois sangomas l'avaient suivie. Après quelques minutes, elle s'était retournée et avait demandé : « Y a-t-il une autre cuisine ici ? » Les trois sangomas avaient ri et lui avaient indiqué où était l'autre cuisine, une plus petite, derrière. Elle s'y était rendue, avait regardé toutes les armoires et en avait choisi une. Elle l'avait ouverte : la machette y était.

Lorsqu'elle était devenue enceinte, à l'âge de quarante-quatre ans, les médecins voulurent lui faire passer mille et un tests. Elle décida plutôt de méditer et vit une petite fille aux cheveux blonds et aux yeux verts jouant dans un champ de cosmos. Sa fille, Marguerite, âgée aujourd'hui de huit ans, avait les cheveux blonds et les yeux verts et était en parfaite santé. Elles vivaient dans un champ de cosmos, en Afrique du Sud.

— Tous les sangomas ne fonctionnent pas de la même façon, expliqua Zaza aux filles. Comme les musiciens, ils ne jouent pas tous du même instrument, mais produisent tous une musique, en fin de compte. Moi, je communique avec mes grands-mères. D'autres sangomas communiquent avec des esprits d'enfants qui ont traversé dans l'autre dimension ; quelques-unes reçoivent des messages dans leurs rêves ; d'autres encore parlent avec les guides spirituels, ou anges gardiens, si vous voulez. Certains captent l'énergie des maîtres ascensionnés, tels que Bouddha, Seigneur Lanto, Confucius, Jésus ou Lao-Tseu, ou bien celle d'archanges. Nous, humains pour le moment, précisa Zaza, vivons dans une dimension de dualité, captée et perçue par nos six sens. Chez les sangomas, le sixième sens est leur don.

— Six ? répéta Kat.

— Oui, le sixième étant l'intuition. Notre corps énergétique, par exemple, peut sentir un danger avant les cinq autres sens. L'intuition, c'est le langage cosmique qui nous est communiqué. L'information transmise parvient ensuite à un de nos autres sens. L'intuition est cette petite voix, ou pensée, ou sensation, ou émotion, qui nous dit quelque chose un millième de seconde avant que notre tête se mette à l'analyser. Chez les sangomas, on appelle ceux qui entendent cette information des « clairaudients », ceux qui la voient, des « clairvoyants », ceux qui la ressentent, des « clairsentients », et ainsi de suite.

— Certains captent ces messages par le goût et l'odorat aussi ? demanda Kat.

— Oui, tous les sens.

— Et vous, par quel sens recevez-vous vos informations ?

— Tous les sens. Je peux voir les énergies des autres dimensions, les entendre, les ressentir, et parfois, pendant une cérémonie, par exemple, on va me faire sentir l'herbe médicinale que je dois brûler dans la pièce. Et c'est ce qui a été difficile à gérer au début. J'ai appris à fermer le canal de mes grands-mères, d'ailleurs.

Léa et Kat étaient totalement fascinées, et quelque peu incrédules.

— Vous dites que vous êtes médecin. Comment traitez-vous les gens ? questionna Léa.

— De plusieurs façons, en prenant en compte toutes les couches de l'être humain : physique, mental, émotif et spirituel. Pour le physique, nous travaillons beaucoup avec les plantes, sous forme de thé, en effectuant des lavements d'intestins ou d'estomac, de l'étuvage, de l'aspersion…

— Comme les Autochtones !

— Oui, en effet. J'ai d'ailleurs étudié avec les Autochtones d'Amérique, avec la nation des Chippewa Cree et avec Joseph Rael, Beautiful Painted Arrow, de son nom autochtone Tslew-teh-koyeh, de la nation ute. Il travaille entre autres avec un psychiatre pour guérir les gens souffrant de stress post-traumatique. Le traitement consiste à utiliser la roue de la médecine et ses quatre directions.

— Vous voulez dire le nord, le sud, l'est et l'ouest ? J'ai peine à comprendre comment vous pouvez guérir ainsi, admit Kat, qui avait grandi sous l'influence scientifique de sa mère.

— Je sais. C'est difficile à comprendre. Nous avons cependant différents outils pour nous aider, comme le *bhula*. Ce mot veut dire « voir » dans les langues nguni des peuples d'Afrique australe. Nous voyons au travers d'objets comme des coquillages ou des os…

— Lee-Ann, notre « sangoma » mohawk, dit Kat en imitant des guillemets avec ses doigts, fait de la divination de cette façon aussi !

— Oui, je connais Lee-Ann de réputation. Tous les sangomas d'Afrique australe apprennent cette pratique. D'ailleurs, je peux vous offrir un bhula. Ça peut aider en jetant un éclairage sur les différents choix qui nous sont offerts dans la vie.

Kat et Léa demeurèrent perplexes devant cette femme perlée, à l'allure sauvage et au regard profond. *D'ailleurs,* pensa Kat, *on pourrait lui mettre un balai dans les mains et elle serait l'image parfaite d'une sorcière. Une belle sorcière, mais une sorcière tout de même.*

— Ceux qui ne comprennent pas appellent péjorativement notre travail de la sorcellerie, dit Zaza avec un petit sourire en coin.

Kat ne put cacher sa surprise.

— Alors que tout ce que nous faisons, poursuivit-elle, c'est trouver les outils pour guérir l'être humain de façon holistique. La médecine occidentale le découpe en morceaux et le sépare. Comme nous faisons avec la Terre Mère d'ailleurs : les frontières que nous avons inventées empêchent l'action unie et collective qui nous permettrait de la traiter comme une entité vivante qui assure notre survie.

Des participants avaient commencé à arriver, dont Mme Fortier. Elle marchait lentement, appuyée sur sa canne. Marie-Jeanne la guida vers Kana, qui s'inclina en la voyant. Son peuple, comme tous ceux des Premières Nations, honorait l'expérience et la sagesse enfouies dans les rides et les courbures des aînés. Ils s'assirent quelque temps ensemble. Kana écouta attentivement la vieille dame. Il lui posa des questions puis lui prit les mains en lui demandant de fermer les yeux. Il fit de même et resta de longues minutes sans rien dire. Mme Fortier ouvrait un œil de temps à autre et le refermait aussitôt. Kana sourit enfin. Il indiqua la dose normale d'une portion d'ayahuasca en montrant un espace d'environ dix centimètres entre son pouce et son index.

— Pour vous, la moitié, dit-il en resserrant les doigts.

Ils rirent un bon coup. Kana mit sa main sur son cœur.

— Zaza et moi prendrons bien soin de vous, assura-t-il avec un large sourire, dévoilant ses grandes dents parfaitement blanches.

Il l'aida à se relever et pointa le doigt vers la terrasse, y désignant un vieil homme menu, comme elle.

— Il a quatre-vingt-dix ans. Il fait des cérémonies avec nous depuis environ cinq ans. Le savoir qu'il nous transmet est inestimable, même s'il est analphabète. Il nous lègue des notions fondamentales que l'être humain a perdues au nom de la civilisation. Il s'appelle !Gabu et serait ravi de vous connaître.

Mme Fortier acquiesça et partit à sa rencontre.

Kana et Zaza passèrent ensuite une bonne heure à répondre aux questions. Kana avait dit qu'accomplir ce genre de cérémonie en Occident était toujours difficile.

— J'ai ouvert le travail à plusieurs endroits aux États-Unis, en Allemagne, en Italie, en Espagne, où je me rends maintenant régulièrement. Les premiers groupes sont toujours les plus difficiles à organiser à cause de la résistance des gens, convaincus qu'on travaille avec une drogue, à laquelle ils associent toutes sortes d'idées préconçues. Aussi, la propagande autour de notre médecine répandue par les compagnies pharmaceutiques, les médias et les gouvernements est un grand obstacle. Par contre, à d'autres endroits, comme en Afrique du Sud, nous faisons des pas de géant, car ces peuples n'ont pas perdu le lien avec les autres dimensions.

— Quand vous dites « pas de géant », de quel genre de pas parlez-vous ? demanda quelqu'un debout derrière.

Marie-Jeanne chuchota à l'oreille de Sofia et lui montra discrètement l'homme qui avait posé la question.

— C'est le Jack dont je te parlais. Celui qui prétend avoir un ami dans la région.

— Ah oui ! Pas mal ! Tu ne m'avais pas dit qu'il était mignon !

Sofia l'examina longuement.

— Ces dernières années, continuait Kana, nous avons été attaqués et nos terres tribales ont été menacées par la déforestation et l'agriculture commerciale. Les Huni Kuin et d'autres tribus ont été invités à propager ces médecines dans le monde afin d'éclairer l'humanité sur la guérison de la planète et de mettre en lumière le sort des peuples autochtones du monde entier, dont la terre et la culture sont en train d'être détruites. Aussi, nous préférons appeler cette médecine du *huni* plutôt que de l'ayahuasca à cause de toute la mauvaise presse qu'elle a eue récemment.

Kana parla ensuite des autres plantes médicinales qui étaient utilisées dans les cérémonies, outre le huni.

— Nous travaillons avec le *rapé*, prononcé « *h*apé », dit-il en expirant le H avec force.

Il précisa que le rapé était une sorte de tabac à priser d'Amazonie, le *mapacho,* mêlé à d'autres plantes médicinales comme l'aloès. On l'administrait au moyen d'un *tepi,* une sorte de tube en bois à angle, par lequel le facilitateur soufflait la poudre dans le nez de l'autre. Celui-ci la gardait environ cinq minutes avant de se moucher. Kana sortit de sa poche un petit contenant de poudre d'un brun grisâtre.

— Toutes les Premières Nations du monde utilisent le tabac comme médecine sacrée et comme offrande à la Grande Source, rappela-t-il. Le tabac n'est pas fait pour être inspiré dans les poumons. Lorsque nous faisons les cérémonies de pipe, jamais nous n'inhalons les vapeurs de la plante.

Il ouvrit le contenant et en versa un peu dans sa paume.

— Le rapé est une médecine qui ouvre le chakra du cœur et nous aide à éliminer des toxines énergétiques négatives, ce qu'on appelle des « parasites émotifs ». Il apporte concentration et clarté. Il est aussi idéal en cas de sinusite, de rhinite et de congestion. Mais surtout, il constitue un outil essentiel pendant la cérémonie : lorsque le participant peine à purger une énergie coincée, le rapé la libérera.

Les membres de l'assemblée firent la moue en entendant le mot « purger ».

— Oui, rit Kana. Vous allez purger ! Après tout, vous êtes ici pour ça, non ? Pour purger les énergies qui ne vous servent plus dans la vie ?

Son large sourire et son calme presque palpable eurent l'effet d'une vague de quiétude parmi les auditeurs. Kana rangea le contenant de rapé et en sortit un autre, une petite bouteille dans laquelle se trouvait un liquide clair. Il la leva au soleil et la brassa.

— Ceci est du *sananga.* C'est fait d'une plante qui pousse le long des cours d'eau en Amazonie. Nous administrons une goutte dans chaque œil. L'effet brûlant dure trois ou quatre minutes.

Kana expliqua que l'esprit puissant de cette plante facilitait un nettoyage en profondeur des énergies bloquées dans le corps physique et énergétique. Le sananga ouvrait la vision intérieure du troisième œil et aidait à décalcifier et à activer la glande pinéale, étendant la vision spirituelle. Il permettait d'éliminer les schémas de pensée négatifs et la confusion mentale. On l'utilisait aussi pour améliorer des problèmes oculaires comme la myopie, la perception de la profondeur et des couleurs et la définition des images.

— Enfin, conclut le chaman, je travaille avec le *chanupa*, la pipe de paix sacrée, comme les Autochtones ici, d'ailleurs. J'ouvre et je ferme la cérémonie avec cette pipe. Je peux aussi faire des traitements de tabac, durant la cérémonie, pour éliminer les énergies négatives qui sont plaquées sur la personne.

À la fin de la discussion, les participants partirent sauf quelques-uns, dont Nadia, la tireuse aux cartes de tarot, qui parlait avec Zaza ; Steve, qui s'entretenait avec Mika, Kat et Léa. Et Jack. Sofia et Marie-Jeanne ramassaient les verres et les assiettes. Jack remarqua l'orthèse au coude de la docteure et se précipita pour lui prendre les plateaux des mains, ceux dans lesquels on avait servi des hors-d'œuvre fades. La diète végétalienne avait commencé, essentiellement composée de légumes et de fruits, sans sel ni gras, sans sauce, sans rien, avec du riz, du quinoa et des légumineuses. C'est l'absence de sel qui donnait le plus de fil à retordre aux papilles.

Marie-Jeanne, Sofia et Jack discutaient de la cérémonie en s'affairant dans la cuisine. Jack écoutait attentivement tout ce que disaient les femmes. Lorsque l'une d'elles s'intéressait à lui, il répondait évasivement en enchaînant avec une question.

— Et que faites-vous dans la vie, Jack ? demanda Sofia.

— J'observe. Je trouve les erreurs. Et vous ? Vous avez les muscles des mains et des bras très développés. Seriez-vous massothérapeute ?

Sofia s'étonna.

— En effet, vous observez ! Je suis ostéopathe. Mes mains et mes bras sont mes principaux outils.

Elle le regarda quelques secondes, perplexe. Jack le remarqua et voulut changer de conversation.

— Ah ! J'y pense ! dit-il. Je dois envoyer mon cellulaire en réparation cette semaine. Auriez-vous l'adresse de la cérémonie ? Comme ça, j'aurai tout ce qu'il faut.

— Bien sûr ! dit Marie-Jeanne.

Elle prit un bout de papier et inscrivit l'adresse.

— Soyez-y jeudi au plus tard à 18 heures. La cérémonie commence à 20 heures. Ne donnez cette adresse à personne ! l'avertit-elle.

— Bien sûr que non, promit-il en insérant le papier dans sa poche.

Cela n'avait pas réussi à effacer l'air songeur du visage de Sofia. Elle continuait de le fixer. Elle lui remit un contenant en plastique pour qu'il puisse ranger les restes. Il ouvrit la porte du frigo pour y mettre le plat et remarqua deux grosses bouteilles de deux litres de Coca-Cola sur la tablette.

— Je pensais être dans une maison en santé ! lança-t-il en refermant la porte.

Marie-Jeanne, qui lavait la vaisselle, s'esclaffa.

— C'est l'ayahuasca ! Le chaman l'entrepose ainsi.

Jack rouvrit la porte, prit une bouteille et analysa le contenu en la penchant sur le côté. Une fine mousse blanche se forma. Sofia se retourna.

— Ah non ! Je ne crois pas que ce soit une bonne idée de toucher à cette médecine ! avertit-elle. Il y a toutes sortes de rituels impliqués dans sa préparation. Le chaman fait des prières chaque fois qu'il touche la bouteille.

Jack la remit sur la tablette.

— Et vous croyez à tout ça, vous ?

— Quoi ? demanda Sofia.

— Aux prières, aux esprits...

Au même moment, Zaza et Nadia entrèrent dans la pièce. Zaza entendit la dernière remarque de Jack.

— Il n'est pas nécessaire de croire en quoi que ce soit pour faire de l'ayahuasca. Nous avons des gens de toutes les confessions qui viennent, chrétiens, musulmans, hindous, juifs, et même juifs hassidiques.

— Et athées ? ajouta Jack, narquois.

Zaza sourit.

— Absolument. Mais le problème, c'est que le mot « athée » fait référence aux religions, aux gens qui ne croient pas en Dieu. Ici, nous parlons de spiritualité, d'énergies, d'autres dimensions et, si vous voulez, de la Grande Source d'énergie, celle que l'être humain a transformée en une notion de dieu masculin tout-puissant. Vous savez, sans pétrole, une voiture n'est qu'une carcasse. Le pétrole, c'est la source d'énergie.

Elle n'avait pas convaincu Jack. Elle hésita en le scrutant.

— Si vous voulez, proposa-t-elle, je peux vous faire un bhula, une lecture divinatoire.

Jack éclata de rire malgré lui. Non seulement il ne croyait pas à cette sorcellerie, mais personne, absolument personne sur cette planète n'était capable de le lire.

— Quelle est votre profession ? demanda Zaza.

— Ah ! Mais c'est à vous de me le dire !

— Je dois faire un bhula pour ça. Et si, monsieur...

— Jack. Juste Jack.

— Et si, Jack, je riais aux éclats comme ça de votre profession ? Ne trouveriez-vous pas que je manque de respect non seulement envers votre travail, mais envers vous personnellement ? Comment pouvez-vous juger sans connaître ?

Zaza était réputée pour son franc-parler. Jack se sentit coincé. Insulté aussi, heurté devant la force de caractère de cette femme.

— Un bhula alors, dit-il sur un ton de défiance. Quand ? Où ?

— Venez me voir chez Sofia, demain matin.

Zaza se tourna vers Sofia. Celle-ci opina en fermant les yeux.

— Vers 10 heures. D'ailleurs, ajouta-t-elle, les réponses du bhula pourraient vous aider pour votre voyage de huni.

Voyage… c'est donc bel et bien une drogue, se dit Jack, qui possédait à présent un début de réponse. *Martin Desrosiers sera ravi de ces informations.*

— 13 —

Voir

« La science n'est pas seulement compatible avec la spiritualité ; c'est une source profonde de spiritualité. »

CARL SAGAN

Martin Desrosiers habitait une grande maison sur le bord de la rivière des Outaouais, construite sur un vaste terrain comprenant une forêt de vingt-six acres et une cour au fond de laquelle se trouvait un chalet, là où demeurait Jack pendant son enquête. Le lendemain de la rencontre chez les Hamel-Richard, celui-ci se présenta à la porte des Desrosiers et sonna.

— Bonjour, Jack, dit l'employée de la maison.

— Le Dr Desrosiers m'attend, dit-il simplement.

Elle lui indiqua le chemin, celui qu'il empruntait tous les jours depuis le début de l'enquête. Il commençait à regretter d'avoir accepté d'habiter chez lui. La relation était devenue hiérarchique et il avait découvert un homme odieux sous la façade du pharmacien gentil et souriant. Il contourna la grande salle à manger pouvant recevoir seize convives autour d'une table de bois et traversa le salon double : d'un côté, une salle de cinéma avec sofas et fauteuils inclinables, et de l'autre, des canapés et meubles anciens devant un immense foyer et des fenêtres qui grimpaient jusqu'au plafond. La cour extérieure ressemblait à une carte postale avec sa gloriette et la rivière des Outaouais coulant devant.

Martin Desrosiers vivait la garde partagée avec ses deux fils adolescents. Sa conjointe était partie depuis quatre ans, après qu'une jeune femme était arrivée à la porte en pleurs parce que Martin l'avait « dompée ». Il n'avait pas de compagne stable, mais des maîtresses qu'il voyait régulièrement, à chacune desquelles il demandait l'exclusivité.

Jack frappa trois coups sur une grande porte de bois où étaient gravés deux épées et un bouclier.

— Entrez !

— Bonjour, dit Jack en refermant la porte derrière lui.

Les deux hommes avaient une relation polie, mais incertaine. Même si Martin n'était aucunement le patron, il donnait des ordres à Jack comme si ce dernier travaillait pour lui depuis des années. Son supérieur à la SQ lui avait dit : « Ne lui révèle pas trop d'informations. Juste assez pour le garder content. On s'occupe du reste. On a besoin de son argent, pas de son savoir. » Martin Desrosiers avait énormément d'influence au sein de sa communauté, et au-delà. Il avait bâti son empire moins en tant que pharmacien que comme consultant et distributeur de plusieurs grandes marques pharmaceutiques. Le député et le maire faisaient partie de son cercle d'amis intimes et appréciaient sa générosité pour les parcs, arénas et autres installations. Un coup de téléphone du pharmacien avait suffi pour qu'on affecte un enquêteur expressément à son cas en moins de quarante-huit heures.

Jack, dont la discrétion était une arme, connaissait ces types qui pensaient tout contrôler avec leur argent. Il ne lui avait d'ailleurs jamais parlé d'ayahuasca, mais simplement de DMT, une poudre brunâtre hallucinogène.

— Et puis, as-tu une adresse ? demanda Martin d'un ton impatient.

— Oui, répondit Jack.

— Il ne manquait plus que ça pour confirmer la descente. C'est ce jeudi, non ?

— C'est ça, dit Jack.

— Et l'adresse ?

— Quoi, l'adresse ? Je l'ai transmise à mon patron. Il s'occupe de tout. Même des chiens sont réservés.

— Je la veux, cette adresse.

Jack avait craint ce moment.

— Ça ne vous sert vraiment à rien de l'avoir. Vous ne pouvez pas être là de toute façon. C'est quelque part à Kanehsatake.

Le visage de Martin devint rouge de colère.

— Je veux cette adresse ! tonna-t-il, en frappant son poing sur la table.

L'enquêteur la lui donna.

— Jeudi 15 août. À quelle heure ? s'enquit Martin.

— Vingt heures, précisa Jack, sans enthousiasme.

— J'ai besoin de toi jusqu'à jeudi soir, 20 heures. Joue le jeu. Après, tu peux partir. En attendant, passe du temps avec cette gang de *fuckés* là, puis ramasse autant d'informations que tu le peux.

— Bien sûr. Merci, monsieur Desrosiers.

— Ton *boss* te paie, je sais, mais j'aurai aussi une enveloppe pour toi demain matin. Pour exprimer ma gratitude. Elle sera dans le tiroir de la table de chevet. Personne n'a besoin d'être au courant, n'est-ce pas?

Jack ne répondit pas. Il regretta de ne pas avoir activé le dictaphone sur son cellulaire. Il acquiesça d'un léger signe de la tête.

— Merci, monsieur Duplin. Bonne journée!

Jack voulut l'étouffer. En plus, cela devait faire vingt fois qu'il lui disait de l'appeler par son prénom.

— Bonne journée à vous, répliqua-t-il plutôt, poli et souriant.

L'enquêteur sortit et monta dans sa voiture, dont l'horloge indiquait 9 h 35. Il avait rendez-vous avec Zaza à 10 heures. Il vérifia l'adresse de Sofia et s'y rendit. La modeste demeure était enrichie par un décor soigné, des boîtes à fleurs suspendues sous chaque fenêtre. Il monta les marches de la maison et appuya sur la sonnette.

Sofia l'accueillit chaleureusement et l'invita à prendre une tisane en attendant que Zaza finisse de se préparer. Elle lui parla de sa pratique, de sa fille, Léa, de ses voyages à la recherche d'autre chose.

— Ne désirez-vous pas «autre chose» parfois?

Il ne répondit pas. Elle continua de bavarder. Il la trouvait mignonne et sympathique. Pendant qu'elle parlait, il réalisa que cette femme passionnée et passionnante était intelligente et lucide, tout comme les gens réunis chez la Dre Marie-Jeanne la veille lui avaient paru être de bons citoyens. Il s'aperçut que personne parmi eux, même pas le jeune Mohawk aux cheveux longs, ne correspondait aux stéréotypes de «drogués» à la recherche de sensations fortes pour aucune autre raison que le plaisir. Il y avait même des personnes âgées éveillées. Jack sentit soudainement un feu dans son ventre, suscitant un certain inconfort. Il avait remarqué que, lorsqu'il passait à côté d'un détail dans une enquête, cette sensation se manifestait.

— Bonjour, dit Zaza, qui s'excusa du léger retard. Vous savez, même si !Gabu a toute sa tête, son corps a tout de même quatre-vingt-dix ans.

— Aucun problème, répondit Jack. Sofia et moi causions.

— J'ai tout installé en bas. Nous y allons ?

Il la suivit au sous-sol. Il s'installa sur le coussin devant un petit tapis de paille tressé, face à Zaza. Elle se mit un voile blanc sur la tête, « pour respecter les esprits et les inviter à travailler avec moi », donna-t-elle comme raison. Il soupira. Un sac en cuir souple reposait sur le tapis.

Zaza alluma une bougie et entreprit d'appeler les esprits des quatre directions tout en purifiant l'air autour d'eux avec de la sauge fumante.

— C'est mon cellulaire spirituel, expliqua-t-elle en souriant. La sauge élimine les mauvaises vibrations et énergies, et laisse la voie libre à la communication.

Jack garda le silence. Il rigolait intérieurement. Ce que son travail pouvait l'amener à faire ! Il n'en changerait pour rien au monde.

Zaza prit le sac en cuir et y introduisit la sauge en marmonnant des mots incompréhensibles. Elle brassa le sac puis demanda à Jack de souffler dedans. L'homme obéit. Elle laissa tomber les objets sur son petit tapis tressé.

— Hmm... hmm... hmm...

Jack afficha un sourire d'incrédulité.

— Vous portez un lourd secret, dit Zaza. Hmm... hmm...

Qui ne porte pas de lourds secrets ? pensa Jack. *C'est une phrase qui s'applique à quatre-vingt-dix-neuf virgule neuf pour cent de la population.*

— Vous êtes le plus jeune dans la famille. Beaucoup de femmes. Que des femmes, en fait. Vous avez plusieurs sœurs ?

Jack resta muet, un tantinet étonné par la question. Elle ne faisait que pointer son aiguille vers quelques coquillages, des blancs et des rouges.

— Un grave conflit vous sépare de votre père. Vous portez une grande colère à son égard.

Elle indiqua un coquillage plus loin, isolé avec une pierre noire.

— Votre mère a beaucoup souffert. Elle est morte, à ce que je vois.

Elle était morte deux ans auparavant. Jack pâlissait. Zaza revint aux petits coquillages. L'un d'eux était couché sur le côté.

— Une de vos sœurs souffre énormément aussi. Elle aurait été victime... Hmm... Votre père était-il violent ? Sauf avec vous.

La docteure avait sûrement parlé à cette femme ! Jack ne voyait pas d'autre explication. *Traîtresse !* songea-t-il. Il garda son calme. Il ne répondit pas à la question. Un souvenir lui revint : les cris de sa sœur aînée. Après sa mère, c'était Isabelle qui avait subi le plus de violences de la part de son père. Elle, c'était par l'anus qu'il la violait. Isabelle avait cinquante ans aujourd'hui et occupait un poste de serveuse dans un bar à Saint-Georges-de-Beauce. Elle oscillait entre les centres de désintoxication – séjours pour lesquels Jack payait –, son petit appartement et le bar. Elle avait perdu son fils alors qu'il avait douze ans, noyé dans la rivière. Jack avait sauté à l'eau mais n'avait pas pu le rattraper, les rapides étant trop puissants. Il en portait encore le poids. Depuis, Isabelle vivait simplement parce que son cœur battait et qu'elle n'avait pas le courage de l'arrêter.

— Votre sœur, celle qui a le plus souffert, vous déboursez beaucoup d'argent pour elle. Des traitements coûteux. Vous vous sentez responsable d'elle.

Ces paroles stupéfièrent Jack. Il n'avait pas parlé de cela avec Marie-Jeanne.

— Elle a perdu un enfant dans l'eau, dit Zaza, le front plissé en regardant ses objets. Elle a encore besoin de vous.

Le souffle manqua à Jack. Comment pouvait-elle voir que sa sœur avait perdu un enfant ?

— Ce secret que vous portez, c'est un fardeau. Il vous causera beaucoup de soucis de santé si vous ne le libérez pas. Vous le portez dans votre foie, l'organe qui emmagasine la colère. C'est d'ailleurs pour cette raison que les ruptures amoureuses dans votre vie s'accumulent.

Elle se rapprocha du tapis d'objets, ignorant la surprise sur le visage de Jack.

— Ici, sous la clé, il y a une plante. Vous êtes sur le bon chemin. Cette plante vous aidera grandement. Il s'agit sûrement de l'ayahuasca.

Jack ne sut quoi répondre. Sa tête résonnait comme si on l'avait cognée avec un marteau. Zaza continua l'examen du tableau devant elle. Elle changea de coin et alla où quelques coquillages, un petit os d'animal quelconque, une dent et un cadenas se trouvaient. Son expression changea soudainement du tout au tout. Elle se redressa et le regarda d'un air étonné.

— Êtes-vous détective ?

La question sidéra Jack.

— Ne vous inquiétez pas. Nous honorons le sceau du secret, comme les médecins.

L'enquêteur était toujours bouche bée.

— En tout cas, vous travaillez dans le domaine de la sécurité publique et vous scrutez les détails. J'en ai déduit que vous étiez détective. Peut-être que je me trompe.

Elle pointa son aiguille de porc-épic sur le petit os et le cadenas.

— Vous allez faire un choix très important, bientôt. Ce choix changera votre vie. Mais il va à l'encontre de votre logique.

— Que voulez-vous dire ?

— Vous aurez à choisir entre ce que votre tête vous dit de faire et ce que vous dicte votre cœur.

— Quelle est la différence ?

Elle le fixa dans les yeux.

— Vous le saurez le moment venu.

Jack resta incrédule, même s'il était troublé.

— Avez-vous des questions ? ajouta Zaza, satisfaite de son travail.

Elle n'avait pas besoin de lui demander si les informations étaient exactes. Même un agent de filature au cœur fermé ne pouvait cacher son étonnement face à la vérité.

— J'ai toujours pensé que vous étiez tous une meute de charlatans, trouva-t-il à répliquer. Si ce n'était pour mon neveu noyé…

Il était abasourdi.

— Mais comment pouvez-vous à ce point deviner ces choses ?

— Voir. Pas deviner. Parce que c'est notre travail, Jack.

Les deux remontèrent au rez-de-chaussée. Au même moment, une vieille dame entra. Elle était vêtue de franges, de perles et de plumes, un peu comme Zaza. Elle était accompagnée d'un jeune Mohawk aux cheveux longs. Jack avait remarqué Steve lors de la rencontre la veille, mais ne lui avait pas vraiment parlé. La dignité émanait de ce jeune homme. Sofia se tourna vers Jack et l'invita à rester pour dîner.

— Du riz blanc sans sel, des pois chiches tout nus et une salade verte. Excitant comme menu, n'est-ce pas ?

Elle avait une étincelle dans les yeux lorsqu'elle parlait. Elle lui souffla à l'oreille que la dame qui venait d'entrer était Lee-Ann, une grande sage mohawk et une voyante.

— Elle fait la cérémonie ? demanda Jack.

— Non, mais elle est au courant de tout.

Après ce qu'il venait de vivre, Jack décida de rester. De toute façon, ses ordres étaient de recueillir le maximum d'informations sur ces gens. Mais plus il en apprenait, plus il se sentait tiraillé.

— 14 —

La caisse de Coca-Cola

« La guérison est une question de temps,
mais c'est parfois aussi une question d'opportunité. »

HIPPOCRATE

À mesure que les participants arrivaient, on leur indiquait où placer leurs matelas, sac de couchage et oreiller, les femmes à gauche, les hommes à droite. L'immense tipi, dissimulé à la vue par les grands arbres, fut installé dans la cour arrière d'une maison éloignée de la route, en bordure de la forêt, au cœur du territoire de Kanehsatake. Matt, l'hôte d'une trentaine d'années, herboriste et propriétaire d'une petite production d'huiles essentielles et d'herbes médicinales, avait offert son terrain en échange d'une place dans la cérémonie. Ses parents, William et Lora, se joignaient aussi au groupe. Une dizaine de tentes avaient été montées un peu plus loin, ici et là dans la forêt, pour les participants. Un trou avait été creusé au centre du tipi pour y nicher le feu. Des bûches avaient été empilées tout autour de celui-ci. Deux toilettes portables avaient été disposées entre le tipi et les tentes.

Un à un, les gens rencontraient Zaza, qui leur posait des questions détaillées sur leur santé.

— Nous nous fions à votre parole. C'est important de comprendre que tricher dans ce questionnaire peut vous causer de graves ennuis. Vous n'avez pris aucun de ces médicaments dans les deux dernières semaines ?

Elle s'enquérait de leur diète, de la dernière fois qu'ils avaient avalé de la viande, de l'alcool ou du sel. Elle les interrogeait sur leur ingestion de stimulants aussi, comme le café, ou l'usage d'autres plantes, comme le cannabis. Elle leur faisait signer un formulaire avant de leur souhaiter une bonne guérison.

Nirmala, la psychologue indienne qui voulait traiter ses patients « autrement », arriva en talons hauts, un grand chapeau sur la tête et un foulard de soie autour du cou. Elle tirait une imposante valise fleurie. Zaza regarda Steve et lui fit un signe du menton. Steve se précipita pour offrir son aide à Nirmala.

— Traverser la planète pour une telle cérémonie, il faut le faire ! s'exclama le jeune Mohawk.

— On la traverse bien pour aller passer une semaine les fesses dans le sable. J'aime mieux avoir les fesses dans le ciel. J'appelle ça un « bronzage spirituel ». Et cette sorte-là ne s'estompe pas !

Elle pouffa de rire.

— Avez-vous déjà fait de l'ayahuasca ?

— Oui, un Nixi Pae de deux soirs avec Kana et Zaza, en Afrique du Sud. Mais ce n'était pas assez. J'ai encore du travail, des réponses à aller chercher.

Tom suivait derrière, arrivé en taxi de l'aéroport de Montréal. Il n'avait qu'un petit sac à dos, car Matt lui fournirait le nécessaire. Le seau, surtout, était encombrant pour voyager, pourtant il s'agissait d'un outil essentiel de la cérémonie. Ça et un rouleau de papier de toilette, pour le rapé et les purges. Il avait le teint gris, semblait nerveux et voulait fondre dans le sol si quelqu'un lui parlait. Lorsque la porte d'une des toilettes portatives claqua sur ses gros ressorts, il sauta comme si une grenade venait d'exploser. Marie-Jeanne le remarqua et sut immédiatement qu'il était le soldat qui souffrait de stress post-traumatique. Il en avait bavé un coup ces deux dernières semaines, lui avait-il écrit, car il avait dû abandonner tous ses médicaments. Tom avait trente-sept ans et était retourné vivre chez sa mère, qui s'occupait de lui comme d'un bébé. Elle alla à sa rencontre.

— Vous êtes Tom ?

— Oui. Et vous, Marie-Jeanne ?

— Oui.

Ils s'enlacèrent longuement, comme deux vieux amis, leurs conversations par messagerie nombreuses et intimes les ayant rapprochés.

— C'est mon dernier recours, dit-il d'une voix rauque.

— Moi aussi, Tom.

— Mais vous êtes médecin.

— Je suis humaine avant tout.

Zaza arriva avec un papier dans les mains.

— Je m'excuse de vous interrompre.

Marie-Jeanne s'excusa à son tour auprès de Tom et se retira avec la sangoma.

— Tu sembles inquiète, Zaza.

— Nous sommes dix-neuf. Il ne manque que Jack.

— Oh ! Quelle heure est-il ?

Il était 18 h 30. On avait demandé aux participants de se présenter au plus tard à 18 heures.

— Je l'appelle.

Zaza mit sa main sur son bras. Elle cherchait un moyen de lui révéler qui il était, sans briser le sceau de confidentialité.

— Il n'est pas qui il prétend être.

— Que veux-tu dire ?

La Sud-Africaine soupira.

— Je crois que nous devrions cacher la méd…

Au même moment, le cellulaire de Marie-Jeanne sonna.

— Ah ! C'est justement lui ! annonça-t-elle, soulagée.

Zaza ne l'était pas.

Jack sortait de l'épicerie en portant une grosse caisse en plastique rouge contenant douze bouteilles de deux litres de Coca-Cola. Il regarda sa montre : 18 h 30. *Je devrais appeler Marie-Jeanne pour la prévenir que je serai en retard*, se dit-il en sortant son cellulaire.

Ce matin, en se réveillant – ou plutôt en se levant, car il n'avait pas fermé l'œil de la nuit –, il était allé courir. Pas jogger. Courir ! Durant la nuit, il avait pensé devenir cinglé.

Après la rencontre avec Zaza et le dîner avec Lee-Ann chez Sofia, une porte insoupçonnée s'était ouverte en lui. Jack avait passé tout le repas à observer Zaza, Sofia, Lee-Ann et Steve, ou à être perdu dans ses pensées. La voix de Zaza résonnait encore dans sa tête. « Elle a perdu un enfant dans l'eau. » Elle l'avait dit avec assurance. Il avait remarqué son langage du corps. Elle savait ce qu'elle faisait, cette Zaza.

Puis son regard s'était tourné vers Sofia, pas trop souvent, car une vague enivrante l'envahissait. L'écouter parler pourrait devenir un de ses sports préférés. Elle s'exprimait avec passion et candeur. Ses boucles frisées dansaient avec ses mots ; ses gestes faisaient penser à ceux d'une ballerine. Elle parlait de son pays d'enfance, le Mozambique, comme une fillette qui déguste de la barbe à papa. Lorsque ses yeux brillants croisaient les siens, il fondait sur son siège et devait détourner le regard pour reprendre son souffle.

Il avait mangé deux fois avec « cette gang de *fuckés* là », comme l'avait exigé Martin, et son patron aussi, d'ailleurs. Hier après-midi, il avait passé deux heures chez Marie-Jeanne à discuter avec Louis, qui venait de trouver sa nouvelle passion : celle d'étudier les plantes médicinales autochtones que les Blancs s'obstinaient à qualifier de psychédéliques ou d'hallucinogènes.

— Je n'ai jamais de ma vie lu autant d'articles contradictoires autour de ces plantes. Cependant, il y a assez de littérature, et surtout dix mille ans d'expérience, pour étendre ces traitements. Le problème, disent les guérisseurs traditionnels de l'Amazonie, c'est qu'il faut arrêter de raser les forêts, car nous éliminons avec elles des médecines inestimables.

Jack s'était aussi entretenu avec Mika. Il l'avait trouvé éveillé et mature pour un jeune homme de vingt ans, parlant de l'état de la planète que sa génération lui léguait.

— Ce n'est pas le système qu'il faut changer, avait dit Mika. C'est l'être humain.

Jack estimait qu'il n'avait aucunement le profil de quelqu'un qui cherchait à avoir un *high*, comme l'avait suggéré Martin.

Il avait discuté avec Marie-Jeanne, dont la quête lui paraissait légitime, et avait découvert l'être fragile et sensible qu'elle était sans son stéthoscope autour du cou. Elle lui avait relaté l'histoire d'une femme souffrant d'une horrible ménopause, que cette plante avait guérie. Il voulait tellement y croire.

Il était revenu de sa course, haletant comme un cheval, alors que Martin sortait de son entrée. Il avait hésité, voulant l'éviter, mais n'avait nul autre endroit par où passer pour se rendre au chalet. Martin avait baissé sa vitre. Jack, qui cherchait son souffle, plié en deux, tentait aussi de défaire ce nœud qui lui écrasait le cœur.

— T'as pu fouiner en masse, j'espère ? Tout est en place pour ce soir ? C'est quoi, son manège, à Marie-Jeanne ?

Jack, les deux mains appuyées sur les genoux, s'était relevé et replié aussitôt. Il avait tenté de parler, mais, toujours hors d'haleine, il avait dû faire quelques pas pour ensuite revenir vers la voiture. Le pharmacien avait regardé sa montre et reposé sa question.

— Pis ? T'as découvert quoi ? C'est un *go* pour ce soir ?

Jack avait dévisagé Martin, en prenant quelques bonnes inspirations. Il s'était aperçu que ce qui l'avait tourmenté toute la nuit devait être tranché en cet instant même. Il avait une décision à prendre et il était totalement déchiré. Les mots de Zaza lui étaient revenus à l'esprit, aussi limpides qu'un ruisseau de montagne. « Vous aurez à choisir entre ce que votre tête vous dit de faire et ce que vous dicte votre cœur. » Il n'avait pas compris. « Vous le saurez le moment venu. » C'était le moment. Il l'avait senti.

— Mon *boss* va vous appeler. Je suis encore en train de rédiger le rapport.

— Non, mais, qu'est-ce qui se passe au juste ? Franchement !

— Bonne journée, monsieur Desrosiers.

Il était reparti à la course par le chemin derrière la maison. Martin Desrosiers criait comme une oie, mais Jack avait autre chose en tête. Il devait à tout prix annuler la descente policière.

Il avait passé plus d'une heure au téléphone avec son patron. D'abord, celui-ci avait été catégorique. « Ce n'est pas parce que "y ont pas l'air de drogués" qu'ils n'en sont pas. » Jack avait recentré le problème sur le pharmacien, expliquant que c'était la vengeance qui le motivait puisqu'il perdait des ventes depuis la nouvelle approche « holistique et naturelle de la Dre Richard ».

— Naturelle peut aussi vouloir dire illégale, Jack, avait répliqué son supérieur.

Jack s'était résigné à mentir, en jurant qu'il n'y aurait que du rapé et du sananga, des mots qui n'existaient même pas dans le vocabulaire des lois canadiennes. « C'est juste du tabac pis des gouttes pour les yeux. » Jack était tellement convaincu de sa décision qu'il ne lâcha pas le morceau. Son patron avait finalement abdiqué.

— OK. J'annule. Mais aussi bien ne plus jamais entendre parler de cette histoire !

Jack avait raccroché, soulagé.

Il avait ensuite passé la journée à écrire son rapport, puis il s'était assoupi sur son lit. Il avait dormi profondément et s'était réveillé en sursaut après avoir rêvé d'une caisse de plastique rouge pleine de bouteilles de Coca-Cola qui lui tombait sur la tête. Il avait regardé l'heure. Il était 17 h 45. Il avait pris une douche de deux minutes, s'était habillé et était parti en vitesse. En route vers Kanehsatake, il était toujours hanté par cette caisse de Coca-Cola. Il la voyait tomber sans cesse sur son crâne. Sur un coup de tête, il avait pris un virage et était revenu vers Oka. Il avait trouvé une épicerie qui vendait ces caisses.

Il était déjà 18 h 30 lorsqu'il décida d'appeler Marie-Jeanne. Elle répondit à la première sonnerie.

— Jack ! T'es où ?

— Je suis à l'épicerie à Oka. J'arrive. Je suis vraiment désolé du retard. Je t'expliquerai. Je suis à quinze minutes.

Il hésita.

— Est-ce que tout est correct ? Vous avez besoin de quelque chose ?

— Tout est beau ! Tout le monde est là. Oh ! Attends ! Zaza me parle.

Marie-Jeanne revint cinq secondes plus tard.

— Elle fait dire d'acheter une caisse de grosses bouteilles de Coca-Cola.

Les deux bras de Jack tombèrent.

— Allô ? Allô ? s'inquiéta Marie-Jeanne.

Jack remit le téléphone à son oreille.

— Dis-lui que c'est déjà fait.

En arrivant chez Matt, Jack remarqua le tipi au fond de la cour. Il se rendit dans la cuisine et y rencontra Marie-Jeanne et Zaza, à qui il résuma sa dernière semaine en cinq minutes pile. Pour Marie-Jeanne, le choc d'apprendre qu'il était un enquêteur était moindre que celui de découvrir que Martin avait pu agir de la sorte, allant même jusqu'à inclure la police ! Elle avait le teint livide.

— Es-tu certain que la descente est annulée ? demanda Marie-Jeanne, inquiète. Comme Martin a le maire dans sa poche, j'en doute ! Surtout qu'il n'a pas encore lâché le maudit morceau pour ce qui est d'un golf sur le territoire.

Jack n'était plus certain. Il avait un drôle de sentiment dans les tripes.

— Moi aussi, avoua Zaza. Il faudrait agir comme si les policiers venaient.

Elle vérifia l'heure.

— Vite ! Donnez-moi la caisse de Coca-Cola !

— En passant, comment avez-vous fait pour ça ? s'enquit Jack, encore intrigué. J'avais déjà acheté la caisse quand Marie-Jeanne m'a donné votre message.

En guise de réponse, Zaza tapota sa tempe avec son index, un petit sourire coquin aux lèvres.

Elle remplaça deux bouteilles de boisson gazeuse par deux autres, remplies d'ayahuasca. Elle mit la caisse dans la dépense, par terre, à côté de caisses de bière et de bouteilles vides.

— À la vue de tous ? s'étonna Jack.

— Justement, répondit-elle.

À 19 heures, Zaza fit résonner le tambour. Les gens se réunirent dans le tipi et prirent place sur leur matelas. Matt et Bam aidèrent Pierre à s'installer. Depuis qu'il avait arrêté sa médication contre la douleur, il ne pouvait plus marcher seul, même avec sa canne. Steve, quant à lui, guida les deux aînés vers leurs couches. !Gabu et Mme Fortier étaient étonnamment calmes comparativement aux autres. L'atmosphère était fébrile, les participants ne sachant pas exactement à quoi s'attendre, même si on leur avait dit de ne s'attendre à rien et d'être ouverts à tout. « Confiance, la plante ne vous poussera jamais plus loin que ce que vous pouvez gérer. »

Dix femmes occupaient le versant sud de la tente et dix hommes le versant nord. Le chaman et son assistante se trouvaient sur le mur ouest, l'entrée du tipi, à l'est. Steve avait accepté d'être le gardien de feu. Kana avait deviné l'essence même de ce jeune homme à la minute où il l'avait rencontré. L'énergie ne mentait pas.

Zaza commença par faire faire un exercice de relaxation au groupe en demandant à tous d'inspirer et d'expirer, d'imaginer les différentes couleurs des chakras, leurs énergies et rôles. Ils s'injectèrent eux-mêmes une dose de calme. L'exercice dura une demi-heure.

Kana fit son entrée vêtu d'une longue tunique blanche brodée de petits dessins géométriques sacrés noirs. Il portait un collier de vertèbres de serpent autour du cou, des bracelets aux bras et aux chevilles. Une impressionnante coiffe de longues plumes bleues descendant jusqu'aux hanches lui serrait le crâne. Les mains jointes, il salua chacune des personnes en les regardant dans les yeux. Son sourire était un baume sur la nervosité des participants. Il marchait avec une sérénité royale.

Il eut le temps de se rendre à sa place avant que des sirènes se fassent entendre. Zaza se leva.

— Restez calmes. N'ayez crainte. Nous sommes en retraite de méditation, une cérémonie de trois jours pour partager les connaissances, mœurs et coutumes entre peuples des Premières Nations.

Ce que Jack ignorait, c'est que, lorsque le patron de la SQ avait appelé Martin pour lui annoncer que la descente était annulée, ce dernier l'avait convaincu que Jack avait perdu les pédales et le sens du raisonnement. Les participants entendirent deux, trois, puis quatre sirènes. Des portières de véhicules. Des chiens qui aboyaient. Soudainement, sept ou huit policiers vêtus pour le combat armé firent irruption dans la tente. Deux d'entre eux tenaient des chiens en laisse. Un des agents filmait la scène. Personne ne broncha, tous assis les jambes croisées, le dos droit.

— Ne bougez pas ! tonna le commandant.

— C'est déjà fait, ça, répondit candidement Mme Fortier.

L'agent se retourna et vit cette vieille et menue dame assise sur un matelas, les mains jointes en prière.

— Vous dérangez notre méditation, ajouta-t-elle.

Il resta perplexe un instant.

— Silence ! hurla-t-il.

Il demanda à voir le propriétaire des lieux. Matt se leva. Le policier lui remit un mandat de perquisition pour « drogues de toute nature ». L'opération dura une heure. Ils fouillèrent sous le tipi, dans toutes les tentes, la maison au complet ainsi que le garage.

— On n'a rien, *boss*, dit le chef de l'opération à son supérieur au téléphone. Même pas une aspirine. Un peu de cannabis dans la chambre à coucher, une quantité légale.

L'agent se gratta le crâne.

— Ils font juste méditer puis prier. Y a même des petits vieux dans la gang. Puis les étrangers ont tous leurs papiers en ordre. En fait, je crois qu'on va avoir mauvaise presse. Ça semble être une rencontre légitime entre peuples des Premières Nations. Et vous savez comment c'est un sujet délicat en ce moment...

Le patron à la SQ rageait. Il avait laissé un citoyen « ordinaire » l'influencer, au lieu de croire en son propre enquêteur. *L'argent est toujours nécessaire, mais n'a pas toujours raison*, se dit-il.

— 15 —

Laisser aller

« Certains d'entre nous pensent que s'accrocher nous rend forts, mais parfois, c'est lâcher prise. »

HERMANN HESSE

La descente policière en ébranla plus d'un, surtout William, le père de Matt. Il avait vécu la crise d'Oka de 1990, et la seule vue de policiers armés et de chiens le replongea dans son stress post-traumatique, dont il souffrait depuis. Lora, sa femme, passa une heure à lui frotter le dos et les épaules.

Zaza et Kana avaient presque l'habitude de ce genre d'opération agressive. Parfois, des journalistes arrivaient avec leurs préjugés, plantant leur caméra devant leur visage sans le moindre égard et tricotant leurs critiques dans leurs questions. Les deux chamans passèrent un bon moment avec les participants à dissiper l'énergie de l'événement. Sofia était défaite. Elle jaugea Jack sur son matelas. Zaza l'avait brièvement informée de l'origine de l'incident. Quand tout le monde retrouva son calme, il était déjà passé 22 heures.

Zaza fit vibrer le bol tibétain. Le feu au centre avait été ravivé et crépitait sous l'œil attentif de Steve. Les vingt participants étaient assis sur leur matelas, un seau à leurs côtés. Des bougies avaient été allumées sur l'autel des chamans, sur lequel étaient déposés toutes sortes d'objets : des pipes, des tepis pour le rapé, une dent de crocodile, des plumes d'aigle et de condor, de l'encens. Et une grosse bouteille de liquide brun. S'il y avait eu un instrument pour mesurer la fébrilité dans la pièce, il aurait sûrement explosé. Kana accueillit le groupe.

— Je vous remercie de votre confiance en m'invitant ici pour vous guider dans votre guérison. Je suis désolé aussi pour cet incident. Notre travail est incompris. Vous savez, cette plante est utilisée pour guider et éveiller l'esprit afin de lui permettre de trouver le véritable but de la vie. Elle fait aussi comprendre que nous sommes tous connectés à la même Grande Source d'énergie, que tout est énergie, que les arbres et l'eau, le vent, le soleil, la lune, les fleurs, les insectes, les animaux, les poissons, les oiseaux, les êtres humains, tout est connecté. Avaler cette médecine, c'est activer la sagesse ancienne qui est en chacun de nous, nous rappelant ce que c'est que d'être humain, en harmonie les uns avec les autres, notre Terre Mère et la Grande Source, ou le Grand Esprit, que nous appelons chez nous *Yuxibu.* Quel que soit le nom que vous lui donnez, vous y êtes connectés. Nous acceptons et honorons, dans cet espace, chaque race, religion et culture du monde.

Kana sourit et prit le temps de regarder chacun des participants. Il joignit les mains et les mit devant son cœur, puis les redéposa sur ses cuisses.

— L'ayahuasca, ou huni, est un médicament qui nettoie et purifie, qui peut débarrasser le corps des impuretés physiques, l'esprit des ennuis émotionnels et l'âme des problèmes spirituels qui se sont accumulés au cours de la vie et des incarnations antérieures. Il est essentiel de définir clairement votre intention, d'aborder le travail avec engagement, humilité et respect pour la médecine. Il est également important de laisser tomber toutes les attentes. L'intégrité personnelle et le courage sont nécessaires lors de l'utilisation de cette médecine. Vous pouvez faire face à des parties de vous-même que vous avez précédemment évitées. La médecine enlève le voile ou le masque. Recevez tout ce qui vient avec amour et gratitude pour cette opportunité de transformation. C'est une occasion de rééquilibrer, de vous souvenir de votre ascendance et de votre lien avec Pachamama, notre Terre Mère. La plante vous emmènera avec amour à votre vrai moi, à votre côté obscur, à vos limites cachées. Parfois, elle le fait avec le drame, le pouvoir, la peur, la douleur, mais elle ne vous donnera jamais des expériences au-delà de votre capacité à les tolérer. Croyez-moi, il faut vous conduire au bord de votre tolérance ou résistance ; alors seulement la transformation est possible. Nous sommes ici, Zaza et moi, pour vous guider dans votre guérison. Le feu au centre est aussi là pour nous aider. Nous l'activons et il devient une entité énergétique qui travaille avec nous. Il sert aussi à transformer en lumière les énergies négatives que nous y jetons. De grâce, ne marchez pas entre le feu et l'autel. Il doit toujours garder un lien avec l'autel. Bon voyage ! *¡Haux*[2]*!*

---

2. Prononcé « hâche ».

— *¡Haux! ¡Haux!* répéta Zaza.

Elle s'adressa à l'assemblée.

— Nous répondons *¡Haux!* pour exprimer notre compréhension et gratitude ; pour indiquer aussi que nous avons fini de parler.

— *¡Haux!* répondirent la plupart des participants.

À tour de rôle, chaque personne se présenta et dit en quelques mots la raison qui l'amenait là et l'intention, si elle voulait la révéler, qu'elle prêtait à la cérémonie. Pendant ce temps, Kana déroula une longue étoffe et y dévoila une pipe sacrée. Il la bourra de tabac, une pincée à la fois sur laquelle il soufflait et qu'il mettait sur son cœur en murmurant des paroles. Il offrit ces pincées de tabac à chacune des sept directions, incluant le ciel, la terre et l'âme. Il fit des prières dans sa langue, mentionnant souvent Yuxibu. Il prit ensuite le contenant de huni, déboucha la bouteille et y fit des prières en y insufflant la fumée de sa pipe. Il versa le liquide dans un petit verre.

Le pajé appela le premier participant à sa gauche, le côté des hommes. Chacun analysait celui qui buvait. Les gens faisaient une grimace lorsqu'ils avalaient le liquide âcre, comme s'ils mordaient à pleines dents dans un citron. Une fois que tous eurent pris la potion, l'attente commença. « Une demi-heure, trois quarts d'heure, avait dit Zaza. Et tentez de garder la médecine dans votre estomac pour au moins trente minutes. Après ça, si l'envie de purger vous vient, suivez votre corps. »

Après un long moment de silence, le tambour se fit entendre. Kana tapa rapidement et se mit à chanter des *icaros,* ces chants sacrés qui activent la plante dans le corps. À mesure que sonnait le tambour, et au rythme de sa voix, la plante se faufilait dans chaque cellule du corps pour y faire son travail. La voix profonde et chaude de Kana et le son du tambour qui résonnait créèrent une ambiance mystérieuse, singulière. Certains étaient assis les yeux fermés, d'autres restaient couchés, impatients, mal à l'aise, l'âme fiévreuse malgré les conseils du chaman. *Le mot magique est « laisser-aller »*. Le laisser-aller demandait de la confiance et du courage.

Marie-Jeanne était couchée, un bras plié sur les yeux, s'efforçant de se détendre. De ne penser à rien. Mais c'est le contraire qui se produisit. Elle se mit à penser à Martin, à tous ceux comme lui qui oublient l'essence de la vie dans la rigidité de leur réalité construite sur des mensonges. Comme elle l'avait fait. Comment avait-il osé la dénoncer ? Elle tenta de l'oublier. Puis Kat lui vint à l'esprit. Sa fille, torturée, comme elle l'avait été pendant toute sa jeunesse. *Que dis-je ? Toute ma vie !* Cette torture finirait-elle ? Était-il vraiment possible de vivre heureux ? Qu'est-ce que le bonheur ? Qu'est-ce que la vie ? Marie-Jeanne tourna sur un côté. Puis sur l'autre.

Elle pensa à sa belle-mère, qui l'avait reniée. Lisette avait été gentille au début de sa relation avec Louis. Froide, mais gentille. Puis, au fil des années, son attitude avait changé. À chaque succès de Marie-Jeanne – son doctorat en médecine, ses enfants, sa clinique –, Lisette devenait plus pincée. Elle relevait plutôt les échecs de sa belle-fille, ses dépressions, ses thérapies. *Je n'ai vraiment pas été chanceuse avec les figures maternelles,* se dit Marie-Jeanne. Le jour où elle avait entendu Lisette au téléphone, sous la fenêtre de la chambre à coucher, alors que celle-ci déclarait : « S'il avait pu en trouver une toute blanche aussi », Marie-Jeanne avait décidé de couper les ponts avec sa belle-mère. Elle lui en voulait toujours. Comme à sa mère. Elle aurait tant souhaité que Mary ressente le mal qu'elle avait connu en grandissant, celui qu'elle avait nourri toute sa vie parce qu'elle y croyait. « Tu ne seras jamais bonne à rien ! » Elle pensa à son mariage, qui avait tout de même eu un vent de fraîcheur récemment, mais qui était encore boiteux. Elle pensa à Mika, son fils, torturé lui aussi, mais qui l'exprimait d'une façon différente. Il était devenu un ermite. Il ne voyait personne, n'avait pas d'amis. *Si j'avais été une bonne mère, mes enfants ne souffriraient pas ainsi,* se dit-elle.

Marie-Jeanne n'en pouvait plus des mille et une réflexions qui lui malaxaient le cerveau. Elle tenta d'entrer dans la musique de Kana, de se concentrer sur le tambour, sur sa voix. Sur rien. Elle eut l'impression, encore une fois, de devenir dingue.

Soudain, elle entendit quelqu'un vomir. Elle se leva sur un coude et aperçut Bam, assis, le seau entre les jambes. Il cherchait à retenir ses cheveux, qui tombaient dans la chaudière. Bam avait beaucoup peiné à arrêter les médicaments qu'il prenait depuis des années. Des anxiolytiques, somnifères, antidépresseurs ; il souffrait de diabète, d'arthrite, d'inflammation. Mais il ne s'était jamais découragé. Il était déterminé. « Je n'en peux plus de vivre ainsi. » Il n'avait pas dévoilé la vraie raison de l'arrêt de ses médicaments à son médecin, qui avait exprimé son profond désaccord. C'est Marie-Jeanne qui l'avait guidé dans son sevrage.

Marie-Jeanne vit Zaza se lever et attacher les cheveux de Bam. De profonds grondements précédaient chacune de ses purges. La sangoma revint vers lui avec un bâton de *palo santo* fumant, un bois à l'odeur parfumée et sucrée, et répandit sa fumée autour de lui. Il s'apaisa, reprit son souffle et se recoucha.

Louis et Mika ne bougeaient pas, droits comme des billots. Marie-Jeanne regarda plus loin pour jeter un coup d'œil à Kat. Elle était assise, la tête appuyée sur ses bras, les genoux pliés.

Une autre personne purgea. Marie-Jeanne ferma les yeux et attendit. Elle ne sentait rien. Elle commençait à s'impatienter. *J'aurais dû ressentir un effet à l'heure qu'il est.* Elle remarqua que Lora et Matt semblaient aussi se tourner les pouces.

Kana arrêta de jouer. Il rouvrit la grosse bouteille.

— J'offre un deuxième tour de huni. Si vous en voulez, veuillez vous approcher.

Les gens se levèrent un à un et tout le monde prit un deuxième verre, incluant Bam. Lorsque Marie-Jeanne avala le sien, elle pria la plante : *Guéris-moi !*

Elle se recoucha. Kana reprit ses icaros. Cette fois-ci, à peine vingt minutes plus tard, les participants se mirent à remuer. Certains ressentirent un puissant inconfort. Puis les purges se déversèrent. L'un après l'autre, les gens vomissaient leurs blessures, leurs maux, leurs émotions enfouies parce qu'elles n'avaient nulle part où aller. Marie-Jeanne avait mal au cœur, mais ne réussissait pas à purger. Elle vit Zaza se rendre sur le matelas de Louis. L'assistante mit un peu de rapé au bout du tepi et inséra l'embout dans la narine de Louis avant d'y souffler un bon coup. Elle fit la même chose avec l'autre narine. À peine deux minutes plus tard, Louis purgea comme Marie-Jeanne ne l'avait jamais entendu vomir. Elle fit signe à Zaza qu'elle voulait aussi du rapé.

Une fois la poudre dans le nez, Marie-Jeanne sentit une vague de chaleur partir du bout de ses orteils et monter jusqu'à sa tête, qui désormais tournait. Elle fut prise d'un mal de cœur terrible, comme si la plante avait puisé dans une profondeur insoupçonnée des débris longtemps oubliés. Elle avait l'impression que quelqu'un passait un aspirateur dans tous les recoins de son être. La sensation était forte ; une pression physique poussait et tirait les différentes parties de son corps. elle purgea du fond d'elle-même. Elle passa dix bonnes minutes à vomir. La tête dans la chaudière, elle sentit une douce odeur particulière. Zaza répandait du palo santo autour d'elle. Elle éprouva un certain apaisement. Épuisée, elle se recoucha. « Après la purge, vous allez partir en voyage », avait dit Zaza. Marie-Jeanne attendit et attendit et attendit. Rien ne se passait. Elle entendait les autres ; un qui gémissait, l'autre qui pleurait, une qui éclatait de rire. Zaza allait de l'un à l'autre pour vérifier l'état des participants, alors que Kana continuait de chanter ses chants sacrés.

Marie-Jeanne leva la main. Zaza arriva immédiatement. Elle chuchota.

— Il ne se passe rien !

— Il s'est passé quelque chose, tu as purgé, répondit Zaza.

— Oui, mais après. Il n'y a rien.

— Patience, dit Zaza avec un doux sourire. La plante fait le travail qu'il y a à faire. Fais-lui confiance.

Elle repartit. Marie-Jeanne aurait voulu avoir des réponses plus claires. Elle aurait voulu voir quelque chose, entendre quelque chose, sentir quelque chose. Zaza avait expliqué que l'information pouvait se présenter de plusieurs façons. Mais rien n'arrivait ! Plus elle entendait ses compagnons gémir ou émettre de longs soupirs, plus elle perdait sa patience, sa confiance aussi, en elle et en la plante.

Kana offrit une dernière tournée de huni. Seulement trois personnes se levèrent, dont Marie-Jeanne. Elle avala le shooter en priant comme si c'était la dernière chose qu'elle ferait sur cette terre. Elle se recoucha et attendit. Au bout d'un petit moment, elle purgea encore, assez longuement. Zaza vint répandre de la fumée d'herbes. Puis Kana se leva avec sa pipe et s'accroupit devant son matelas. Il fuma le tabac sacré et expulsa l'air sur la tête de Marie-Jeanne, puis son corps, son dos, ses jambes. Il lui demanda d'ouvrir les mains. Il souffla un nuage sacré dans celles-ci et l'invita à le répandre sur sa tête et son cœur. Il répéta le geste trois fois. Marie-Jeanne se recoucha, fatiguée de purger, agacée surtout du néant dans lequel elle se trouvait.

Le pajé annonça qu'il y aurait une demi-heure de silence. Bam ronflait. Louis était assis, le regard dans le vide ; il se décrottait le nez comme s'il était seul sur une île déserte. Nirmala, à côté d'elle, pleurait sans bruit. La consigne était de ne déranger personne. Chacun vivait son expérience dans sa bulle. Mika n'avait pas bronché de toute la soirée, sauf pour une petite purge. Marie-Jeanne tenta encore une fois de se laisser aller. Elle se rassit, complètement frustrée.

Zaza prit une maraca et l'agita doucement en chantant de sa voix d'ange. Après chaque chant, les gens disaient : *¡Haux! ¡Haux!* Marie-Jeanne n'avait pas envie de dire *¡Haux!* Elle n'avait qu'une envie, c'était de crier MERDE !

Kana annonça une dernière ronde de rapé avant de passer au sananga. Les gens commençaient à remuer, à s'asseoir, à revenir à eux. Kana fit le tour des hommes et Zaza offrit le rapé aux femmes. Lorsque la sangoma souffla la poudre dans ses narines, Marie-Jeanne fut de nouveau prise d'une extrême nausée. Elle purgea encore et encore, elle était la dernière à le faire. Zaza et Kana revinrent lui faire des traitements emboucanés.

Ensuite, les chamans administrèrent le sananga à qui en voulait bien. La moitié des gens accepta. On entendit des gémissements pendant quelques minutes alors que les gouttes brûlaient les yeux. Puis des soupirs de soulagement, comme si un vent de fraîcheur avait balayé leur cerveau.

Il était 4 heures du matin lorsque Kana annonça la fin de la cérémonie. Il fit une prière et remercia Yuxibu d'avoir travaillé avec eux. Il invita les gens à manger un bol de soupe avant d'aller dormir.

— Vous pouvez parler un peu, mais le partage des expériences se fera après la dernière cérémonie, dimanche matin, déclara-t-il.

L'atmosphère était détendue, les gens, de bonne humeur. Marie-Jeanne ne comprenait pas. Kat arriva sur son matelas avec un bol de soupe. Elle était enjouée.

— Incroyable, n'est-ce pas, maman ?

— Il ne s'est rien passé.

— Que veux-tu dire, il ne s'est rien passé ? Moi, je suis allée en voyage ! J'ai compris pourquoi j'agis de la sorte.

Elle prit la main de sa mère.

— Maman, pardonne-moi pour le mal que je t'ai fait. Pardonne-moi de vous avoir rendu la vie dure, à toi et papa. Je comprends maintenant.

— C'est moi qui devrais te demander pardon. Si j'avais été une bonne mère, tu n'aurais pas autant souffert.

— Mais maman ! Tu n'as rien à voir avec ma souffrance, si tu savais ! Tu as toujours été là pour nous. Tu n'as jamais abandonné. Moi, j'avais abandonné !

Elle écoutait sa fille parler et admirait cette jeune femme. Ses yeux brillaient. Elle s'exprimait avec enthousiasme, comme une petite fille, celle qu'elle avait vue grandir, collée comme un velcro à sa jupe. Une innocence était revenue. Ou plutôt une pureté, peut-être. Kat se remémorait des souvenirs de son enfance, de beaux voyages en famille, des moments de bonheur.

— J'en ai eu tout plein, du bonheur ! s'exclama-t-elle dans un chuchotement. Et maintenant, la plante m'a montré comment aller le chercher à l'intérieur de moi ! Je suis si heureuse !

Elle embrassa sa mère chaudement, la tenant dans ses bras fort et longtemps. Les deux pleurèrent en silence. D'une certaine manière, Marie-Jeanne enviait la liberté que sa fille venait de trouver.

Kat partit voir son père, avec qui elle passa un bon moment à parler. Ils semblaient contents et sans soucis. Ils gesticulaient comme s'ils décrivaient une pièce de théâtre colorée et animée, comme s'ils en étaient les personnages. Kat se rendit ensuite auprès de son frère. Ils se couchèrent ensemble sur le matelas et discutèrent longuement, parfois en riant, parfois en pleurant. Les jumeaux tombèrent endormis dans les bras l'un de l'autre. Cela amena d'autres larmes à Marie-Jeanne, ainsi qu'à Louis.

Zaza s'approcha du matelas de la docteure. Elle se pencha près d'elle.

— Je voulais te dire, Marie-Jeanne, qu'à un moment j'ai vu une forme masculine au-dessus de toi. Elle était entourée de centaines de papillons, des jaunes et des bleus. Ça te dit quelque chose ?

Marie-Jeanne faillit en perdre le souffle.

— Mon père collectionnait les papillons jaunes et bleus.

— C'est vrai ? Eh bien, il est venu te voir, alors.

Jack et Sofia mangeaient leur bol de soupe ensemble, parlant doucement, souriants et calmes. Bam et Steve échangeaient sur leurs expériences. Nirmala aidait Tom à naviguer à travers ses traumatismes, elle qui traitait ce syndrome dans sa pratique. La psychologue avait compris, ce soir, qu'avant de détenir la clé de la guérison de l'autre elle devait faire la sienne ; qu'elle accepte et pardonne les difficultés qu'elle avait dû subir dans sa vie, même les gestes de son vieil oncle, qui avait mis son gros doigt dans son vagin en se masturbant, alors qu'elle avait huit ans. Elle avait purgé ce traumatisme ce soir. Enfin. Éliminé à jamais.

Nadia, Patricia et Rose partageaient leurs expériences. Rose, femme violentée par son mari et ses fils, pleurait toujours. La plante lui avait montré le chemin à prendre, même si Rose ignorait encore où elle trouverait le courage pour le faire. Patricia, dont le mari la trompait, avait un cheminement similaire à entreprendre. Nadia leur proposait de donner cette intention à la plante le lendemain. *Mama Ayahuasca, montre-moi les outils à utiliser pour emprunter ce chemin.* Cette dernière avait quant à elle compris pourquoi elle avait toujours été attirée par le tarot. Et pourquoi elle avait bloqué là. Le tarot n'était que la porte d'entrée de sa mission, avait-elle appris ce soir.

Aux yeux de Marie-Jeanne, tout le monde semblait avoir entamé une prise de conscience, même si certains n'avaient pas encore prononcé un mot. Louis lui avait raconté avoir rencontré un gros anaconda sur le dos duquel il avait voyagé dans toutes sortes de dimensions. Il cherchait la signification de lieux visités et de symboles présentés. Marie-Jeanne était contrariée. Elle perdit davantage confiance en elle. Le couple partit dans sa tente après avoir souhaité un bon sommeil à tous. Marie-Jeanne pleurait. Louis la tint dans ses bras.

— Patience, ma belle. Patience. Ça viendra. Il reste deux soirs.

— Et si ça ne vient pas?

Louis soupira et s'endormit.

— 16 —

Le hamster

« La personne qui dit qu'elle peut et la personne qui dit qu'elle ne peut pas ont toutes les deux raison. »

CONFUCIUS

Le tambour résonna à 10 heures. Les gens sortirent des tentes en s'étirant. Certains avaient couché dans le tipi. Plusieurs étaient perdus, ayant l'habitude de pitonner sur leur cellulaire dès l'œil ouvert le matin. Ils se tournaient les pouces ou tournaient en rond.

Ils ne savaient plus comment « être », avait remarqué Zaza, qui leur suggéra de regarder les feuilles réagir au vent.

La Sud-Africaine réunit la troupe et organisa une séance de yoga, comprenant des étirements et beaucoup de respirations. Elle invita les participants au calme et à l'introspection aujourd'hui, durant les activités, puis leur proposa de prendre une bouchée. Entre les conversations, on avalait du gruau, des noix et graines, des fruits, du lait d'amande, de la tisane. Tout le monde, ou presque, avait une histoire, même minime, à raconter. Sauf Marie-Jeanne.

La docteure était maussade dans sa politesse. Les défenses et les masques avaient perdu leur pouvoir et les personnes affichaient leurs émotions plus facilement, comme si ces individus disparates et éclectiques retrouvaient une humanité commune.

Comme lors de toute cérémonie, des travaux communautaires étaient prévus et exigés au cours de la journée. Où qu'il aille dans le monde, Kana remerciait l'énergie de la Terre Mère qui accueillait ces gens qui guérissaient en lui fournissant la leur. Les femmes s'occupèrent dans le jardin à retirer les mauvaises herbes et à récolter les légumes. Les hommes donnèrent un coup de main à Matt pour finir sa cabane à bois pour l'hiver. Zaza passait ici et là pour demander de baisser le ton, pour filtrer les conversations aussi. « On ne parle pas de politique, ni d'économie, ni de Trump. Aucune mauvaise nouvelle. On reste dans la tranquillité et dans la paix. » On partageait alors ses états d'âme et ses intentions pour la soirée. *Moi, je vais demander de comprendre ma peur.* Ou alors : *Je pense que je vais demander d'apprendre à m'aimer.* Et souvent : *Je veux comprendre la mission de ma vie.* Marie-Jeanne ne voulait qu'une chose. Guérir.

Le dîner fut servi à 14 heures, des légumes crus mêlés à du quinoa, l'aliment de base des Brésiliens, surtout végétaliens, car il fournissait une quantité impressionnante de protéines. On procéda ensuite à un exercice d'intentions. « L'énergie va où l'intention va. C'est une loi de la nature », dit Kana.

Pour cette activité, Zaza distribua des carrés de tissu d'environ cinq centimètres sur cinq. Chacun devait remplir vingt-huit carrés d'une pincée de tabac, après avoir soufflé sur celui-ci et l'avoir mis sur son cœur, en formulant silencieusement une intention. C'était l'équivalent d'une prière, mais sans religion. Il y avait sept différentes couleurs, pour les sept directions. Le jaune, pour l'est, représentait le feu, l'action et l'éveil spirituel ; le blanc, pour le sud, l'eau, l'enfant intérieur, l'innocence ; le noir, pour l'ouest, évoquait la terre, la guérison, les rêves et les visions, l'adolescence ; et le rouge, pour le nord, l'air, la sagesse, la vieillesse. Le bleu représentait le ciel, le vert symbolisait la Terre Mère et le mauve correspondait à l'âme, la connexion avec la Grande Source et tout ce qui existe.

— Les couleurs et les éléments des directions changent selon les traditions, mais toutes les nations travaillent avec ces éléments, avait expliqué Zaza.

Les participants attachèrent leurs vingt-huit pochettes à une ficelle, qu'ils accrochèrent ensuite à la paroi du tipi, à leur place.

Kana et Zaza offrirent des consultations privées pour les gens qui en avaient besoin. Marie-Jeanne alla voir la sangoma.

— Il ne s'est rien passé, hier soir, déclara-t-elle d'une voix plaintive.

— La plante a fait un travail quand même, Marie-Jeanne.

Zaza remarqua qu'elle ne portait pas son orthèse au coude.

— Je ne l'ai pas mise ce matin. Je n'avais pas très mal...

En disant ces mots, Marie-Jeanne s'aperçut sur-le-champ qu'elle ne ressentait plus aucune douleur. Elle s'étira le bras et le replia plusieurs fois d'affilée.

— C'est incroyable ! Ça fait un an que j'ai mal. Je ne ressens plus rien !

Marie-Jeanne tordit son bras vers l'intérieur, une position qui, habituellement, provoquait une douleur lancinante. Cette fois-ci, rien. Zaza sourit.

— Tu sais, la plante travaille toujours même si tu ne t'en aperçois pas. Parfois, il y a beaucoup de nettoyage préalable à faire avant de s'attaquer à l'intention émise. Tu peux vouloir apprendre ceci ou régler cela. La plante évalue la route à suivre pour atteindre ce but. Si la forêt est trop dense et qu'il n'y a pas de chemin énergétique libre pour s'y rendre, la plante coupe alors les lianes et les branches, si tu veux, et y dégage la voie. Parfois, elle implique la conscience pour faire le travail. Et d'autres fois, elle décide que tu n'as pas à voir ou à subir ces souvenirs et énergies dont elle te débarrasse. Quand tu commences ce travail après quatre ou cinq décennies de vie, il y a habituellement plus d'énergies emmêlées et accumulées que chez les autres, plus jeunes. C'est la raison pour laquelle Kat et Mika ont pu voyager plus facilement.

— Et Louis ? Il a deux ans de plus que moi ! Il a vu plein de choses. Il était comme dans un film !

Zaza soupira avec tendresse.

— Marie-Jeanne, chacun est différent. Louis a plus de facilité à se laisser aller. Tu as dit toi-même que tu n'arrêtais pas de penser à tout.

— Oui, mais justement, je ne sais pas comment arrêter le hamster qui tourne dans ma tête !

— Concentre-toi sur ta respiration. Tu vas voir, ça viendra. C'est comme n'importe quoi. Un violoniste a dû répéter longtemps avant de jouer un morceau. C'est la même chose.

Marie-Jeanne s'éloigna, dubitative.

Jack était très silencieux. Il n'avait presque pas parlé de la journée. Il semblait préoccupé. Inquiète,

Sofia le signala à Kana. Le chaman sourit et la rassura.

— Il est en train d'assimiler son expérience et de traiter l'information des émotions qui ont surgi. C'est bon.

Quant à Steve, il montrait une énergie à revendre. Il avait nettoyé les deux toilettes portatives, avait fait du rangement dans le tipi, avait aidé !Gabu et Mme Fortier à se rendre ici et là, leur apportant de la nourriture, de l'eau, ou offrant simplement de la compagnie pendant quelques minutes. Les deux aînés n'avaient parlé à personne de leur voyage, sauf entre eux. Steve avait nettoyé le feu, préparé les bûches pour la soirée. Il avait passé du temps avec Kat et Mika, devenus inséparables depuis la veille. Il avait remarqué les yeux de Kat qui le suivaient de temps à autre. Son ventre le chatouillait chaque fois que cela se produisait. Il avait tenté de percer la bulle de Léa, peu volubile et retirée. Zaza lui avait fait un bhula. Elle avait pleuré. « Si la vérité fait mal, le silence tue », lui avait dit Zaza.

La soirée se répéta comme la veille, la descente policière en moins. Kana reproduisit le rituel de l'ouverture de la cérémonie. Soudainement, lui et Zaza se mirent à fixer le même endroit du tipi. Kana s'adressa à des êtres invisibles, les remercia de leur présence. Il expliqua aux participants que des ancêtres mohawks et iroquois étaient arrivés et se demandaient, inquiets, ce qui se passait. Kana parla pendant cinq minutes dans sa langue en leur décrivant le rituel. Après quoi, il prit sa pipe et la fuma en signe de gratitude.

— Ils sont tranquilles, assura-t-il.

Kat leva la main.

— Oui ? fit Kana.

— Vous leur avez adressé la parole dans votre langue. Comment pouvaient-ils vous comprendre ?

Kana se racla la gorge et répondit en souriant.

— Les langues sont pour les humains. Dans l'autre dimension, c'est la langue du cœur qui est comprise. Quand je prononce les mots dans ma langue, je ressens le message dans mon cœur. Cette énergie contient la même information que les mots.

Personne, à part les Mohawks, ne saisit vraiment ce qu'il voulait dire. Steve fit signe à Kat qu'il lui expliquerait plus tard.

Comme la veille, Kana offrit trois rondes de huni. Comme la veille, Marie-Jeanne purgea sans que rien se passe, alors que tout le monde semblait être parti dans une dimension différente. Découragée, elle se leva et sortit. La règle voulait qu'on revienne dans les cinq minutes, car l'espace n'était protégé spirituellement que sous le tipi. Après dix minutes, Zaza alla la trouver. Marie-Jeanne pleurait, là, sous un arbre.

— Je ne suis vraiment bonne à rien !

— Marie-Jeanne, fais confiance à la plante. Elle travaille en sourdine.

— Mais il n'y a rien ! On dit que c'est une plante maîtresse. Or je ne vois, n'entends, ni ne ressens aucun enseignement !

Elle sanglota comme une enfant de cinq ans.

— Je ne suis même pas capable de réussir une cérémonie d'ayahuasca !

Ses sanglots devenaient plus forts, plus bruyants. Zaza adopta une autre approche.

— Marie-Jeanne, ça suffit ! Tu déranges les autres ! Tu répètes ce que tes oreilles d'enfant ont entendu toute leur vie. C'est assez de jouer à la victime, ne trouves-tu pas ?

Marie-Jeanne arrêta immédiatement de pleurer. La remarque de Zaza la piqua. Parfois, elle racontait à Louis les histoires de patients qui jouaient à la victime et combien cela l'irritait. Il était temps qu'elle se regarde dans le miroir.

Zaza adoucit sa voix. Elle prit une longue mèche des cheveux de Marie-Jeanne et la passa entre ses doigts de haut en bas.

— Et si tu te disais à la place que tu allais réussir ? L'énergie répond à notre intention.

Marie-Jeanne inspira profondément.

— Je te propose un très gros rapé, continua Zaza. Souvent, le rapé nous propulse dans le voyage.

Marie-Jeanne se sentit comme une fillette qui venait de se faire réprimander. La punition était le rapé.

— Allons-y pour le rapé ! accepta-t-elle, résignée.

— C'est Kana qui va te l'administrer.

— Quoi ?

Marie-Jeanne avait vu Kana souffler du rapé à quelques participants la veille. Tous avaient vomi leurs tripes par la suite.

— Et tous sont partis en voyage après, nota Zaza.

Les deux femmes rentrèrent dans le tipi. Zaza fit signe à Kana, qui comprit ce dont avait besoin Marie-Jeanne. Elle s'agenouilla devant le chaman, les fesses sur ses talons, et mit ses mains sur ses cuisses. Lorsque Kana lui souffla le rapé, elle crut que son cerveau allait exploser tant ses bouffées étaient puissantes. Elle se leva et marcha en titubant jusqu'à son matelas. Elle s'assit et mit son seau entre ses jambes. Elle ne voyait plus rien, que des étoiles, comme si elle se trouvait dans le cosmos.

Kana chanta et tapa sur son tambour. Marie-Jeanne sentait l'effet dans tout son corps, comme si une force extraordinaire se réveillait, devenant plus présente, plus puissante à chaque coup de tambour ; un râteau à mille branches grattait chacune des cellules de son être, des pieds à la tête. Elle se sentit mal, voulut crier, voulut échapper à son corps tellement il était inconfortable. Puis, sans crier gare, une purge sortit du fond de son ventre. Elle vomit des images, des souvenirs, des perceptions. Elle ne pouvait mettre le doigt sur rien de particulier, comme si tout avait été soufflé à travers un nuage de sensations hétéroclites vécues dans sa vie.

Lorsque le tsunami se tut, elle tomba sur le dos. Presque immédiatement, elle fut transportée dans une dimension de géométrie hallucinante de toutes les couleurs. Ce devait être la géométrie sacrée dont parlait Zaza, ces formes qu'on trouve dans la nature, comme les fleurs, et qui reflètent les lois de l'univers. Un tunnel apparut. Marie-Jeanne eut immédiatement peur. Puis tout s'éteignit. Une panne d'électricité générale. Elle était revenue à elle-même. Le voyage avait duré cinq minutes. Elle n'avait vu que des formes géométriques. Et le tunnel.

— La peur étouffe les moteurs. Il aurait fallu plonger dans le tunnel, lui dit Zaza, plus tard, en mangeant la soupe. Cela demande de la confiance, car c'est l'inconnu total. Toutes les lectures du monde, toutes les histoires des autres ne peuvent nous préparer à cet inconnu. Il faut le vivre.

Zaza la regarda dans le fond des yeux.

— Demain, tu vas plonger.

— Je viens de comprendre, Zaza. Je viens de comprendre la signification des deux ingrédients nécessaires pour guérir avec l'ayahuasca. Le courage et la confiance.

— Et tu viens de comprendre la puissance de la peur, combien elle neutralise et freine. Les dirigeants ont compris cela il y a longtemps.

— 17 —

La lumière

> « Hier, j'étais intelligent et je voulais changer le monde. Aujourd'hui, je suis sage et je me change moi-même. »
>
> Rumi

Les cris résonnèrent jusqu'au fond des bois. Rose, à genoux devant Kana, hurlait à pleins poumons. Zaza battait rapidement du tambour depuis vingt minutes en promenant l'instrument tout autour de la femme. Kana lui faisait un chanupa, un traitement avec sa pipe sacrée. Il soufflait la fumée sur son crâne, son visage, son cœur, son dos, ses paumes en parlant en hancha kuin. Le traitement dura près d'une heure. Les participants observèrent, hébétés par la puissance de la scène.

Jack avait les larmes aux yeux. Ces cris, il les reconnut dans le fond de ses tripes. Cette douleur féminine, il la portait en lui. Il tenait Tom par les épaules, lui qui combattait aussi des démons. Les rugissements de Rose l'avaient transporté de nouveau en Afghanistan, dans ce village où les femmes se jetaient devant les armes pour protéger leurs enfants, les mêmes hurlements désespérés de furie devant l'imbécillité de ce langage viril.

Lorsque Rose retrouva son calme, Kana et Zaza rassurèrent le groupe quant à ce qui venait de se passer.

— C'est normal. Les énergies sortent. Nous sommes là pour ça.

La journée avait été calme jusqu'à ce moment. Plus tôt, dans l'après-midi, les hommes étaient partis avec Kana et les femmes avec Zaza. Les deux groupes avaient fait une cérémonie à la pipe. Chacun avait fumé la pipe dans les sept directions et parlé de ce qu'il avait sur le cœur. Les conversations étaient toujours profondes dans des circonstances comme celles-là, où les barrières de l'ego tombaient. Rose avait parlé du martyre qu'elle vivait depuis toujours. Jeune, elle avait servi d'esclave à son père et ses frères. Le même scénario s'était reproduit dans sa vie de femme mariée. Le bouchon avait sauté. Les cris étaient la libération de la douleur coincée en elle. Kana avait dit que cela ne réglait en rien le problème, mais ouvrait maintenant la voie aux solutions. Rose avait franchi une étape énergétique importante pour pouvoir commencer sa vraie guérison. La plante avait libéré les racines de son mal.

Bam et Steve finissaient de préparer le feu. Bam semblait différent, pris d'une nouvelle énergie qu'il ne savait pas encore comment gérer. Les deux Mohawks avaient passé beaucoup de temps ensemble ce jour-là. Ils se connaissaient et se croisaient souvent dans la communauté. Mais à cause de la différence d'âge – Bam avait quarante-cinq ans – et de la course quotidienne de la vie, ils ne s'étaient jamais vraiment arrêtés pour partager leur humanisme.

Zaza avait donné congé à Sofia. Elle lui avait demandé d'aller méditer sous un arbre pendant quelques heures.

— Tu auras besoin de ton énergie, ce soir.

Elle n'avait pas voulu en dire plus. Sofia s'attendait donc à vivre un mauvais quart d'heure plus tard. Elle avait fait face à une grande blessure d'enfance et l'avait gérée durant la cérémonie de la veille. S'il y avait une autre grosse blessure, elle l'avait enfouie dans son inconscient, car elle ne se souvenait de rien d'autre de très grave.

Zaza sonna l'heure de la méditation collective avant l'ouverture de la cérémonie. Les gens s'installèrent sur leur matelas, comme s'ils habitaient là depuis des mois. Zaza les guida dans les exercices de visualisation et de respiration. La fébrilité de la dernière journée de cérémonie ressemblait toujours à celle de la première, en intensité. Ce soir, elle reflétait la fièvre de la guérison possible.

Kana fit son entrée dans sa tenue traditionnelle; cette fois-ci, il portait une coiffe de plumes blanches. Le contraste était criant avec sa peau basanée et les lignes rouges dessinées sur son visage. Il salua les participants un à un avant de s'asseoir et de préparer sa pipe.

— Merci à tous pour le merveilleux travail que vous avez fait durant ces deux derniers jours. Beaucoup de traumatismes ont été libérés. Il en reste cependant encore à se débarrasser.

En disant ces mots, il fixa Marie-Jeanne dans les yeux.

— La peur d'affronter l'inconnu, surtout dans une autre dimension, est légitime. Toutefois, elle peut vous empêcher de faire le travail. Ayez confiance. La plante sait ce qu'elle fait et sait ce dont vous avez besoin.

Il marqua une pause et survola du regard l'assemblée.

— Ce travail de guérison que vous faites est ultimement pour la guérison de la Terre Mère. Il ne s'agit pas d'essayer de changer le monde. Tout ce qu'il faut faire, c'est se changer soi-même, guérir ses propres blessures. Ainsi, vous rendez un grand service à l'humanité. L'énergie que vous dégagerez ensuite sera saine et positive. Vous toucherez tous ceux qui vous côtoieront.

Il alluma sa pipe, fit des prières et offrit la première ronde de huni.

Marie-Jeanne avait changé son intention après la cérémonie de pipe des femmes. Elle avait réussi à parler de sa honte d'elle-même. Zaza lui avait dit que cela découlait du manque d'amour envers elle.

— L'amour de soi ne veut pas dire « amour-propre » dans le sens où nous l'employons, en parlant d'orgueil et d'égoïsme. L'amour de soi, c'est le fait de reconnaître et d'accepter qui l'on est, dans son intégrité, de façon holistique.

Marie-Jeanne se dit que, pour s'aimer, il fallait savoir ce qu'il y avait de beau à aimer.

En avalant le liquide râpeux, elle se répéta : *Mama Ayahuasca, montre-moi ma beauté. Montre-moi ma beauté. Montre-moi ma beauté.*

Elle se rassit sur son matelas, entre Sofia et Nirmala. Zaza fit le tour des gens en répandant de la fumée de sauge blanche et de cèdre sur eux. Elle s'attarda longuement sur Marie-Jeanne, dispersant la fumée sur son matelas et même sous l'oreiller. Marie-Jeanne prit cette attention comme un signe d'encouragement.

Elle se coucha et ferma les yeux, déterminée à percer ce mur qui l'empêchait de se laisser aller. « C'est ta dernière chance », lui avait soufflé Sofia en lui souhaitant bon voyage.

Kana entama ses icaros. Les chants résonnèrent jusque dans le ciel tellement ils étaient puissants. Les molécules de la plante réagissaient aux vibrations de ces chants et du tambour ; elles s'activaient, préparant le corps pour le passage vers l'autre dimension. Le tunnel de la glande pinéale était toujours un défi, mais les enseignements ne se faisaient qu'une fois que le participant avait traversé de l'autre côté.

Cela ne prit pas quinze minutes que Marie-Jeanne commença à naviguer dans un espace rempli de formes géométriques sacrées. Un tunnel apparut. Elle prit une grande inspiration et se répéta les mots de Zaza, ceux de Kana, de Louis, de ses enfants. *Fais confiance.* Sa peau commença à vibrer des pieds à la tête, comme si on l'avait branchée sur un courant électrique. Elle voyait des formes, des bêtes, des monstres, des êtres ; à chaque tournant du tunnel, les vibrations en elle augmentaient. Elle respira lourdement. Elle sentait une pression sur ses poumons, puis sur tout son corps. Cela lui fut difficile à supporter.

Puis quelque chose de semblable à une vigne apparut. On lui fit signe qu'il fallait qu'elle la grimpe. Elle entendit des voix : *Viens, monte, tu es capable.* Plus elle montait cette vigne, plus les bulles de souvenirs de sa vie apparaissaient. Pour sa part, le hamster dans sa tête s'amplifia. Elle perçut sa propre voix comme si elle était branchée sur un haut-parleur qui répétait tout ce qu'elle se disait intérieurement à longueur de journée. C'était ahurissant, comme phénomène, terrible, ce qui lui passait par la tête. Elle subissait sans le savoir une purge mentale. Elle voulut faire taire sa voix qui lui écorchait le cerveau, la peau, les os. Les phrases incessantes qu'elle se répétait la freinèrent dans son ascension de la vigne. *Monte, ne lâche pas, tu es capable!* disaient les esprits. Elle essayait de monter plus haut, mais elle sentait son énergie s'amenuiser. Des mains apparurent, toutes sortes de mains. Elles lui tendaient leur aide. *Viens, monte, tu es capable!* disait la plante. Marie-Jeanne tenta de s'accrocher aux mains, mais elles lui échappaient, encombrée qu'elle était par la culpabilité et la honte qui faisaient surface. *Allez, Marie-Jeanne! Monte! Tu es capable!* Elle monta encore, mais se buta à d'autres souvenirs. Elle glissa un peu vers le bas. Les mains réapparurent. *Courage, Marie-Jeanne! Tu es capable!* Elle monta et monta. Soudainement, elle vit les faisceaux d'une lumière là-haut, de puissants rayons qui ne laissaient aucun doute sur ce dont il s'agissait.

Marie-Jeanne, épuisée de ces quelques heures à escalader la vigne, s'exclama dans sa tête: *Je vous crois! Je vois la lumière! Je comprends!* La plante répondit: *Cela n'est pas suffisant de comprendre. Il faut la ressentir. Allez, continue de monter!*

Marie-Jeanne lui dit qu'elle n'avait plus aucune énergie. Alors la plante lui demanda si elle voulait vraiment se coucher tous les soirs avec le petit hamster dans sa tête. *Non! Je n'en peux plus de lui!* Il y eut une pause et la plante lui demanda si elle lui faisait confiance. *Absolument!* répondit Marie-Jeanne. Et là, sans crier gare, Marie-Jeanne se sentit tomber dans le vide. Elle descendit à une vitesse hallucinante. Elle crut qu'elle allait mourir, mais vraiment mourir. Elle sentait la vie se vider de son corps. Elle fut prise d'une grande peur. Une terreur. Elle se leva sur son matelas et cria.

— J'ai besoin d'aide ! J'ai besoin d'aide !

Zaza se précipita vers elle. Marie-Jeanne replongea dans l'autre dimension et continua de s'engouffrer. Elle sentait qu'il n'y avait presque plus de vie en elle. Elle ouvrit les yeux et prit Zaza par les épaules.

— J'ai besoin d'aide ! eut-elle le temps de dire avant de tomber comme une roche.

La conscience de Marie-Jeanne tentait de sortir de son corps, mais celle-ci s'étouffait à chaque tentative. Elle ne parvenait plus à respirer. Zaza prit la pipe et commença à la fumer. Aussitôt, Marie-Jeanne put retrouver son souffle. Elle s'échappa enfin. Elle vit son corps, couché là, sur le matelas, puis ses compagnons sous le tipi. Elle monta encore plus haut, et à mesure qu'elle montait elle se trouvait dans une énergie de béatitude et de paix. En fait, en cet instant précis, elle crut réellement qu'elle était morte, que son corps était mort. Et cela ne la dérangea pas. *C'est correct, j'ai eu une belle vie,* se dit-elle, sans regret.

Elle était dans une autre dimension, où il y avait des centaines de corps qui flottaient. Ils ressemblaient à ces poupées sans visage ni sexe qu'on découpait dans du carton ; ils flottaient comme des ombres chinoises. *S'il y avait une définition du paradis, ce serait celle-ci,* songea Marie-Jeanne. Elle rencontra sa grand-mère, l'entendit qui lui disait : *Retourne à tes sources, Marie-Jeanne. Si tu te libères, tu nous libéreras tous.* C'était Julie, la mère de sa mère. *Pardonne-lui. Pardonne à ma fille, Mary. Elle souffre autant que toi.* Marie-Jeanne sentit en un instant toute la souffrance que portait sa mère. Elle la prit mentalement dans ses bras et demanda à la plante de l'aider à lui envoyer tout l'amour dont elle était capable, tout cet amour refoulé en elle, qu'elle n'avait jamais pu exprimer. Elle resta avec l'image de sa mère dans ses bras pendant un long moment.

Marie-Jeanne vit ensuite un passage vers une autre dimension. Elle y accéda et se retrouva dans l'éternité. Il n'y avait plus de temps ! *Louis, on sera ensemble pour l'éternité ! C'est possible !* cria-t-elle dans sa tête. Dans cet espace, il y avait une lumière blanche ovale, sise dans des pétales de lotus allant du mauve au violet au bleu très foncé. Elle ne pouvait pas s'approcher de la lumière, trop puissante. Pure. Elle resta devant elle, absorbant chaque parcelle d'énergie, de l'amour à l'état pur. Elle n'avait jamais rien senti de tel. À côté de la lumière se tenait une femme dont les traits étaient dessinés en lumière. L'intérieur était noir, mais la forme était celle d'une femme qui lui ressemblait. Elle était jeune, belle et heureuse. Elle dansait. Une voix dit : *C'est toi. Voilà ta beauté. Elle est pure. Ton âme est pure.*

Alors que Marie-Jeanne vivait cet épisode, elle était consciente de ce qui se passait sous le toit du tipi. Elle avait entendu Kana offrir une deuxième ronde de huni ; avait perçu les pleurs de Kat, entendu Louis purger. Elle avait senti quelqu'un lui prendre la jambe et la laisser retomber. « Elle est dans l'espace », entendit-elle Zaza déclarer. Marie-Jeanne flottait dans l'éternité, comme une euphorie sans nom. Aucun mot n'existe pour expliquer cet état, cet endroit, cette énergie. L'éternité...

Soudain, elle sentit de l'eau de rose asperger sa figure. Zaza tentait de la ramener. Elle ne savait pas pourquoi. Elle était bien où elle se trouvait. La plante lui dit alors : *Marie-Jeanne, il faut que tu retournes sur terre, ta vie n'est pas finie, là. Tu as un mari, deux enfants et une mission à accomplir.* Marie-Jeanne regarda vers le bas où se trouvait la planète Terre et rit. *J'en ai pour une seconde!* En fait, la vie sur terre lui semblait, en temps cosmique, comme une fraction de seconde. Elle partit avec entrain et bonne humeur, comme une petite fille qui sautillait dans un champ de fleurs, sans le moindre souci du monde.

En arrivant dans son corps, Marie-Jeanne fit face à un monstre. *Je n'ai plus besoin de toi!* lui cria-t-elle. Le monstre se débattait en elle alors qu'elle tentait de l'évacuer. Marie-Jeanne s'assit et commença à se démener comme si quelqu'un l'attaquait, ce qui était le cas. Une envie de purger s'empara d'elle. Elle eut juste le temps d'attraper son seau. Une immense bête sortit d'elle et tomba dans le seau. Il était gros et laid, avait même deux yeux. Le monstre tenta de retourner dans le corps de Marie-Jeanne. Zaza, qui pouvait voir les énergies, se précipita vers elle. Sofia aussi vit le monstre. On l'appelait le « démon de l'abus de soi », une entité énergétique vivante que Marie-Jeanne avait nourrie toute sa vie; comme une plante qu'on arrose, il avait grandi là, sous son nombril. *Je ne suis pas belle, je ne suis pas fine, je fais honte* étaient l'eau de cette plante. Sofia se leva d'un bond et se coucha sur Marie-Jeanne. Le monstre la frappa dans le dos, alors qu'elle voulait protéger son amie. Nadia arriva pour leur prêter secours. Elle enleva le seau qui gênait, tira la couverture emmêlée autour de Sofia. Marie-Jeanne se redressa et le monstre se glissa dans son ventre. Elle hurla.

— Non ! Il est rentré dans mon corps !

— Kana ! cria Zaza.

Kana s'approcha en vitesse et entonna de toute sa voix un chant sacré en tapant du tambour. Marie-Jeanne, assise sur son matelas, sentit une force se tortiller dans son ventre, puis monter dans son œsophage. À mesure que Kana chantait, la bête montait d'un cran. Il chanta de plus en plus fort, tapant de toutes ses forces sur le tambour. Puis la tête apparut, et le corps.

— Le feu ! s'exclama Sofia.

Nadia, qui se trouvait debout devant le feu, se tassa immédiatement. Zaza prit sa plume de condor et balaya l'entité énergétique négative dans le feu, qui s'en servit comme compost. La flamme s'activa et grossit, tourna sur elle-même, changea de couleur et redevint normale. Kana s'arrêta de chanter, essoufflé. Il se leva, en titubant, et tomba à la renverse sur son matelas. Zaza prit le contrôle de la cérémonie. Le chaman en avait pour dix ou quinze minutes à se remettre.

Zaza sortit un gros bâton de sauge blanche et l'alluma. Elle marmonna quelques mots au ciel et répandit la fumée autour de Marie-Jeanne, de Sofia, de Nadia et de tous les occupants de la tente. Elle offrit une pincée de tabac au feu pour le remercier de son travail. Elle revint s'asseoir et chanta des chants doux, des berceuses pour apaiser l'atmosphère.

Marie-Jeanne était toujours assise, hagarde. Elle ne cessait de répéter, en chuchotant: «Je n'en reviens pas. Ce n'est pas possible. Je n'en reviens pas.» Sofia également était sous le choc. Elle replaça le matelas et la couverture de Marie-Jeanne, un champ de bataille, littéralement. Elle la guida doucement vers son oreiller et lui dit de s'étendre et de respirer.

— Tu as fait du bon travail, ma belle amie. Je t'aime, lui souffla-t-elle à l'oreille.

Le voyage n'était pas fini ! Aussitôt la tête sur l'oreiller, Marie-Jeanne fut transportée dans un endroit qui ne dégageait que de la gratitude. La gratitude à l'état pur, une énergie puissante qui l'enveloppa. Elle pleura, sans savoir pourquoi. Kana retrouva son énergie et chanta avec sa maraca. Marie-Jeanne avait entendu ce chant dans le « premier paradis ». Elle n'en croyait pas ses oreilles. Elle sentit un besoin urgent d'aller exprimer sa gratitude au chaman.

Elle se leva avec grande difficulté. Elle tenta de se mettre debout, mais ses jambes refusèrent de la soutenir. Elle se rendit donc à quatre pattes jusqu'à Kana.

Elle se prosterna devant le pajé, assise sur ses jambes, la tête sur le sol, les bras étendus vers les pieds de Kana. La gratitude qu'elle ressentait pour lui coulait comme un torrent dans son cœur. Elle pleura à chaudes larmes. Kana baissa la tête et ferma les yeux en signe de reconnaissance. Zaza la guida vers son matelas. Elle la borda comme une mère le fait avec son enfant. Marie-Jeanne s'endormit jusqu'au matin. Personne ne la dérangea. Même pas son hamster.

— 18 —

Les hommes

« Nous vivons dans un monde où tout est connecté. Nous ne pouvons plus penser en termes d'eux et de nous en ce qui concerne les conséquences de la manière dont nous vivons. Aujourd'hui, tout est NOUS. »

GREGG BRADEN

Un aigle se tenait sur l'orifice au sommet du tipi. Kana paraissait en grande conversation avec lui. Le chaman s'était levé un peu fatigué, ce matin. Le désensorcellement exigeait toujours beaucoup d'énergie. Il remercia l'aigle en levant ses bras vers le ciel. Le roi des oiseaux s'envola en glatissant.

Le tambour résonna pour appeler les participants au partage d'expériences sous le tipi. L'endroit semblait avoir traversé une tempête. Des couvertures, des chaussettes, des chandails éparpillés parmi les rouleaux de papier de toilette, les seaux et les matelas. Seule la place de Mme Fortier était impeccable. On pouvait ainsi imaginer son petit appartement. Elle était déjà assise sur son matelas, les cheveux coiffés, un petit tricot de coton rose, parsemé de fleurs bleues, bien repassé, un pantalon blanc, des chaussettes roses. Elle semblait fraîche. Elle fredonnait un air en écrivant dans son journal, sans aucune hésitation, dans sa cursive stable et coulante. Directement à son opposé se trouvait l'autre aîné du groupe, !Gabu. Il semblait aussi serein, assis à regarder à travers ses épaisses lunettes les gens ramasser et placer leurs choses.

Lorsque Marie-Jeanne, Bam et Tom entrèrent, tout le monde s'étonna. Leur teint avait changé, comme si on avait retiré le voile gris qui couvrait leur peau. Les trois affichaient une carnation rose. Bam avançait le dos droit, Tom avait l'air décontracté, Marie-Jeanne marchait la tête haute, elle qui avait l'habitude de regarder par terre.

Quand tout le monde fut installé, on entendit un aigle glatir. Quelques instants plus tard, Kana entra dans le tipi, sourire aux lèvres. Il portait un pantalon bleu marine et une chemise blanche, comme la première fois où les gens l'avaient vu, lors de la réunion d'information chez Marie-Jeanne. Son talent avait maintenant été dévoilé et même son allure simple et innocente ne trompa plus l'assemblée. Les gens avaient compris ce que cela voulait dire d'être chaman ou *médecin spirituel.*

Kana alluma quelques bougies et de l'encens alors que Zaza répandait de la fumée de sauge blanche parmi le monde. Les yeux de tous étaient braqués sur les deux chamans, qui leur semblaient si placides malgré l'envergure des résultats évidents chez les participants. La transformation d'un être humain était leur profession ; pour la personne suivant le traitement, c'était toute la vie qui changeait.

Kana remercia chacun d'eux pour le travail qu'ils avaient accompli.

— Je sais que ce n'était pas facile pour plusieurs d'entre vous. Je ne peux que vous louanger pour votre courage d'avoir persévéré. Bien sûr, l'ouvrage n'est pas fini. Rappelez-vous que, tout ce que vous faites, vous le faites non seulement pour vous, mais pour votre entourage, votre communauté, votre société et pour l'humanité.

Il fit une pause et changea de ton.

— N'allez pas crier sur les toits ce que vous avez vécu ici. Les gens ne comprendront pas. Nous garderons le groupe de messagerie ouvert pendant quelque temps. Partagez vos expériences entre vous. Mais attendez de trouver les bons mots avant d'en parler à votre famille et vos amis. La plante continuera à faire un travail. Soyez attentifs à vos rêves. Les messages viendront sous cette forme et ils sont importants. Ne recommencez pas votre diète normale immédiatement. Tentez d'éviter le sucre, les produits animaliers et l'alcool pendant encore quelques jours. En fait, arrêter ces aliments pour la vie serait bien mais, si c'est impossible, au moins encore une semaine.

Il rit aux éclats en regardant Bam. Le grand et large Mohawk avait dit qu'il n'avait qu'une envie, c'était de manger un gros steak.

Il invita ensuite chacun à parler. Il tendit une plume d'aigle au premier à sa gauche.

— La parole revient à celui qui tient la plume, dit Kana.

Pierre, soixante-quatre ans, n'avait pas besoin de parler pour que les autres comprennent qu'il avait guéri quelque chose. Il était arrivé soutenu par deux personnes en grimaçant de douleur. Ce matin, il se déplaçait comme s'il n'avait jamais eu de mal de dos. Même Marie-Jeanne était ébahie puisqu'elle connaissait son dossier par cœur. Elle n'arrivait pas à s'expliquer comment il pouvait se mouvoir ainsi après avoir vu les dernières radiographies de sa colonne vertébrale.

—J'ai demandé à la plante de me libérer de mon mal de dos.

Il hocha la tête, toujours dans l'étonnement.

— Elle m'a emmené dans l'âme de ma mère, décédée il y a dix ans. Puis dans celle de ma grand-mère et de quelques autres femmes de ma lignée. J'ai senti ce que c'était que d'être une femme abusée, violentée physiquement et psychologiquement. La plante m'a ensuite transporté dans un endroit où j'ai souffert leurs souffrances. C'était terrible, et la seule façon de m'en sortir était de reconnaître, d'admettre, et ensuite de pardonner. De *me* pardonner...

Il prit une grande respiration.

—J'ai toujours dénigré ma femme. Elle m'a quitté il y a longtemps. Et je comprends pourquoi maintenant. J'ai aussi manqué de respect envers ma mère et mes sœurs. J'ai du travail à faire. *¡Haux!*

— *¡Haux! ¡Haux!* répétèrent les gens.

Pierre tendit la plume à William, le père de Matt. William était un aîné respecté dans la communauté. Il n'hésitait jamais à venir en aide aux autres, la plupart du temps en s'oubliant lui-même. Il tremblait légèrement. Il commença par remercier Kana et Zaza, puis parla de son voyage.

—J'ai l'impression que je viens d'apprendre une des plus grandes leçons de ma vie, dit-il. Dans ma famille, nous avons toujours honoré le Grand Esprit, travaillé avec les éléments de la nature et avec les quatre directions. Si j'avais compris ces concepts, je ne les avais jamais ressentis. Je suis encore ébranlé par l'intensité de mon expérience. Mais je sens que je n'ai fait que gratter là où quelque chose est caché. La plante m'a clairement fait savoir que je dois me prodiguer la même aide et le même soutien que j'offre aux autres. *¡Haux!*

— *¡Haux! ¡Haux!*

William tendit la plume à son fils. Matt ne fit que remercier les chamans et les participants.

— J'ai encore trop d'images et d'émotions dans la tête et le corps. Je ne sais pas quoi en penser. En fait, je ne crois pas avoir guéri quelque chose. J'ai toujours mal aux genoux. Je dois réfléchir à tout ça à tête reposée. *¡Haux!*

— *¡Haux! ¡Haux!* répondit l'assemblée.

Bam prit la plume. Dans les transformations observées chez les gens, celles qu'avait subies Bam étaient parmi les plus marquantes. Assis en tailleur, il tortillait le bout de la plume entre ses doigts, la tête baissée.

— Vous pensez tous que je suis venu ici à cause de mon arthrite et de mes maux physiques divers, commença-t-il par dire. Je vous ai menti.

Il leva la tête et regarda les personnes autour de lui.

— Je suis venu ici parce que j'en ai marre de vivre avec la haine et la colère dans mon cœur. Mon corps carbure à ces deux émotions. Depuis la crise d'Oka, je n'ai pas cessé d'enterrer mes proches : ma mère, ma sœur, ma nièce, mon cousin, mon oncle. Ils sont tous morts tourmentés par le sort qu'on nous réserve, à nous, membres des Premières Nations en général, et à celle des Mohawks en particulier. Les femmes de ma famille sont mortes de soucis, troublées par ce qu'on fait à la Terre Mère, notre nourrice. La plante m'a conduit dans un voyage incroyable. Inimaginable !

Il exprima ce dernier mot avec emphase.

— Je me suis retrouvé dans le corps d'une femme autochtone d'il y a quelques siècles.

Bam raconta qu'à l'époque ces femmes occupaient un rôle central dans la vie de la communauté. Tout changea lorsque l'homme blanc arriva.

— Sa principale arme était le patriarcat !

La société colonisatrice avait imposé un modèle fondé sur l'autorité des hommes dans tous les domaines. En fait, les femmes autochtones détenaient plus de pouvoir au sein de leurs communautés que les femmes blanches. Au fil du temps, les femmes autochtones ont été infantilisées, ont perdu leur droit de parole et leur pouvoir de décision, le gouvernement ayant même adopté des règlements interdisant les rôles décisionnels des femmes au sein des conseils de bande. Elles ont été dépossédées de leurs droits aux terres, on leur a refusé des réclamations en cas de divorce ou de mort du conjoint, et on leur a en plus retiré le statut d'Indienne, jusqu'en 1985, si elles se mariaient avec un homme blanc, mais non l'inverse.

— Aujourd'hui, naître femme et autochtone est une erreur existentielle, affirma Bam. Elle est méprisée par notre société. Et pourtant, c'est elle qui détient la clé de la survie de l'humanité. Je comprenais cela sans vraiment saisir l'ampleur de cette vérité. On me l'a fait ressentir dans mon cœur.

Il regarda les hommes autour de lui. Il leur rappela que quatre-vingts pour cent des luttes environnementales de la planète étaient menées par les Autochtones, alors qu'ils ne représentaient que cinq pour cent de la population mondiale.

— Et ce sont toujours les femmes qu'on voit en tête de ces mouvements, sur la ligne de front ! s'exclama-t-il. On m'a fait sentir le dommage que fait l'exploitation des sables bitumineux. C'est un viol de la Terre Mère ! C'est un crime contre l'humanité ! Les femmes le ressentent jusqu'au fond de leurs entrailles.

Bam prit une gorgée d'eau.

— Pourquoi les femmes sont-elles en tête ? J'ai non seulement compris, mais *senti*, dit-il en insistant sur ce mot, l'énergie qui traverse leur corps. Quelle compassion dans leur cœur ! Ça fait partie de leur ADN !

Des larmes coulèrent sur ses joues.

— J'ai compris que la haine nourrit l'ennemi. J'ai compris que la colère nourrit les maladies. J'ai compris que la peur nourrit le pouvoir malsain. J'ai dû me libérer de ces émotions. J'ai ressenti le pouvoir du pardon.

Bam pleurait tellement qu'il dut s'interrompre. Jack et Tom pleuraient avec lui. Les larmes coulaient du côté des femmes aussi.

— Je me sens libéré. J'ai coupé le lien énergétique à tous ces événements et ces êtres qui ont tenté de nous anéantir, de nous ridiculiser, de nous abaisser. Je sens toutefois qu'il me faudrait encore quelques cérémonies pour continuer le travail. Je veux remercier Kana et Zaza de m'avoir permis de me défaire de ces poids qui étaient en train de me tuer. *¡Haux!*

— *¡Haux! ¡Haux!* dirent plusieurs, pleurant toujours.

Bam tendit la plume d'aigle à !Gabu. Le vieux sanusi se racla la gorge et cracha dans son mouchoir.

— C'est très simple. Si on ne retrouve pas l'équilibre avec Gaïa, elle ripostera. Le temps est presque arrivé. Elle trouvera un moyen d'épingler les humains chez eux pour interrompre les activités de la planète. Il faut arrêter de vider les sous-sols et de construire des édifices. Nous en avons trop. Nous n'avons plus besoin de constructions matérielles.

!Gabu s'essuya la bouche avec son mouchoir parce qu'il crachait lorsqu'il parlait.

— Vous savez, les gens me jugent beaucoup. Je suis invité partout au monde pour ma musique et mes paroles. Mais je ne sais pas lire ni écrire. Ils me parlent comme si j'étais naïf et ignare, car ils ont établi un code tordu pour mesurer l'intelligence. Parfois, ils me parlent fort, comme si l'analphabétisme rendait sourd !

Il rit si fort qu'il s'étouffa. Cela lui prit quelques secondes à retrouver son souffle.

— Dites-moi, qu'est-ce que ça donne de savoir lire et écrire quand on détruit son environnement, celui qui assure sa survie ? demanda-t-il. Qu'est-ce que ça donne d'avoir des diplômes en économie si on ne comprend pas d'abord le langage de la Terre Mère ? L'être humain a perdu son chemin. Il vénère une fausse vérité basée sur des chiffres et des bourses qui n'ont aucun rapport avec la réalité. C'est parce que l'homme a perdu de vue la frontière entre le besoin et le désir. Le désir, contrairement au besoin, est inassouvissable et insatiable. Je demeure dans une hutte de trois mètres de diamètre et j'ai tout ce qu'il me faut pour vivre. Sauf la nourriture parce qu'on a trop détruit la nature. Il faut remettre la nature dans notre assiette. Il faut comprendre, pas à travers vos livres et vos chiffres, que la Terre Mère est une entité vivante comme nous. *¡Haux!*

— *¡Haux! ¡Haux!*

Certains applaudirent.

!Gabu toussa et recracha de grosses sécrétions dans son mouchoir. Marie-Jeanne se promit de l'ausculter.

Tom prit la plume. Des larmes coulaient le long de ses joues. Il avait pleuré presque toute la fin de semaine.

— Je pleure, mais je ne suis pas triste.

Jack déroula un bout de papier hygiénique et le lui mit dans les mains.

— Je pleure parce que j'ai vu. J'ai compris. J'ai ressenti.

Il s'essuya le visage et regarda autour de lui.

— Vous savez, j'ai tué des gens. C'était mon travail : tuer. J'étais soldat en Afghanistan. Ça fait quatre ans que je souffre de stress post-traumatique grave. Je prends des médicaments qui m'assomment, qui m'empêchent de fonctionner. Et si je ne les prends pas, je ne peux pas fonctionner non plus.

En inspirant profondément, il tenta de se calmer pour reprendre la parole, mais ce furent des sanglots qui sortirent plutôt. Il pleura quelques minutes, entouré de la patience et de la compassion des participants.

— La plante m'a ramené à la guerre. Mais cette fois-ci, j'étais à l'autre bout du canon. Je me faisais face. Je... je... je...

Il ne put finir sa phrase tant les larmes l'étouffaient. Il se ressaisit et continua.

— Notre peau, qu'elle soit blanche ou brune ou noire ou jaune, n'est qu'une enveloppe. Ce n'est que du papier de décoration. L'essence de tous est la même. Je ne comprends pas qu'on fasse la guerre. C'est totalement inutile et destructeur. Et ça ne règle jamais les problèmes. Chose certaine, dit-il en hoquetant, plus jamais je ne tuerai. Toujours, j'honorerai la vie, peu importe qui se trouve devant moi. J'ai vu que tout a un esprit, les arbres, les fleurs, les brins d'herbe même, les insectes, les animaux. Je comprends maintenant ce que défendent les peuples autochtones. Tout est vie ! Plus jamais je ne tuerai, répéta-t-il. *¡Haux!*

— *¡Haux! ¡Haux!*

Tom passa la plume à Jack. Celui-ci la toucha de bas en haut pendant quelques secondes, sentant son duvet doux entre ses doigts.

— J'ai un aveu à faire. D'abord, je vous demande pardon. C'est ma faute, cette descente policière le premier soir. Je suis enquêteur et agent de filature. On m'avait engagé pour enquêter sur des activités suspectes de la Dre Marie-Jeanne Richard. Je suivais des ordres.

Il hésita, tout en caressant la plume d'aigle.

— Et franchement, je doutais de tout cela. Je doutais de ce que vous disiez. J'ai commencé par jouer le jeu. Mais je dois avouer que le bhula de Zaza m'a jeté par terre. Malgré ça, je doutais. Et maintenant, tout ce que je trouve à dire, c'est: pour qui je me prenais à douter ainsi? J'ai vu, j'ai compris et j'ai ressenti beaucoup de choses.

Jack replaça son oreiller pour s'appuyer le dos.

— J'ai toujours suivi les ordres. Je suis un bon soldat. C'est ce que la plante m'a fait voir. Elle m'a dit que nous avons cessé de nous questionner sur les ordres du pouvoir, que nous avons accepté la peur comme mode de vie. Peur de dénoncer, peur de dire la vérité, peur de parler de nos émotions, peur de contester des lois qui sont contre nature, comme celle qui t'interdit de faire pousser des légumes sur ta pelouse devant ta maison.

Kana hocha la tête en entendant cela.

— J'ai grandi dans la peur, dans une maison où la violence contre les femmes était aussi normale que boire de l'eau. J'étais protégé à cause de mon sexe. Tom parlait d'enveloppe. Celle de mon père, décorée et respectée en public, tombait entre les quatre murs de notre maison.

Il réfléchit.

— C'est la raison pour laquelle je suis allergique à mon nom de famille. L'enveloppe est inutile si l'essence est pourrie. Mes trois sœurs et ma mère ont subi les brutalités de mon père. Mais je n'ai jamais rien dit. Je n'ai jamais dénoncé. Je n'ai jamais appelé à l'aide. Et c'est pourtant mon travail de combattre l'injustice. Ce silence a contribué à ma douleur. Je me souviens d'une citation de Robert F. Kennedy qui disait quelque chose comme « chaque fois que nous tournons la tête dans l'autre sens, lorsque nous voyons la loi bafouée, lorsque nous tolérons ce que nous savons être faux, lorsque nous fermons les yeux et les oreilles aux corrompus parce que nous sommes trop occupés ou trop effrayés, lorsque nous ne parlons pas, nous portons un coup à la liberté, à la décence et à la justice ».

Il marqua une pause.

— Je faisais partie du problème. Je veux maintenant faire partie de la solution. Et la plante m'a donné un devoir assez extraordinaire à faire.

Jack prit une grande inspiration.

— Je dois me pardonner et pardonner à mon père.

Des larmes coulèrent de nouveaux sur ses joues.

— La dernière fois que j'ai pleuré, j'avais dix-neuf ans. C'était la fois où je me suis sauvé de chez moi. Depuis, j'ai refoulé non seulement la tristesse, mais l'amour et la joie. Toute émotion.

Il leva les yeux vers Marie-Jeanne.

— Chère docteure Richard, je sais que tu auras une tempête à affronter en revenant chez toi. Sache que je serai là pour t'aider. Je crois en ton travail. Et merci à Zaza et Kana. Vous avez toute mon admiration et ma gratitude. *¡Haux!*

— *¡Haux! ¡Haux!*

Louis prit la parole. Il s'adressa d'abord à son épouse.

— Je sais, Marie-Jeanne, que nous serons ensemble pour l'éternité.

Marie-Jeanne fut estomaquée. Elle sentit une vague d'étonnement remplir son corps. C'est exactement ce qu'elle avait dit lorsqu'elle s'était retrouvée dans l'espace de l'éternité.

— Je veux d'abord te remercier de nous avoir ouvert cette voie. Ta guérison est aussi la nôtre. Merci.

Il mit sa main sur son cœur et lui souffla un baiser. Elle le reçut avec gratitude.

— Quant à moi, j'ai fait le plus beau voyage qui pourrait être offert à un chercheur. J'ai demandé à la plante de la comprendre scientifiquement. Vous savez ce qu'elle m'a répondu ?

L'assemblée était tout ouïe.

— Elle m'a dit : *La science passera de nombreuses années à chercher, sans succès, les mécanismes que j'utilise pour agir sur la conscience humaine. Les scientifiques sont surpris par ma puissance, qu'elle ne provienne pas du cristal DMT seul, ni de l'harmaline, ni des autres molécules qui me composent. Je suis le mélange à l'état naturel, brut et basique, chargé bioélectriquement sans traitement industriel. J'habite dans le temple de l'esprit.*

Louis fit une pause.

— Dans notre domaine scientifique, nous cherchons à comprendre les molécules individuellement, nous les extrayons, les isolons. Et lorsque la matière étudiée nous plonge dans une dimension spirituelle, nous la qualifions de psychédélique ou d'hallucinogène. Or nous errons. Je vais réorienter mes recherches. Mon travail en sera un de funambule : à cheval entre le monde physique, celui qu'on peut voir, toucher, entendre et qui satisfait les preuves scientifiques sur une échelle que nous avons établie, et celui du monde spirituel, celui qui vibre d'énergies qui ne sont pas captées ni captables par cette même échelle que nous avons établie. *¡Haux!*

— *¡Haux! ¡Haux!*

Louis passa la plume à son fils.

— Nous avons perdu l'équilibre, en tant qu'humanité, dit Mika en plongeant dans le cœur du sujet sans crier gare. Nous sommes des égoïstes destructifs apeurés. J'appelle cela du narcissisme.

Assis les jambes croisées, il regardait la plume d'aigle tout en s'adressant à l'assemblée. Il n'avait jamais aimé parler en public mais n'avait pas la réputation de mâcher ses mots non plus.

— J'ai voyagé dans différents mondes. J'ai commencé par le monde de la confiance, où la confiance est – comment dire ? – l'air qu'on respire. Il n'y avait pas d'avocats ni de policiers dans ce monde. Je suis allé dans le monde de l'amour, un endroit où l'on veut que chaque personne devienne la meilleure qu'elle puisse être, qu'elle découvre ses talents, étudie, grandisse et partage. Je suis allé dans le monde du respect. Que feriez-vous dans le monde du respect, où tout a une voix, tout s'exprime, tout s'entend, tout se comprend, tout bouge ensemble comme dans une danse parfaite ?

Il posa la question sans lever la tête ni les yeux.

— Il est important de retrouver l'équilibre dans ce monde, car tout dans la vie est une interaction entre deux choses qui viennent ensemble, qui s'entrechoquent et qui doivent établir une relation.

Il y en a pour qui « venir ensemble » signifie prendre, exploiter et abuser. Et il y en a pour qui c'est plutôt donner, partager, offrir, être et aider. Pour ma part, je veux faire partie de la seconde catégorie d'êtres humains. Je veux que la terre se serve de moi pour devenir plus riche et plus belle.

Il leva enfin la tête et poussa ses cheveux derrière ses épaules. Ses yeux brun foncé perçaient les regards.

— C'est un message qu'il faut propager. Aucune référence à Dieu ni à un esprit, seulement un message de découverte pour amener l'intégration de la connaissance, favoriser l'harmonie entre notre être, nos pensées, nos émotions, notre corps, notre énergie, nos actions, notre quotidien. Savoir être, savoir faire, savoir penser, ressentir et vivre d'une manière constructive, dans la joie et le bien-être. C'est pourtant simple, non ?

Il semblait chercher une réponse, surtout parmi les adultes.

— Une chose que je sais, c'est que la paix a décidé de nous rendre visite, mais qu'on l'a trouvée trop bête et on en a fait notre ennemie. Toute guerre est une guerre contre la paix. La paix, ça peut se faire avec des compromis. Et aujourd'hui, c'est la tristesse qui prend nos décisions. Est-ce vraiment la meilleure idée ? Pensons-y, dans ce moment crucial de l'histoire de l'humanité, nous sommes captifs de notre tristesse. Regardez les maladies d'aujourd'hui : on est même trop tristes pour aimer notre santé !

Il regarda son père, assis à côté de lui, dans les yeux.

— C'est comme cette terre que vous nous léguez. Comme nous, elle n'a pas trouvé de gens assez heureux pour vouloir vivre. Il faudra s'arroser de journées plus radieuses plutôt que des larmes de la tristesse, dit-il en se tournant vers sa mère cette fois-ci. Il faut comprendre que le corps est un support que l'on peut dompter et transcender, les émotions sont de vastes courants que l'on navigue, les pensées s'apparentent à des notes d'une mélodie qui sont aussi le silence ; et l'être, c'est la grande aventure de la découverte de la vie. Ce sera ainsi la victoire de notre conscience. *¡Haux!*

— *¡Haux! ¡Haux!*

Le dernier des hommes à parler fut le gardien du feu. Steve prit la plume de Mika en le remerciant avec une tape sur l'épaule. Il commença par rendre grâce aux énergies des différents éléments de la terre, les quatre directions, la Grande Source et les deux chamans.

— La chance que nous avons tous eue de vivre cette expérience est inouïe. J'ai vécu des choses très intenses. J'ai compris que le problème n'est pas tant que les rivières ou les forêts ou les animaux disparaissent, mais plutôt que la perception des rivières et de ces autres éléments disparaît de l'esprit de l'humain. Une fois que cela commence à s'effacer de notre réalité mentale, combien de temps faut-il avant que cela s'efface de notre réalité physique ? Et combien de temps après pensez-vous que nous disparaîtrons à notre tour ? Ce sont les escaliers que nous avons construits et utilisés depuis une centaine d'années ; nous sommes trop nombreux à détruire le monde, à avoir oublié l'essentiel. Nous avons choisi de vivre contre nous-mêmes en détruisant ce qu'il y a de plus sacré. C'est pourtant grand, l'univers, et nous, on est petits ; quelle est cette misère qui nous mène à détruire ce vaisseau flottant dans l'infini sans lequel l'avenir pour nous n'existe plus ? *¡Haux!*

— *¡Haux! ¡Haux!* répondit le groupe, ému.

— 19 —

Les femmes

« Si vous voulez changer le monde,
aidez les femmes. »

NELSON MANDELA

Mme Fortier fut la première des femmes à prendre la plume. Elle souriait. Quelque chose avait changé en elle.

— Je suis arrivée ici à quatre-vingt-quatre ans, et je repars en inversant les chiffres.

Elle pouffa comme une petite fille.

— En tout cas, j'ai pour mon dire que nos dirigeants devraient tous être obligés de faire une cérémonie de huni avant de prendre leurs fonctions. Impossible d'échapper à la vérité !

Elle ricana en remuant la tête.

— Je me suis retrouvée dans le ventre de ma mère puis dans celui de ma grand-mère. J'ai rencontré des esprits qui ressemblaient à des monstres. Je le leur ai fait remarquer et ils m'ont répondu que les critères de beauté de la planète Terre n'étaient peut-être pas universels. En tout cas, ils ont le sens de l'humour.

Elle fit rire tout le monde. Même Kana se désopilait.

— Les esprits monstres ont utilisé toutes sortes d'outils et ont fouillé dans mes articulations. Ils en sortaient de grands spaghettis noirs. Ils m'ont dit que c'étaient des émotions refoulées, beaucoup de colère. Je sais d'où elle vient. Ils m'ont demandé de pardonner à la personne. Ce que j'ai fait. J'ai compris que cette personne, mon père, ne savait pas ce qu'il faisait. Je ne me suis jamais sentie aussi légère qu'après lui avoir pardonné. Alors là, j'ai fait un party de pardons avec plein de personnes dans ma vie. Je n'ai plus mal à mes jointures ce matin. *¡Haux!*

— *¡Haux! ¡Haux!*

Zaza intervint avant que Nadia ne prenne la plume d'aigle.

— Ces médecins monstres que vous avez vus, on les appelle les *spirit doctors*. Ils sont très gentils. C'est très bon signe qu'ils soient venus vous voir. Et en effet, ils ne satisfont pas nos critères de beauté, admit-elle avec un grand sourire.

Nadia prit la parole.

— Je n'ai pas grand-chose à dire. Je suis encore à digérer toute l'information. Chose certaine, le travail sur la planète va commencer bientôt. J'ai vu une calamité qui allait balayer la terre entière et qui viendrait en plusieurs grosses vagues. Elles seront plus ou moins intenses selon la réponse de l'humanité. Il faut retourner aux sources et rétablir l'équilibre. Il faut rétablir la santé de l'air, de l'eau et des sols. Pour ça, il faut éveiller les consciences. C'est là que se trouve ma mission. *¡Haux!*

— *¡Haux! ¡Haux!*

Nadia passa la plume à Rose.

— En arrivant à la maison, je plie bagage et je quitte mon foyer. J'ai compris pourquoi j'endurais le comportement de ces hommes dans ma vie. Je n'ai pas de mots pour te remercier, Marie-Jeanne, de m'avoir mise sur cette route. Kana et Zaza, vous représentez mon courage. Merci. *¡Haux!*

— *¡Haux! ¡Haux!*

Rose passa la plume à Patricia, qui vivait une situation similaire chez elle.

— Moi, je ne vais pas plier bagage, mais je vais dire à mon mari qu'il doit faire un choix. C'est moi ou c'est sa vie de dévergondé. Pas les deux. S'il ne veut pas, je vais faire ses valises.

Elle se tourna vers Rose.

— On s'entraidera, tu veux?

Les deux femmes s'enlacèrent.

— *¡Haux!* dit Patricia en tendant la plume à Léa.

— *¡Haux! ¡Haux!*

— Je suis la plus jeune ici, commença Léa. J'ai moins de problèmes que bien du monde. J'ai vu combien de soucis je causais par mon inconscience. J'ai vu combien je me plains pour tout et pour rien, combien je m'attends à ce que tout soit parfait. Je voulais toujours tout, tout de suite. *Have it all, have it now,* comme on dit en anglais. La plante m'a révélé que nous contrôlons au plus dix pour cent de ce qui nous arrive dans la vie. Est-ce que je vais laisser quatre-vingt-dix pour cent des autres décider de mes états d'âme? La colère, la jalousie, la dépendance, la haine, la culpabilité, la honte sont des émotions qui aspirent tant d'énergie. Si je ne peux pas contrôler ce qui se passe à l'extérieur, je dois apprendre à gérer ce qui se passe à l'intérieur. Et pour ça, je dois faire du yoga, de la méditation et de l'exercice. Je me demande pourquoi nous n'enseignons pas la méditation à l'école, d'ailleurs.

Elle se tourna vers Sofia.

— Merci, maman, de m'avoir soutenue tout ce temps, de m'avoir fait confiance et de m'avoir invitée à voir ma vérité. Merci à tous. *¡Haux!*

— *¡Haux! ¡Haux!*

Elle tendit la plume à sa copine.

— Bonjour ! Tout le monde m'appelle Kat, mais mon vrai nom est Kateri. C'est un nom mohawk qui veut dire « pure », précisa-t-elle en mimant des guillemets avec ses doigts. Or j'étais tout sauf ça, depuis quelques années.

Elle fixa Marie-Jeanne.

— Maman, je te demande pardon pour toute la douleur, la peine et l'inquiétude que je t'ai causées. Je courais après le superficiel, ne me doutant pas un instant de la profondeur de notre être. Je n'ai pas besoin d'aller chercher le plaisir dans des drogues ou dans la boisson. Il est en moi. Je comprends aussi maintenant pourquoi j'ai toujours eu cet amour pour les plantes. Je me suis vue étudier l'herboristerie. J'en suis ravie ! Et je dois venir étudier ici, sur le territoire, avec les sages qui s'y trouvent déjà.

Les yeux de Steve brillèrent lorsqu'il entendit cela. Kateri se tourna vers Louis.

— Papa, merci d'avoir cru en moi, mais surtout en maman. J'ai vu sa force. Elle est extraordinaire. Je ne pourrais pas demander de meilleurs parents.

Elle s'effondra en larmes.

— Je vais maintenant honorer mon nom. *¡Haux!*

— *¡Haux! ¡Haux!*

Marie-Jeanne pleurait avec sa fille. Elle ne s'attendait pas à tant de reconnaissance.

Lora prit la plume. De nature timide, elle parlait d'une voix douce. Elle n'avait presque pas dit un mot de tout le Nixi Pae.

— Je suis honorée de faire partie de ce groupe. Je sens que mon travail intérieur ne fait que commencer. *¡Haux!*

— *¡Haux! ¡Haux!* répondit-on avec un élan de compassion.

Nirmala prit la plume et la mit sur son cœur.

— Le travail que je fais en tant que psychologue est incomplet et boiteux. Sans prendre en considération la nature spirituelle de l'être humain, nous ne pourrons jamais accomplir de guérisons profondes et durables. Je dois maintenant trouver un moyen d'intégrer ces nouveaux éléments dans ma pratique. Je crois que j'aurai besoin de professionnels comme Marie-Jeanne pour m'aider. Merci à tous d'avoir fait une place pour moi. Si je retourne dans mon pays mieux équipée, avec des notions nouvelles et palpitantes, je sens que je viens d'ouvrir une boîte de défis et de résistances. Je pars avec plus de questions que de réponses. *¡Haux!*

— *¡Haux! ¡Haux!*

Sofia prit la plume. Elle sourit.

— J'ai vécu mon gros voyage le deuxième soir. Je dois dire, avant tout, que j'ai perdu une sœur. Elle avait dix-huit ans quand elle s'est fait happer par une moto. Ma mère ne s'en est jamais remise. Souvent, elle se plaint d'un courant d'air sur son visage, même si les fenêtres sont fermées. Eh bien, vendredi soir, j'ai rencontré ma sœur. Elle était avec mon père, qui jouait de la guitare. Elle m'a demandé de dire à maman que c'est elle qui lui caresse le visage de temps à autre, que ce courant d'air, c'est son amour. Et j'ai vraiment entendu la guitare ! précisa Sofia. C'était le *Prélude en do mineur* de Bach, une pièce que papa jouait souvent. Mais là n'était pas le point culminant de ce Nixi Pae. Hier soir, j'ai vécu un moment assez intense, merci.

Elle jeta un coup d'œil à Marie-Jeanne avant de continuer.

— Marie-Jeanne vous en parlera, mais j'ai vu quelque chose sortir d'elle que je ne croyais pas pouvoir exister. D'ailleurs, Nadia, Steve, Zaza et Kana l'ont tous vu aussi.

Nadia hocha la tête. Steve et Zaza fermèrent les yeux.

— Je l'ai même senti. Il me donnait des coups ici, dit Sofia en s'étirant le bras pour toucher son omoplate, et tout ce que je pouvais faire, c'était essayer de protéger Marie-Jeanne. En tout cas, je suis convaincue que ma grande amie s'est libérée de quelque chose. Je ne veux pas trop parler. De toute façon, je digère encore l'information qui m'a été présentée. On m'a fait tout un cours sur les chakras et les nadis du corps. Les nadis sont les autoroutes d'énergie, si vous voulez, qui relient nos cent quatorze chakras. Nous avons soixante-douze mille nadis dans le corps ! Je dois incorporer ces notions dans ma pratique. J'ai hâte de m'y atteler. *¡Haux!*

— *¡Haux! ¡Haux!*

Marie-Jeanne s'empara de la plume d'aigle. Elle avait tant à dire, mais ne savait pas quels mots pouvaient le mieux décrire son expérience. Elle commença par remercier Kana et Zaza de l'avoir accompagnée dans sa guérison, la veille.

— Mais ce n'était qu'une guérison. Il y en a plusieurs à faire.

Elle mit la main sur son ventre et sourit de toutes ses dents.

— J'ai toujours eu un point douloureux sous mon nombril. On a fait des tonnes de tests au cours de ma vie pour tenter de découvrir l'origine de ce mal. Toujours en vain.

Elle pressa avec ses doigts sur son ventre, sur son nombril, plus bas, plus haut, à gauche, à droite.

— J'ai beau le chercher, il n'est plus là ! Je n'en reviens pas !

Elle laissa aller un grand soupir sonore.

— Vous n'avez pas idée de la libération !

Marie-Jeanne raconta ensuite son voyage. Elle mima les mains tendues qui lui offraient de l'aide, précisa l'énergie qu'il lui avait fallu pour monter la « vigne ». Elle raconta la peur épouvantable qu'elle avait éprouvée lorsque la vie avait quitté son corps.

— Et puis j'ai vu la lumière. Et j'ai vu ma lumière, ma beauté, mon âme. Je l'ai ressentie aussi.

Elle réfléchit quelques instants puis leva la tête en direction de Steve.

— La grand-mère de Steve, Lee-Ann, que vous connaissez tous, m'a appelée Marie-Lumière. Je n'avais pas compris pourquoi. Maintenant, je sais qu'il faut d'abord se guérir si on veut guérir les autres. J'étais une cordonnière sans souliers, une pâtissière sans cuillère, un phare sans lumière. Je suis une guérisseuse blessée, comme Chiron, le centaure dans la mythologie grecque doté d'une grande sagesse et capable de soigner, mais qui souffrait d'une blessure incurable. Cela renvoie le médecin, le thérapeute ou le praticien à la nécessité de reconnaître et d'affronter ses propres blessures pour qu'il puisse déployer ses capacités de guérison.

Elle raconta ensuite qu'elle était revenue dans son corps armée de la conscience de cette lumière. Et c'est ce qui lui avait permis de trouver le courage de combattre son démon.

— Après tout le drame, je me suis retrouvée dans un nuage de gratitude. Là, des voix m'ont parlé. Elles ont dit que le travail ne faisait que commencer, qu'un pont devait être créé pour relier les différentes méthodes de guérison de la planète. Il ne s'agit pas d'éliminer la médecine occidentale qui nous a tant apporté, mais d'intégrer les médecines autochtones qui ont fait leurs preuves depuis des millénaires.

Marie-Jeanne fit une pause.

— Et pour ça, il y a un mur à franchir. Celui d'accepter qu'il y ait d'autres dimensions à la vie que celle que nos cinq sens captent. Sinon ces médecines seront toujours classifiées comme drogues hallucinogènes ou psychédéliques.

Elle leva les yeux vers Louis.

— Louis, mon mari, mon amour, mon compagnon de route, je te remercie pour la patience que tu as eue envers moi durant toutes ces années. Nous entreprenons un nouveau chemin ensemble. Tu es un être extraordinaire et je t'aime pour l'éternité.

— Moi aussi, ma belle Marie-Lumière, répondit Louis.

Elle prit une grande inspiration.

— J'ai peur de retourner dans la réalité, dans la « vraie » vie, dit-elle en imitant les guillemets avec ses doigts. J'ai l'impression d'avoir trouvé une nouvelle famille en vous tous. Et surtout, je sais que je me suis libérée d'une énergie qui me gâchait la vie. Aucune thérapie, aucun médicament au monde n'aurait pu faire ce que cette plante a réussi à déraciner. C'est comme si je renaissais. J'ai hâte d'entreprendre ma nouvelle vie. *¡Haux!*

— *¡Haux! ¡Haux!* répondit l'assemblée.

Zaza ramassa la plume. Elle redressa son dos et ajusta sa jupe sur ses jambes pliées.

— Merci à toutes et à tous pour votre partage. Vous savez qu'en tant que facilitatrice de cérémonie je ne fais pas le même genre de voyage que vous. Je demande à la plante de me donner l'énergie et les notions nécessaires pour vous aider. Par contre, vendredi soir, dans les cinq minutes suivant la prise du huni, la plante m'a amenée dans un lieu absolument fabuleux, un monde qui est mené par les femmes, un matriarcat. Les matriarcats ne sont pas le contraire des patriarcats, vous savez. Ce sont des sociétés basées sur les valeurs maternelles, qui sont beaucoup plus réalistes que celles des sociétés patriarcales, car elles sont axées sur les besoins et non les désirs. L'égalité signifie plus qu'un simple nivellement des différences. Dans le matriarcat, ces dernières ne servent jamais à créer des hiérarchies, comme cela est courant dans le patriarcat. Dans ce type de sociétés, les divers domaines d'activité sont complémentaires. Chez les peuples indigènes d'Afrique, par exemple, la violence contre les femmes est arrivée avec le patriarcat, alors que dans les quelques tribus matriarcales qu'on y trouve le conflit, la cupidité, la corruption, la violence et le viol sont absents. Les femmes assurent l'équilibre entre les sexes, entre les générations, puis entre les humains et la nature. Les valeurs maternelles sont des principes spirituels et dérivent de la nature. Mère Nature prend soin de tous les êtres, aussi différents soient-ils. L'économie matriarcale est une économie de subsistance. Elle est basée sur le don et non sur la prise. La propriété privée n'existe pas et il n'y a pas de revendications territoriales. Les gens ont simplement des droits d'utilisation sur le sol qu'ils labourent ou sur les pâturages que leurs animaux broutent, car la Terre Mère ne peut pas être possédée ni coupée en morceaux. Sur le plan spirituel et culturel, les sociétés matriarcales n'ont pas de religions hiérarchiques basées sur un Dieu masculin omnipotent. Dans cette culture, tout est spirituel et basé sur le féminin sacré.

Zaza s'arrêta et regarda les hommes.

— Il n'est pas nécessaire d'être une mère biologique pour avoir les qualités d'une matriarche. Même les hommes peuvent acquérir ces qualités. Nous avons tous un féminin sacré et un masculin sacré en nous. Il y a eu une corruption de cet équilibre naturel avec le patriarcat, qui s'est servi de la force physique supérieure des hommes pour dominer les femmes. Le rôle du masculin est de protéger le féminin qui assure la gestation de l'avenir. La façon dont on traite nos femmes sur la planète est un reflet de la façon dont nous traitons notre Terre Mère. Les deux sont intimement liées. Le message est clair: sans le féminin sacré, l'humanité est condamnée. *¡Haux!*

— *¡Haux! ¡Haux!*

Kana laissa le temps aux gens d'absorber cette information. Il remercia ensuite les participants, en disant le nom de chacune des vingt personnes devant lui.

— N'oubliez pas de rester discrets, les avertit-il encore. Votre rôle n'est pas de convaincre ni de forcer les autres à prendre cette médecine. Elle n'est pas pour tout le monde. Il y a une multitude de façons de guérir de manière holistique, que ce soit par les voyages sonores par le tambour, les huttes à sudation, les quêtes de vision, les pèlerinages, les chanupas, les cérémonies d'eau et de feu, enfin, la liste est longue. Tous les peuples des Premières Nations du monde ont leur façon de guérir. Beaucoup, comme nous, utilisent des plantes médicinales, que ce soit le huni, le san pedro, le peyotl, l'iboga, le yopo, le cannabis ou la psilocybine, par exemple, des plantes encore largement incomprises par le monde médical. Je suis content d'entendre que nous aurons un chercheur qui saura orienter ses recherches dans la bonne direction. Merci, Louis.

Il joignit ses mains et les mit sur son cœur en s'inclinant vers Louis.

— Il ne s'agit pas d'isoler les molécules de ces plantes. Il s'agit de mesurer le degré de libération et de bonheur de ceux et celles qui bénéficient de ces traitements. On ne peut pas analyser cela sous un microscope. Il faut aussi respecter les règles sacrées millénaires qui régissent l'utilisation de ces plantes, pour éviter les dégâts et les drames. C'est toute l'approche qui doit changer. C'est le cœur qui doit guider, pas le microscope ni le porte-monnaie. La guérison intégrale est anticapitaliste. Elle va à l'encontre des lois qui régissent le système en place. Vous imaginez si tous les soldats, comme Tom, venaient à comprendre que la guerre n'est aucunement une solution pour arriver à la paix ? Que tuer quiconque est un sacrilège sans nom ? Voyez-vous l'Everest politique et économique extraordinairement dévoyé qui bloque la route vers l'éveil des consciences ?

Kana colla ses paumes en signe de prière. Son visage était paisible. Son sourire, large et chaleureux.

— Il ne faut pas baisser les bras. Il ne faut pas non plus devenir des missionnaires courant convertir tous ceux qu'on rencontre. Il s'agit simplement de planter la graine de l'éveil de la conscience chez les gens, sans les juger. Chacun est à un stade différent de son cheminement de vie. Non, votre travail n'est pas de juger, de décider si quelqu'un mérite quelque chose ou pas. Votre travail est de vous guérir, et ensuite de tendre la main à ceux qui tombent, d'offrir votre épaule à ceux qui pleurent, d'étirer vos bras à ceux qui ont peur et d'ouvrir votre cœur à ceux qui croisent votre chemin.

Kana remercia ensuite sa coéquipière, Zaza, ainsi que Marie-Jeanne.

— Merci infiniment à la Dre Richard, grâce à qui nous avons pu nous réunir et faire ce difficile et noble travail. Et j'avoue, dit-il en se tournant vers elle, que le nom Marie-Lumière vous sied à la perfection. Car vous dégagez une nouvelle lumière. N'est-ce pas ? demanda-t-il à l'assemblée.

— Oui ! *¡Haux! ¡Haux!* Absolument ! Marie-Lumière ! répondit-on à gauche et à droite.

— Devrions-nous la baptiser officiellement ainsi ? s'enquit Kana auprès des participants.

— Oui ! Marie-Lumière ! *¡Haux! ¡Haux!*

Kana alluma le bâton enroulé de sauge blanche, se leva et en répandit tout autour de Marie-Jeanne. Il dit une prière en mettant du tabac et de l'eau sur sa tête.

— Je te nomme Marie-Lumière. Que ton nouveau nom rayonne au-delà de toutes les frontières.

Tout le monde applaudit. Kana se frotta les mains en affichant un petit air malin, ce qui fit rire l'assistance.

— Faisons maintenant notre rituel de fermeture, annonça-t-il. Je vous demande de vous lever et de former un cercle autour du feu.

Les participants se tinrent par la main, et Kana les guida en dansant en rond et en entonnant un chant à répondre brésilien. L'énergie que la danse créa dissipa tout poids inutile qu'on transportait. La profonde voix du chaman et la pulsation des pas sur le sol unirent le groupe dans un battement de cœur commun où le plaisir de l'un suscita la joie de l'autre.

Le départ fut à la fois déchirant et vibrant. Chacun s'embrassa, se promit de garder le contact et de partager l'évolution de sa guérison.

Steve s'approcha de Marie-Jeanne.

— Merci pour tout ce que tu as fait, Marie-Lumière.

Elle rit en entendant ce nom.

— J'ai eu un message durant un de mes voyages.

— Ah oui ? dit-elle, intriguée.

— Une vision, en fait. Vous étiez trois, tóta ma, ma mère et toi, dans une hutte à sudation.

— C'est vrai ? Je n'ai jamais fait de hutte à sudation. Est-ce que ta mère t'a parlé de… d'une…

— Je sais, Marie-Lumière. Je connais l'histoire, avoua Steve.

— Ah oui ? Oh !

Elle ferma les yeux.

— Tess… dit-elle, en laissant échapper un long soupir. Je voudrais tellement faire la paix avec elle.

— Elle aussi, j'en suis certain. Mais elle porte toujours le poids de la tragédie. Elle croit non seulement que tu l'as trahie, mais que tu as trahi tous les Mohawks. Ma mère ne veut pas prendre de pilules, ni de plantes médicinales psychoactives, ni rien. Que les herbes de tóta ma. Cependant, cela ne la libère pas du poids de ce traumatisme.

— En effet, répondit Marie-Lumière, pensive.

— Cette vision de la hutte à sudation que j'ai eue, je peux l'organiser, si tu veux, offrit Steve.

Marie-Lumière scruta l'homme sage et surprenant devant elle. Son visage était empreint d'une telle douceur, et ses yeux bridés profonds laissaient transparaître une grandeur d'âme peu ordinaire, surtout pour un jeune de cet âge.

— Bien sûr, Steve. Bien sûr. Organisons cela.

Elle se sentit plus légère juste à imaginer le soulagement de larguer ce faix inutile.

— Oh ! Pardonne-moi ! s'exclama Steve.

Il la laissa précipitamment. Il avait vu Mme Fortier sortir du tipi avec un gros sac et son oreiller. Il la débarrassa de ses effets et marcha avec elle jusqu'à la voiture de Jack, qui la ramenait chez elle. Elle vit Steve revenir en marchant d'une allure déterminée tout en affichant un air décontracté. L'équanimité en une image. Il retrouva Mika, Kat et Léa riant avec !Gabu, qui avait assez d'anecdotes pour nourrir un continent d'affamés.

Marie-Lumière examina les allées et venues des gens. Les visages avaient changé. Ses yeux tombèrent sur Bam. Elle n'en revint pas du teint rose qu'il arborait. Louis, Jack et Tom admiraient Pierre, qui leur faisait des démonstrations de postures de yoga. Matt s'entretenait avec ses parents, William et Lora. Les trois se tenaient les mains. Patricia et Rose étaient assises, chacune prenant des notes dans son téléphone.

Marie-Lumière décida d'allumer son cellulaire, éteint depuis trois jours. *Est-ce que Trump est toujours le trou-du-cul en chef de la planète ?* se demanda-t-elle en riant. Son portable émit une tonne de sonneries. Elle vit qu'elle avait vingt-quatre notifications dans sa messagerie. Elle ouvrit l'application. À sa grande surprise, elle trouva un message de sa mère. « Quoi ? » s'exclama-t-elle à voix haute. Jamais sa mère ne lui avait envoyé de messages, sauf pour répondre aux siens, habituellement avec une simple émoticône. *Bonjour, ma belle Marie-Jeanne, j'aimerais te voir. Merci. Maman xxx*

Elle resta bouche bée. *Belle* Marie-Jeanne ? Elle retourna à sa boîte de réception et remarqua que Diane, la réceptionniste de la clinique, lui avait envoyé six messages. Lorsqu'elle les parcourut, elle devint pâle comme un drap.

— 20 —

La réalité

« Vous n'avez pas à vous retirer dans une grotte dans les montagnes pour devenir spirituel. Cela importe peu où vous êtes ou ce que vous faites dans la vie. Le processus spirituel n'a rien à voir avec l'extérieur – c'est quelque chose qui se passe à l'intérieur de vous. Sans ce facteur stabilisant, le développement économique ne voudra pas dire une vie meilleure. »

SADHGURU

Le retour à la réalité frappa Marie-Lumière de plein fouet. En arrivant à la maison, chacun se retira dans sa chambre, sauf elle. Elle s'agenouilla dans le jardin, cueillit des haricots et des tomates, un peu de pois mange-tout aussi. Elle tentait d'absorber ce qui était arrivé durant le Nixi Pae. C'était tellement incroyable, tellement grandiose qu'elle en avait le vertige. Parfois, son cœur se mettait à battre plus fort, surtout lorsqu'elle pensait à l'éternité qu'elle avait vécue, un sentiment indescriptible qu'aucune science au monde ne pourrait reproduire, ni mesurer, ni même interpréter.

Elle pensa à sa mère, qu'elle avait tout de suite appelée en entrant chez elle. Sa voix était douce, mais tremblotante.

— J'ai besoin de te voir, avait simplement dit Mary.

— Je peux venir demain, si ça te convient, maman.

— Quand tu veux, je suis à la maison.

Marie-Lumière était sidérée.

— Grand-maman t'a appelée ? avait demandé Kat. Quoi ? Quelqu'un est mort ?

Était-ce un hasard que sa mère ouvre une porte la fin de semaine exacte où Marie-Lumière avait tant songé à elle, lui avait même envoyé un faisceau d'amour ? Avec cette nouvelle vie qui l'habitait, elle désirait ardemment établir une relation épanouie avec Mary. Ce poids ne lui appartenait plus.

Elle pensa à Martin, son compagnon de route de longue date, de qui elle n'avait pas eu de nouvelles depuis leur altercation dans son bureau, quelques semaines auparavant. Elle lui en voulait d'avoir impliqué les autorités dans leur relation. La seule bonne chose qui en résultait était la venue de Jack, qui, elle le sentait, deviendrait un ami de la famille. Elle n'était pas certaine de la façon de gérer cette situation, mais elle jugeait qu'il lui faudrait rencontrer Martin dans un lieu paisible pour lui expliquer calmement ce qu'elle avait fait, lui parler de la plante, lui montrer les résultats, à commencer par les guérisons physiques visibles à l'œil et mesurables par la science. Elles ne s'étaient pas opérées chez tout le monde, bien sûr, pourtant on ne pouvait pas faire fi de celles qui s'étaient produites, certaines tout à fait spectaculaires. Sa tendinite, par exemple, ou le dos de Pierre et l'arthrite de Mme Fortier. Louis avait suggéré de laisser retomber la poussière avant de tenter de lui parler. Le temps arrangeait bien les choses, avait-il dit, d'autant plus que Martin avait perdu la face après la descente policière finie en queue de poisson. Son orgueil prendrait quelque temps à se remettre.

Elle pensa à Tess, au soir de ses seize ans, alors que les mêmes images refaisaient surface en un claquement de doigts. Tess n'avait jamais su ce qui s'était passé après qu'elle était partie, ni pourquoi Marie-Jeanne avait fait ce compromis avec le policier. Si elle n'avait pas sauvé la vie de l'agent, Rick serait allé en prison pour meurtre. Et Steve n'existerait pas. Tess avait-elle réalisé cela ?

Ses réflexions se portèrent ensuite sur le Dr Jobard, qu'elle devait voir pour clore officiellement son dossier. Elle souhaitait aussi lui expliquer son cheminement et la nouvelle approche qu'elle appliquerait dorénavant dans sa pratique, qui faisait partie de son devoir de guérisseuse blessée. De toute façon, il était tenu au secret professionnel. Elle voulait sortir de cette expérience la tête haute. Son départ, au mois de mars dernier, s'était fait sous le signe de la honte. Elle tenait à mener à bonne fin les vingt ans de relation avec son psychiatre.

Enfin, les messages de Diane lui revinrent à l'esprit. Elle se coupa au même moment avec le sécateur. *Ouille!* Quelqu'un était entré par effraction dans son bureau à la clinique. La serrure de son classeur avait été brisée ; ses carnets d'ordonnance, volés. Diane avait entrepris les démarches nécessaires pour avertir le réseau médical et pharmaceutique du crime. Toute ordonnance à son nom après cette date devait être refusée. La réceptionniste avait déjà commandé les nouveaux carnets.

— Y a-t-il autre chose qui a été volé ? s'était enquise Marie-Lumière.

— Je ne vois pas, docteure Richard. Il y a beaucoup de dossiers. En manque-t-il un ? À vous de le dire. Mais les carnets sont partis. J'ai dit aux policiers que vous étiez en retraite de méditation et que vous ne pouviez être dérangée. Ils attendent votre rapport pour finir le leur.

— J'irai demain. Autre chose ?

— Oui. Martin est venu poser beaucoup de questions à votre sujet, et au sujet de vos patients. Il m'a même demandé si vous preniez de la drogue ! Il a tenu à voir le cabinet de médicaments dans la salle d'examen. Il a pris des notes. Il voulait aussi des précisions sur la retraite de méditation.

— Que lui as-tu répondu ?

— Ce que vous m'aviez dit, docteure, que c'était une rencontre avec des gens des Premières Nations d'un peu partout au monde qui partageraient leur savoir et leurs méthodes de méditation. Il m'a demandé si ça impliquait des drogues. Pourquoi fait-il une fixation sur cela, docteure ?

— D'abord, je ne prends pas de drogues, Diane. J'ai décidé de traiter mes clients autrement et mon approche ne lui plaît pas. Une diète saine, un esprit sain grâce à des méthodes de méditation, de chants et de danses, entre autres.

— Et vous avez aimé la retraite ?

— Absolument ! D'ailleurs, je devrai t'en parler. Allons casser la croûte ensemble un de ces quatre. Ah oui ! Tout le monde a commencé à m'appeler Marie-Lumière.

— Marie-Lumière ? Ah ! C'est joli ! Pourquoi ? Parce que vous avez vu la lumière ? avait-elle demandé en riant.

— Exactement !

Il y avait eu un silence au bout du fil.

— Au sens figuré, bien sûr.

Elle avait entendu un soupir.

Marie-Lumière n'imaginait pas encore combien il serait difficile de naviguer sur deux voies en même temps. Par de petits détails comme les silences et les soupirs de Diane, elle s'aperçut qu'elle ne pourrait pas parler si facilement du processus de sa guérison. Sauf au Dr Jobard. Lui, il devrait comprendre. Mais pour les autres, la méditation aurait le dos large.

Louis ouvrit la porte-fenêtre et l'appela.

— Tu viens manger ? J'ai fait une salade.

Marie-Lumière ramassa son panier de légumes et entra dans la maison en ayant l'air de porter le monde sur ses épaules.

— Hé ! Il me semblait que tu avais trouvé une légèreté d'être, dit Louis en l'enlaçant.

Il prit son visage entre ses mains, plongeant son regard dans le sien, le front plissé. Marie-Lumière comprit son angoisse.

— Ne t'inquiète pas, Louis. Je ne suis pas déprimée ni rien comme ça. Je me sens simplement un peu submergée par tous ces messages : perplexe à cause de l'effraction, surprise par ma mère, peinée par Martin, tracassée par le Dr Jobard, stressée par la rencontre avec Tess.

— Tu sais, ma belle Marie-Lumière, le but de tout cela n'est pas d'aller faire des *om* seul sur une montagne quelque part. Le but de cet éveil spirituel est de pouvoir faire face à la réalité de la vie avec sérénité. Avant, si tu avais reçu un tel message, de Diane, par exemple, au sujet du vol, tu aurais paniqué, aurais tout laissé ce que tu faisais, aurais réagi au lieu d'agir avec calme et équilibre. Là, tu es allée jardiner ! Mais il ne faut pas tout tenir pour acquis. Rappelle-toi ce que Kana a dit : la diète spirituelle est aussi importante que la diète physique. Il faut incorporer la méditation, entre autres, dans notre routine quotidienne. Maintenant, aborde les situations une à la fois. Tu devrais débuter par ta mère, ne crois-tu pas ?

Marie-Lumière acquiesça.

— Et le vol, ajouta-t-elle. La police attend mes observations avant de finaliser son rapport. J'irai à la clinique après avoir visité maman. Me jeter dans la gueule du lion ne me plaît pas trop.

— Que veux-tu dire ?

— Je suis sur le radar de la police à cause de Martin. Mettons que ça tombe un peu mal.

Marie-Lumière remarqua la salade, suffisante pour deux personnes seulement.

— Kat et Mika ne mangent-ils pas ?

— Les deux dorment et je crois que ce sera pour la nuit !

Louis la serra très fort.

— Ça faisait tellement longtemps que j'espérais que tu voies ta lumière, que tu arrêtes de te flageller, lui souffla-t-il dans l'oreille. J'étais sur le point d'abandonner, tu sais.

— Je sais, Louis, dit-elle, le nez dans son cou.

— Et si on laissait faire la salade ?

Marie-Lumière et Louis fermèrent leur porte de chambre et se retrouvèrent après des années d'amour inconscient.

— 21 —

L'étreinte

«Je crois que les plus grandes vérités de l'univers ne se trouvent pas à l'extérieur, dans l'étude des étoiles et des planètes. Elles se trouvent au plus profond de nous, dans la magnificence de notre cœur, de notre esprit et de notre âme. Jusqu'à ce que nous comprenions ce qui est à l'intérieur, nous ne pouvons pas comprendre ce qui est à l'extérieur.»

Anita Moorjani

L'affiche usée de Mécanique chez Henri reposait toujours sur la clôture au fond de la cour. Le poulailler silencieux et poussiéreux avait fermé boutique à la mort du père de Marie-Lumière. Le vieux vélo de Béatrice faisait maintenant partie du décor sauvage de la nature, qui l'avait accaparé pour en faire une sculpture fleurie. Marie-Lumière n'avait pas vu sa sœur depuis vingt ans. Béa était partie avec un Américain au Texas et n'était revenue que pour les funérailles de leur père. Elle envoyait une carte par année, à Noël, chez leur mère. *Merry Christmas to the both of you. Keep well.*

Marie-Lumière ouvrit la porte moustiquaire et, comme à son habitude, cogna trois petits coups sur la porte de bois avant d'entrer. Les rideaux étaient tirés. La pénombre pesait sur la pièce. Le tic-tac de l'horloge résonnait dans la cuisine. Marie-Lumière s'avança vers le salon.

— Maman ?

Le couinement de la chaise berçante s'interrompit.

— Ici, petite.

Sa mère l'avait toujours appelée ainsi. Le grincement des lattes courbées sur le plancher de bois reprit.

— Ça va, maman ?

Marie-Lumière l'embrassa sur le front, comme d'habitude. Elle s'assit sur le fauteuil, face à sa mère. Elle s'étonna.

— Tes cheveux !

Mary portait le chignon depuis son entrée au couvent à l'âge de six ans, il y avait donc soixante-treize ans. Aujourd'hui, ses longs cheveux gris retombaient sur son son visage, ses épaules, ses seins. Marie-Lumière avait envie de les caresser, mais comme aucun contact physique, sauf des bisous sur le front, ne les avait unies durant leur vie, elle se retint.

— Ça va, maman ? répéta-t-elle.

Mary cessa de se bercer. Les rides de son front et autour de ses yeux, formées par des décennies de reproches et de colère, s'étaient adoucies. Marie-Lumière n'avait jamais connu sa mère sans que ses gestes et ses paroles trahissent une irritation.

— Il m'est arrivé quelque chose, petite.

Les réflexes de médecin s'éveillèrent en une fraction de seconde. Marie-Lumière ausculta sa mère des yeux, parcourant son corps de haut en bas.

— Tu es tombée ? Tu t'es fait mal ?

— Non, rien de ça.

Marie-Lumière se détendit.

— Alors quoi ?

— Samedi soir, il est arrivé quelque chose d'inexplicable. Au milieu de la nuit, une grosse boule de lumière blanche m'a réveillée ; elle est entrée par mon pubis et a monté jusqu'à mon cœur pour ensuite envelopper tout mon corps. Je ne pouvais plus respirer tellement l'étreinte était puissante. C'était une force incroyable, comme si je baignais dans l'amour pur. Tu étais là. Tu étais petite. Tu portais ta robe blanche avec des picots bleus.

— J'avais cinq ans, alors.

— Oui, c'est ça. Tu étais allée cueillir des fleurs dans le champ et étais revenue. Tu avais étendu tes bras et dit : « C'est pour toi, maman, parce que je t'aime. »

Des larmes se mirent à couler sur les joues de Mary.

— C'est la dernière fois que tu m'as dit ces mots. J'ai senti ton amour, samedi. Je ne sais pas comment. C'était puissant. J'étais réveillée, petite ! Ce n'était pas un rêve ! Je suis restée réveillée toute la nuit.

Sa mère lui révéla qu'elle n'avait jamais eu d'amour. De sa naissance à six ans, elle avait grandi dans un environnement toxique, où sa mère battait son père et ses enfants.

— C'était le monde à l'envers des autres familles.

Sa mère avait beau être une marâtre, elle s'entendait très bien avec les religieuses et avait décidé de la placer dans un couvent.

— Avant que le gouvernement nous prenne, tu vois ? Ce devait être un endroit sécuritaire, selon ma mère. Je me souviendrai toujours du moment où elle m'a laissée sur le perron de l'entrée du couvent. « C'est pour ton bien », avait-elle dit.

Mary se moucha bruyamment avant de regarder sa fille dans les yeux, ce qu'elle faisait très rarement, sauf pour l'accuser de choses et d'autres. Elle lui confia que, pendant des années, le père Dubé l'avait violée, toutes les semaines.

— Rita, c'était le jeudi. Je la consolais lorsqu'elle revenait dans le dortoir. Le vendredi soir, c'est moi qui y passais. Et Eugénie, c'était le samedi.

Marie-Lumière pleurait en écoutant sa mère. Tous les pores de sa peau ressentaient sa douleur. Mary raconta, tout en tripotant son chapelet, que la mère supérieure était au courant. « C'est un service à Dieu », lui disait-on.

— Mais pourquoi alors prier Jésus, Marie, Dieu quand on t'a fait ça ?

Mary leva son chapelet, sur lequel pendait une médaille. D'un côté se trouvait gravée la Vierge Marie, et de l'autre, son fils Jésus. Elle posa un baiser sur chaque côté de la médaille.

— Parce que c'est Jésus qui m'a tenue en vie pendant toutes ces années. C'est lui qui me disait de ne pas me pendre ; c'est elle qui me disait que la lumière viendrait. J'ai toujours pensé qu'elle parlait de la lumière au bout du tunnel.

Elle expliqua à sa fille que ce n'était pas Dieu ou Marie ou Jésus qui commettait des crimes, mais l'homme.

— Il suffit de trouver la lumière pour comprendre que les choix que nous faisons nous appartiennent. Il n'y a pas d'intervention divine qui gère nos gestes. C'est à nous de rendre nos gestes divins. C'est ce que j'ai compris, hier.

Sa mère lui dit qu'elle avait élevé ses filles dans la colère. Qu'elle avait toujours blâmé Marie-Jeanne d'avoir saboté son utérus. Elle aurait voulu un garçon pour que la douleur de porter le sexe féminin cesse.

— Depuis que je suis née, je n'ai pas connu l'amour. Et je ne parle pas d'un amour entre un homme et une femme. Je parle d'amour maternel ou paternel ou fraternel ou amical, de l'amour gratuit et sans condition. Je n'avais jamais connu ça. Je n'ai donc pas su le transmettre. J'accusais tout le monde de mes torts, surtout toi, ma petite.

Elle fondit en larmes. Marie-Lumière se mit à genoux devant sa mère et posa la tête sur ses cuisses. Mary caressa les cheveux de sa fille.

— Samedi soir, j'ai compris ton amour. J'ai compris ce que c'était, de l'amour inconditionnel. J'ai vu ta lumière. C'était toi, la lumière qui viendrait. Pardonne-moi, Marie-Jeanne, pardonne-moi.

Les deux femmes restèrent dans les bras l'une de l'autre pendant un long moment. Marie-Lumière raconta tout à sa mère, du jour où elle avait décidé d'arrêter ses médicaments à aujourd'hui.

— Samedi soir, j'ai demandé à la plante de m'aider à t'envoyer tout l'amour du monde. Je t'ai prise dans mes bras et t'ai serrée très fort.

Elle lui décrivit son simili-baptême et lui précisa qu'on l'appelait désormais Marie-Lumière.

— C'est beau, ce nom, petite, chuchota Mary.

Encore une fois, Marie-Lumière s'étonna des gentilles paroles de sa mère, de sa voix douce. Mary écouta le récit de sa fille. Lorsque celle-ci eut fini, elle lui demanda :

— J'aimerais faire une cérémonie moi aussi, petite.

Marie-Lumière s'esclaffa. Puis, sérieusement, elle lui expliqua combien il était difficile d'organiser un tel événement.

— Trouver un chaman intègre et compétent est le défi. Ils ne courent pas les rues.

Elle lui dit qu'elle verrait ce qu'elle pouvait faire.

— En attendant, ouvrons les rideaux et célébrons !

Mère et fille passèrent toute la matinée ensemble. Marie-Lumière promit de revenir avec les enfants et Louis.

— On fera un ménage de la cour !

— J'aimerais réanimer le poulailler aussi, dit Mary.

— À une condition, répondit sa fille.

— Laquelle ?

— Qu'on se voie une fois par semaine, pas aux six mois !

Marie-Lumière partit le cœur léger. Elle chanta dans la voiture, jusqu'à la clinique. Sa bonne humeur ne dura pas longtemps. Lorsqu'elle ouvrit le tiroir vandalisé, elle s'aperçut qu'un dossier avait été volé.

— Lequel ? demanda Diane, debout derrière son épaule.

— Celui sur les plantes médicinales autochtones, répondit-elle.

Le dossier dont Marie-Lumière se servait pour parler à certains patients de l'ayahuasca avait disparu. Elle comprit immédiatement que le vol de ses carnets d'ordonnance était un subterfuge. *Martin est sûrement impliqué*, supposa-t-elle. Plusieurs scénarios se bousculèrent dans sa tête. Ne rien dire aux autorités ? Ou les aviser ? Et pour leur révéler quoi ? Si elle leur faisait part de ses soupçons concernant la disparition du dossier sur l'ayahuasca, la police ferait peut-être le lien avec la descente de jeudi... Avouer ? Taire ? *C'est tout de même incroyable que je doive me cacher pour guérir*, pensa Marie-Lumière.

Elle remercia Diane, referma la porte de son bureau et appela Jack. Il arriva dans l'heure.

— Je suis d'accord avec toi. Ce n'est qu'un subterfuge.

Il réfléchit.

— Y avait-il des noms dans ce dossier ?

— Non, que de l'information, des rapports scientifiques, des études sur d'autres plantes médicinales aussi ; des documents et des dessins que je faisais, pour expliquer l'énergie et les glandes, entre autres.

— Parfait, alors. Je vais te donner un conseil qui va à l'encontre du code d'éthique de ma profession : ne dis rien à propos du dossier volé. Et si le sujet se présente, tu prétendras que tu ne t'étais pas aperçue de sa disparition. Il y en a tellement, ajouta-t-il en montrant le tiroir ouvert. Laisse-moi faire enquête.

— D'accord, répondit-elle sur un ton peu assuré.

— Laisse passer du temps, il fera une erreur. Retourne à ta routine.

— Oui, mais pas à mon passé, conclut-elle.

— 22 —

Le droit de guérir

« Apprenez à voir. Réalisez que
tout est connecté à tout. »

LÉONARD DE VINCI

— Marie-Jeanne Richard ?

L'infirmière, dossier en main, pointa son nez dans la salle d'attente de la clinique, où se trouvaient quelques patients. Marie-Lumière se leva et remercia l'infirmière avec un grand sourire. Elle prit l'épaisse chemise de documents et longea le sombre couloir pour accéder au bureau du Dr Jobard. Elle regarda les cadres sur les murs qu'elle n'avait jamais remarqués auparavant, des scènes de plages et d'océans, des fleurs, un coucher de soleil. Comme quoi marcher la tête haute donnait une autre perspective à la vie. Elle entendit l'eau du robinet couler derrière la porte du cabinet d'aisances du psychiatre. Elle déposa le dossier sur le bureau en se disant que c'était la dernière fois qu'elle transportait ce lourd passé, résumé dans ces pages. Elle s'installa sur le canapé et sourit en regardant la pluie automnale marteler la fenêtre.

Elle réfléchit à sa vie après le Nixi Pae. Depuis six semaines, tant avait changé. Kateri avait commencé des cours d'herboristerie. Elle passait ses fins de semaine avec Steve et, souvent, sa tóta ma. Elle revenait de ses promenades dans la forêt avec des sacs bourrés de racines, d'écorces, de feuilles, de bourgeons, de pommes de pin. Elle avait transformé le garage en herbier. Elle avait retrouvé sa joie de vivre d'antan, était redevenue espiègle et drôle, s'adonnant même à des batailles d'oreillers avec son jumeau ! Elle voulait absolument que Marie-Lumière organise une cérémonie pour les jeunes avec qui elle avait vécu au centre-ville. Sa mère lui avait rappelé à quel point il était compliqué d'orchestrer une telle rencontre.

— Pourquoi nous empêche-t-on de guérir comme nous le voulons ?

— Tu connais la réponse à cette question, ma cocotte.

— Il faudrait mettre du huni dans le réseau de distribution d'eau.

Marie-Lumière s'était esclaffée.

— Il faudrait alors restaurer la permission de faire des feux de foyer parce qu'il y aurait beaucoup de compost énergétique à y jeter !

— Sérieusement, maman. Crois-tu qu'un jour les gens vont comprendre ? Crois-tu vraiment que le système puisse changer ? Parce que sinon je ne me rends pas à ma retraite. La planète va imploser.

— Je me suis toujours demandé s'il ne faudrait pas une catastrophe pour amener les gens à transformer réellement leurs habitudes. De plus en plus, je crois que oui. Dans mon domaine, j'ai tendance à penser qu'une pandémie mondiale pourrait être un déclencheur. Le danger est réel. Ce serait un événement qui nous obligerait à réfléchir à la façon dont nous vivons.

Marie-Lumière s'inquiétait pour son fils. Même si elle se réjouissait du désir de Mika de voyager partout dans le monde, son cœur de mère avait le réflexe d'appréhender les dangers potentiels d'une telle aventure, surtout dans les endroits où il voulait se rendre.

— Je veux faire partie de ceux qui changent le monde, maman, mais pour savoir ce qu'il faut changer, il faut le comprendre, il faut le sentir. Il faut vivre avec lui.

Après son vingt et unième anniversaire, le 11 décembre, les fêtes et le Nouvel An, Mika comptait partir dans les favelas de Rio, chez les Dalits en Inde, qu'on appelle aussi les Intouchables, et dans les townships d'Afrique du Sud. Il avait établi des contacts avec diverses ONG au sein desquelles il ferait du bénévolat. Ses parents lui avaient offert le billet d'avion. Il avait doublé ses heures comme concierge pour économiser afin de pouvoir subvenir à ses besoins pendant un an.

Louis montait un projet, en collaboration avec Sofia, pour ouvrir un centre de recherche et d'expériences, ce dernier mot étant très important, sur les plantes médicinales autochtones. Le dossier était complexe, les ramifications légales extraordinairement entortillées dans un langage généralement incohérent et inculte. Des bureaucrates, se faisant souvent jury partial dans leurs analyses, établissaient des règlements conçus pour des substances chimiques post-Grande Dépression, soit lorsque la guerre contre les plantes médicinales autochtones avait pris son envolée. Le mot « spirituel » avait été rayé de leur vie, il était donc incompris dans leur travail. Sofia se faisait l'avocat du diable lorsque Louis rédigeait ses rapports et l'aiguillait dans le langage à utiliser pour éviter d'alerter le siège de la méfiance, grassement nourri, dans le cerveau. Elle avait pris l'exemple d'un cas en Russie, où une équipe indienne de Pondichéry avait été appelée à donner un atelier au sein d'une grande entreprise pour aider les gens à relaxer. Dans sa présentation, l'équipe parlait du contact avec « la lumière divine ». Les dirigeants russes avaient d'abord refusé le programme. Les Indiens éliminèrent le mot « divine » et employèrent plutôt l'expression « la lumière de la conscience ». L'atelier eut lieu.

Quant à Marie-Lumière, elle avait repris ses activités à la clinique et offrait, le jeudi soir, des ateliers sur le bien-être. Tout y passait : la nutrition, la relaxation, la méditation, le yoga, la physique quantique, les chakras. Les gens avaient soif d'un nouveau discours, d'une nouvelle avenue. Une énergie fraîche l'animait. Plus elle lisait, plus elle passait du temps avec Lee-Ann, parlait avec Zaza par Skype, conversait avec Louis et les enfants durant le souper, plus elle s'apercevait qu'elle s'immergeait dans un monde bien plus vaste qu'elle aurait pu l'imaginer. Elle testait sur les personnes intéressées les découvertes qu'elle faisait pendant ses recherches. Le mot circulait et la famille s'agrandissait. Elle avait même des gens d'Ahkwesahsne et de Kahnawake qui venaient l'écouter. Cela faisait jaser la communauté de voir autant d'Autochtones à Oka, surtout dans l'entourage de Martin Desrosiers.

Elle avait tenté de rétablir les liens avec celui-ci. Il la saluait froidement lorsqu'ils se croisaient, ou l'évitait, carrément. Elle lui avait laissé plusieurs messages vocaux, textos et courriels. Même une lettre manuscrite. Il n'avait répondu à aucun.

Jack s'était rendu chez Martin peu de temps après le vol. Il avait son enregistreur allumé dans sa poche.

— Tu n'as rien trouvé ! avait hurlé le pharmacien.

— Il n'y avait rien à trouver. J'ai fait mon travail.

Jack avait juré qu'aucune drogue n'avait été prise de toute la retraite, ce qui était vrai, quoiqu'on puisse en avoir pour quelques années à s'entendre sur la définition de « drogue ». L'enquêteur lui avait demandé pourquoi il en voulait tant à la Dre Richard. Martin avait finalement dit haut et fort : « Elle va me ruiner ! » C'est tout ce qu'il fallait à Jack. Un motif. Martin s'était emporté, entrant dans une rage folle. Jack avait gardé son calme. Le pharmacien l'avait alors dévisagé, et l'agent de filature avait lu dans ses yeux qu'il ne lui faisait plus confiance. Il était parti en le saluant poliment.

Martin avait continué à faire ses propres recherches. Grâce à son contact à la police et à un peu d'argent, il avait obtenu la liste des gens présents au supposé atelier de méditation de Marie-Jeanne. Ces patients, certains ayant une dizaine d'ordonnances à leur actif, n'avaient pas fait le renouvellement de la plupart de leurs médicaments en septembre ni en octobre. Bernard Armstrong, alias Bam, était un de ses bons clients. Même chose pour Mme Fortier, pour Patricia, pour Rose. « Elle va me ruiner ! » ne cessait-il de répéter à son vieux chum Frank, qui avait organisé le vol des documents à la clinique. Puis il avait eu l'idée d'appeler le psychiatre de Marie-Jeanne, dont elle lui avait parlé à plusieurs reprises. Martin avait déclaré au Dr Jobard qu'elle était maintenant un danger pour ses patients, que son permis de pratiquer devait être remis en question, peut-être même suspendu.

Le Dr Jobard l'avait écouté attentivement.

— Elle a même changé son nom en Marie-Lumière parce qu'elle dit avoir vu la lumière. Si vous voulez mon avis, elle a un urgent besoin d'examen psychiatrique. Toutes les personnes à son supposé atelier de méditation ne renouvellent plus leurs prescriptions. Il y a anguille sous roche, si vous voulez mon avis.

Le psychiatre avait acquiescé. Il n'avait d'ailleurs pas aimé l'attitude de sa patiente la dernière fois. De toute façon, il était temps de la voir, car cela faisait plus de six mois depuis la dernière visite.

— Je ne pourrai rien vous dire, en revanche. Mais je peux certainement l'évaluer. Je verrai après, avait-il promis à Martin.

Le Dr Jobard sortit de son cabinet d'aisances.

— Ah bonjour, docteure Richard! dit-il tout sourire.

Il prit le dossier sur son bureau, son enregistreur, et vint s'asseoir près de Marie-Lumière.

— Merci d'être venue me voir. Je faisais un ménage de mes dossiers quand je me suis aperçu que cela faisait au-delà de six mois que nous nous étions vus.

— Ah! Vous étiez sur ma liste de personnes à rencontrer de toute façon, docteur Jobard. J'ai été tellement occupée dernièrement.

— Ah bon? Alors, dites-moi, comment ça va? Occupée avec quoi?

— Ça va très bien! répondit Marie-Lumière d'un ton enjoué.

Elle fit un bref survol de sa vie, parla de ses ateliers le jeudi soir, de ses enfants, de son mari. Le Dr Jobard l'écouta attentivement tout en examinant son langage du corps, son allure, ses vêtements. La démence se voyait même dans les détails. Il resta silencieux un moment avant de parler.

— Vous avez changé. Quelque chose en vous a changé. Ce ne sont pas vos cheveux…

— Tout le monde me dit ça, docteur Jobard. C'est mon teint. Je me suis libérée de… de beaucoup de choses, docteur. Dont mes médicaments. Je ne prends plus rien depuis le mois de juin.

— Rien ? s'étonna-t-il en vérifiant dans son dossier la liste de ses médicaments habituels.

— Rien.

— Racontez-moi, alors, lança-t-il, surpris et intrigué.

— D'abord, et c'est mon droit, je ne veux pas que cette séance soit enregistrée. Vous pouvez noter ce que je dis si vous voulez, mais cette conversation restera sous le sceau absolu du secret professionnel.

Le Dr Jobard eut un petit mouvement de recul. Son regard perplexe trahit son calme apparent. Il prit l'enregistreuse et l'éteignit à contrecœur. C'était effectivement son droit.

Lorsque Marie-Lumière eut fini de lui faire part de ses démarches des derniers mois, le psychiatre déposa son stylo et retira ses lunettes. Il scruta sa patiente de haut en bas. Elle semblait pourtant si lucide. Il se frotta les yeux, appuya sa tête sur le dos de ses mains, les coudes sur les bras du fauteuil.

— Marie-Jeanne, je crois vraiment que vous avez besoin d'aide.

— Pardon ?

Marie-Lumière ferma les yeux quelques instants. Elle prit une grande inspiration et parla avec son cœur.

— Docteur Jobard, j'ai atteint un état de bien-être qui était mon but depuis trente ans. Aucun médicament au monde, aucune thérapie au monde n'aurait pu extraire cette énergie négative de mon corps. J'ai guéri par…

— Vous n'avez pas le droit de guérir comme ça ! la coupa-t-il, les yeux pleins de colère.

Ses joues étaient devenues toutes rouges. Marie-Lumière le regarda, incrédule.

— Pouvez-vous répéter cette phrase, docteur Jobard ? Pouvez-vous la répéter dans le contexte du serment d'Hippocrate ? Une phrase qui, d'abord, admet la guérison !

— Je n'ai jamais dit ça ! Vous ne savez plus ce que vous dites. Des voix, des esprits ! Voyons ! Ça ne va pas, non ? Holà ! Et vous traitez des patients en plus ?

— Quelle que soit la façon dont nous guérissons, docteur Jobard, n'est-ce pas notre droit le plus fondamental ? Les médicaments devaient m'apporter bien-être et stabilité d'esprit. Ils ont fonctionné pour un bout, mais ils ne réglaient pas le fond du problème. J'ai guéri autrement. Je suis bien, je suis stable, je mange bien, même que je suis végétarienne maintenant, je dors bien, je me lève de bonne humeur. Bien sûr, il y a des moments ou même des journées où j'ai le caquet bas, mais j'ai appris à me détacher de l'événement, à réfléchir et à agir au lieu de réagir.

Elle se leva sans qu'il puisse rétorquer. Les veines sur les tempes de son psy battaient si fort qu'elles étaient gonflées comme des vers de terre.

— Merci infiniment pour toutes ces années d'aide. Je vous en suis fort reconnaissante. Je n'aurai plus besoin de vos services. Je ne peux que vous offrir ma gratitude de m'avoir assistée dans mon parcours, à votre façon. J'ai beaucoup appris de vous, vous savez.

— Vous n'avez pas le droit !

— Pas le droit de quoi ? De guérir ? Ou d'emprunter le chemin que j'ai choisi pour y arriver ? Pensez-y, docteur Jobard. Un médecin intègre ne répondra jamais non à ces deux questions.

Elle sortit en fermant la porte tout doucement et laissa le psychiatre en état de choc. C'était certes beaucoup d'informations à absorber en peu de temps. Le Dr Jobard avait rempli huit pages complètes de notes. Il se leva, encore ébahi, et alla s'asseoir à son bureau. Il pressa sur le bouton de l'interphone.

— Oui, docteur Jobard ? répondit la réceptionniste.

— Mettez-moi en communication avec le directeur des plaintes et des enquêtes au Collège des médecins.

— Tout de suite, docteur.

— 23 —
La hutte

« Un souvenir sans la charge émotionnelle
s'appelle la sagesse. »

Joe Dispenza

La neige était arrivée tôt en novembre. En plus du froid et du changement de saison, Marie-Lumière devait affronter des interrogatoires de toutes sortes, des visites constantes, des inspections de différents agents du Collège des médecins, parfois sans avertissement. Elle avait subi deux évaluations psychiatriques indépendantes. Jusqu'à présent, on n'avait rien trouvé qui pouvait justifier de lui retirer son droit d'exercer. Mais la pression était effroyable, cruelle.

Avec Martin, c'était dorénavant la guerre. Il lui rendait la vie dure, implantait de la fausse information aux bonnes places. La police était revenue poser des questions à Marie-Lumière, avait même suggéré qu'elle avait simulé le vol de ses carnets pour vendre des ordonnances, ou qu'il s'agissait d'un stratagème pour cacher autre chose. Les accusations puaient l'haleine de Martin. Plus le temps passait, moins on la prenait au sérieux. Sauf les jeudis soir. Elle avait son club d'amateurs qui ne cessait de grandir, à tel point qu'elle devait maintenant prendre les réservations. Les vingt-cinq sièges de la salle étaient toujours occupés. Cela créa encore plus de rogne chez le pharmacien, qui avait élargi sa campagne de salissage, surtout parmi les commerçants. Deux clans étaient en train de se former. Diviser la population n'était pas du tout ce que cherchait à faire Marie-Lumière, bien au contraire.

En ce samedi 30 novembre, la résidence Hamel-Richard bourdonnait.

— Tu as tout ce qu'il faut? Les serviettes? s'enquit Marie-Lumière.

— Oui, maman. Ça fait trois fois que tu me le demandes, répondit Kat.

Marie-Lumière n'avait pas beaucoup dormi. Elle s'était répété le scénario tant de fois dans sa tête. Rencontrer Tess après trois décennies et demie la rendait terriblement nerveuse. C'était quelque chose qu'elle avait toujours voulu faire, dès le lendemain du drame en fait. Mais les circonstances de la vie en avaient décidé autrement. La seule issue possible désormais était celle du pardon.

Steve avait passé des semaines à tenter de convaincre sa mère de participer à une cérémonie de hutte à sudation avec Marie-Lumière. Elle résistait. Jusqu'au jour de l'Halloween, où il lui avait avoué son amour pour Kateri. Il avait gardé secrètes ses rencontres avec elle. Tóta ma l'avait guidé dans la façon d'aborder sa mère. « N'oublie pas, cela implique qu'elle ouvre la plaie, affronte ce souvenir épuisant, un parasite malsain niché dans un corps accablé. » Tess avait finalement accepté en imposant une condition : que cette cérémonie soit accessible à toutes les femmes qui désiraient entreprendre une introspection. Elle ne voulait pas se retrouver seule avec Marie-Lumière, même en présence de tóta ma. Marie-Lumière avait accepté avec grand plaisir. Elle en avait parlé le soir même avec Sofia et Jack, qui se trouvaient chez elle alors que de petits monstres sonnaient à la porte pour des bonbons. Ses amis s'étaient inquiétés en la voyant s'effondrer sur la chaise après avoir raccroché.

— Une mauvaise nouvelle ? avait demandé Sofia.

— Non, excellente, en fait. Mais exigeante. Tess fera la hutte à sudation avec moi, mais à une condition. Que ce soit avec d'autres femmes, quinze environ.

Jack avait ouvert grand les yeux.

— C'est ça ! s'était-il écrié en tapant son poing sur la table.

Tout le monde avait sursauté.

— Quoi ? s'étaient exclamés en chœur Marie-Lumière, Louis et Sofia.

C'était l'occasion idéale pour faire cesser toutes ces enquêtes sur Marie-Lumière. Jack avait été félicité pour son travail dans le dossier Desrosiers-Richard et avait même obtenu une augmentation de salaire. Toutefois, quand les appels du pharmacien avaient repris, Jack avait décliné l'offre de son patron de replonger dans l'affaire. Il travaillait sur une autre enquête le jour et consacrait ses soirs, et parfois des nuits entières, à jouer au détective privé fouillant dans la vie de Martin Desrosiers.

Il avait alors passé le mois de novembre à copier les tactiques de Martin : comme lui, il disséminait au compte-gouttes de fausses informations par différents canaux. Il avait recruté Mme Fortier, Bam, Rose et Patricia, qui allaient de temps à autre à la pharmacie. Jack leur avait donné l'horaire de travail de Martin et indiqué ce qu'ils devaient dire assez fort dans l'allée numéro 2 pour que le pharmacien puisse les entendre. « Cérémonie – drogue – Marie-Lumière – 30 novembre – 13 heures » étaient les mots clés.

Diane, avec qui Marie-Lumière avait passé toute une soirée, faisait maintenant partie de l'équipe sympathique à sa cause. Jack lui avait demandé d'appeler Martin pour le prier de mettre l'enveloppe de la Dre Richard, laissée sur son bureau à la réception, sous la porte du bureau privé de Marie-Lumière. « Elle va me tuer si elle voit que j'ai oublié ça », lui avait-elle dit au téléphone. L'enveloppe, à peine scellée, contenait quantité d'informations sur des drogues illégales qui seraient utilisées dans une cérémonie chez Lee-Ann. Bien sûr, Martin avait tout lu. Il avait même tout photocopié, persuadé de détenir enfin des preuves des activités louches du médecin. Jack eut la confirmation d'un de ses collègues de la SQ qu'une descente était prévue, qui inclurait des chiens et des camionnettes, car il y aurait beaucoup d'arrestations.

Tout était en place en ce samedi matin de fin novembre. Sofia arriva chez Marie-Lumière avec Jack et sa sœur, Isabelle. Cette dernière paraissait beaucoup plus vieille que son âge. Des poches brunâtres pendaient sous ses yeux. Ses longs cheveux poivre et sel étaient cassés et épars. Cela lui demandait un effort de lever la tête, inclinée sur un dos courbé. Mais elle rayonnait et, malgré ses dents jaunies, on ne pouvait qu'admirer ce sourire qu'elle affichait. Comme une boule de Noël sur un arbre dénudé.

Elle tenait Jack par la taille, visiblement émue d'être avec son frère.

— Jack m'a tellement parlé de vous. Merci pour cette occasion, Marie-Lumière. Comme il a dit, on n'a rien à perdre !

En effet, une hutte à sudation n'implique la prise d'aucune substance, mais sa puissance peut s'avérer tout aussi efficace qu'une cérémonie d'ayahuasca. Lee-Ann avait maintes fois dirigé ce rituel. Elle serait maîtresse de cérémonie. Avec l'aide de Steve et de Kat, elle avait rédigé une brochure pour les quinze femmes qui participaient à ce rite. La hutte à sudation, qu'on appelle *sweat lodge* chez les Mohawks et *matato*[3] chez les Algonquins, était autrefois un rituel millénaire réservé aux hommes comme moyen de se purifier. La hutte symbolise l'utérus de la femme : un cercle est légèrement creusé dans le sol, au-dessus duquel est montée une structure basse et circulaire. Une petite fosse évidée au milieu du cercle reçoit les pierres rougies par le feu. La sphère est constituée de perches de bois flexible recourbées, qui se croisent entre elles et s'enfoncent dans la terre. On la recouvre ensuite de couvertures ou de bâches pour assurer la noirceur totale à l'intérieur. Steve et Kat avaient ajouté des photos dans la brochure pour représenter la hutte.

Traditionnellement, les femmes ne participaient pas à ce rituel, leur purification étant assurée chaque lune par les menstruations. Mais à cause de l'effritement des traditions ancestrales et de la vie qui avait perdu sa résonance avec la lune et la nature, les femmes avaient désormais besoin de ce rituel autant que les hommes.

---

3. Prononcé « madado ».

La cérémonie est un moment pour réfléchir, retrouver son essence, se purifier, laisser aller ce qui encombre son être, les peurs, frustrations, colères, ressentiments, idées de vengeance ; elle permet une sorte de renaissance qui transporte les participants à travers les cycles de la vie, des jours, des saisons, des éléments de la nature et des directions. Ce ressourcement est particulièrement indiqué pour ceux qui ont besoin de tourner la page et de laisser derrière eux un passé douloureux qui mine leur santé physique, émotionnelle, mentale et spirituelle. C'est une façon de se libérer et de trouver en soi la force de vivre, de renouer avec son identité. Même si le rituel se passe en groupe, le travail se fait individuellement. Le participant reste présent avec son intention durant toute la cérémonie.

Jack semblait nerveux. C'était normal. Il se retrouvait au centre du cyclone. Il avait profité de la tenue de cet événement pour appâter et faire taire Martin Desrosiers. Cela lui avait causé des problèmes moraux de devoir utiliser un rituel sacré pour obtenir la paix. En même temps, il se sentait soulagé qu'une voie de solution soit offerte à sa sœur, aux autres femmes aussi qui vivaient des moments difficiles dans leur vie.

Sofia, Isabelle, Marie-Lumière et les filles, Léa et Kat, partirent dans deux voitures pour se rendre chez Lee-Ann. Elles prenaient quelques femmes à Oka – Mme Fortier, Rose, Nadia et Diane –, avant de se rendre à Kanehsatake. Quatre femmes mohawks se joignaient à elles : Lee-Ann, Tess, Patricia et Lora. La dernière participante était une amie de Jack. Josiane Blondin était aussi une journaliste réputée pour sa rigueur et son intégrité. Il ne lui souffla pas un mot au sujet de la descente, car il voulait que l'émotion pure et crue transparaisse dans son article.

Une équipe de gars avait monté la hutte à sudation dans la forêt, avait trouvé les vingt-huit pierres nécessaires pour le rituel, préparé le feu et déblayé la neige du sentier pour s'y rendre. Ils avaient sculpté une tortue de vase d'un mètre de diamètre devant l'entrée de la hutte, et l'avaient décorée de perles, de cristaux et d'os d'animaux. Steve servait de gardien de feu. Il n'entrait pas dans la hutte, ne faisait que refiler les pierres avec une longue fourche, sept à la fois : quatre tours de chants et de prières pour les quatre directions. Une lune. Tout dans le rituel était symbolique et reflétait un aspect ou un autre de la géométrie sacrée du cosmos.

Les pierres sont considérées comme les êtres les plus anciens de la terre. Elles portent toutes les mémoires des temps. C'est pourquoi on les appelle les grands-mères et les grands-pères. Elles sont chauffées à blanc dans le feu devant la hutte et libèrent leur mémoire, leur énergie et leur savoir dans la fosse à l'intérieur. La sudation provoque la libération d'énergies négatives tout en ouvrant la voie pour absorber la sagesse de l'ADN de la Terre Mère.

Marie-Lumière, comme les autres femmes, avait enfilé son maillot de bain sous sa chemise et sa jupe, et chaussé ses bottes d'hiver. Elle prit sa serviette et marcha la première dans le sentier se rendant au *sweat lodge*. Elle sentit le feu, une douce odeur de fumée mêlée au parfum des arbres. Des oiseaux chantaient. Elle huma profondément cet air sain. Devant la hutte, elle aperçut Tess discutant avec Lee-Ann, qui l'avait longuement préparée à cette rencontre.

Son cœur fit un bond. Elle dut s'arrêter quelques secondes pour respirer.

Lee-Ann perçut sa présence et se tourna.

— Viens, Marie-Lumière.

Elle mit sa main sur son cœur, comme si elle venait de voir un fantôme. Tess portait deux grandes tresses et un bandeau de cuir autour de la tête. De profondes rides taillaient son front, comme si elle s'était beaucoup inquiétée dans sa vie. Ses cheveux poivre et sel et ses yeux tristes ajoutaient quelques années à son âge. Mais sa beauté envoûtante perçait toujours sous ces couches d'aléas de la vie. Elle avait certes vieilli depuis ses seize ans, mais conservait ce regard profond et sauvage, celui d'une lionne protégeant ses bébés. Lee-Ann brisa la glace.

— Venez, mes filles. Le temps est venu de guérir et de travailler ensemble.

Lee-Ann prit la main de Tess puis celle de Marie-Lumière. Elle les joignit, tenant leurs deux mains entre les siennes.

— Les mots ne sont pas nécessaires en ce moment. Ce qui compte, ce sont vos intentions. La vie vous a menées jusqu'ici, jusqu'à ce moment présent. Le passé n'est pas modifiable. Si vous voulez souffrir, vous le pouvez. Vous l'avez prouvé, toutes les deux. L'être humain a le choix de cueillir une fleur heureuse ou une fleur morte. La douleur est une émotion. La souffrance est un choix. Quelles que soient les circonstances extérieures, vous pouvez choisir de pousser comme un lotus dans la boue.

À ces mots, Marie-Lumière ne put retenir ces trente-quatre ans de silence. Elle tomba à genoux devant Tess et fondit en larmes.

— Pardonne-moi, Tess ! Pardonne-moi ! Je ne t'ai jamais voulu de mal. Au contraire. Pardonne-moi !

Tess tomba elle aussi à genoux. Les deux femmes s'enlacèrent et sanglotèrent un bon moment. Steve retenait les autres participantes, qui attendaient dans le sentier. Josiane, la journaliste, prenait déjà des notes. Elle avait la notoriété de vivre ses reportages. Cela faisait longtemps qu'elle cherchait une occasion d'écrire un article sur une activité réunissant des femmes autochtones. Elle avait ce don de se mêler facilement aux groupes de gens qu'elle rencontrait. Elle ne portait jamais de jugement sur les conditions à remplir pour accomplir différents rituels, comme celle d'endosser un maillot de bain dans un climat hiémal. Elle n'avait pas idée encore de la chaleur qu'il ferait à l'intérieur de la hutte.

Steve regarda la hauteur du soleil à travers la cime des arbres. Il évalua qu'il était près de 10 heures. Il fit signe à tóta ma, qui comprit immédiatement. L'information coulée à Martin, donc à la police, était que la cérémonie commençait à 13 heures. Les femmes en avaient pour trois heures et voulaient à tout prix achever le cérémonial avant la confusion. Toutes les femmes avaient accepté cet inconvénient imposé, c'était le prix à payer pour débroussailler la voie vers des méthodes de guérison différentes, saines et sécuritaires. Personne n'en souffla mot à la journaliste.

— Les filles, c'est le moment, dit Lee-Ann en posant une main sur l'épaule de chacune.

Marie-Lumière et Tess se relevèrent, main dans la main. Les autres femmes s'approchèrent dans un silence empreint de sororité. Chacune d'elles se prosterna devant l'entrée de la hutte faisant face à l'est – pour le renouvellement, la renaissance, l'éveil, le feu. Elles devaient marcher à quatre pattes dans la hutte tant elle était basse. Chacune contourna la fosse jusqu'à ce qu'elles soient toutes placées en rond, tassées les unes contre les autres, dévêtues et assises sur leur serviette.

Lee-Ann leur souhaita la bienvenue avant de procéder à des chants et prières sacrés dans sa langue maternelle, en brassant des os attachés au bout d'un bâton de bois sculpté d'un totem. Elle s'arrêta et tapa deux fois des mains. Le battant de la porte, une peau de chevreuil, s'ouvrit. Une longue fourche apparut, soutenant une grosse pierre rouge feu. Lee-Ann l'accueillit en tapant des mains, disant d'une voix tendre et ferme à la fois: « Ta sagesse est la bienvenue, grand-mère. » Les femmes répétèrent cette phrase de gratitude. Steve laissa tomber la pierre dans la fosse. On fit de même pour les six autres pierres, après quoi Steve referma le battant de la porte. C'était le noir absolu. Seules les pierres rouges brillaient.

Lee-Ann prononça des incantations en frottant de l'herbe douce et de la sauge sur les pierres, ce qui créa des étincelles de couleur imitant de petites fées de lumière. Chaque femme put apercevoir, l'espace d'un instant, les traits, les yeux, les lèvres, le questionnement, la peur, le doute, l'angoisse sur le visage de l'une et de l'autre. Puis la noirceur retomba. Lee-Ann chanta, tantôt tapant du tambour, tantôt brassant ses os.

Chaque femme fut appelée à se libérer de ses pensées, de ses émotions, de ses doutes et de ses peurs en prononçant quelques mots, quelques phrases, tout un chapitre si elle le voulait. L'enceinte était sacrée, pure, les énergies étaient brûlées et transformées en lumière, la sagesse était absorbée par les pores, le cœur, les cellules ; le sceau du secret était sanctifié. Pour chaque direction, sept pierres torrides apparaissaient et s'accumulaient dans la fosse. La chaleur devint de plus en plus intense. Les femmes transpiraient abondamment, certaines avaient enlevé le haut de leur maillot, la sueur s'écoulant du bout de leurs seins comme d'un robinet. Certaines commencèrent à pleurer.

— Je ne peux plus respirer ! s'écria Marie-Lumière.

— Shh ! l'avertit Lee-Ann. Tu peux respirer. Regarde, je respire sans problème. Les filles, il faut se demander quelles émotions refont surface et pourquoi. La peur et l'angoisse se fixent sur les poumons. D'où vient cette peur ? Depuis quand est-elle là ? N'analysez pas. Respirez et suivez votre corps. Laissez ressurgir les images et les émotions.

Elle se tut pendant un moment avant d'entamer un autre chant. À la quatrième ronde, elle demanda aux femmes qui le voulaient de chanter. Quelques femmes se laissèrent aller. Il faisait terriblement chaud. Lee-Ann poussa le groupe jusqu'à l'épuisement.

La dernière à chanter fut Kateri, collée entre Tess et sa mère. Elle entonna *Aimons-nous,* d'Yvon Deschamps, car c'est ce qu'elle ressentait à cet instant, ces mots qui résonnaient les soirs de Noël chez elle, où toute la famille fredonnait ensemble. Elle souriait, un peu ivre de la sudation, de la puissante énergie qui se dégageait dans cet utérus. *L'amour c'est la gloire, la puissance et l'amitié...* Toutes les femmes chantèrent le dernier refrain avec elle, en le féminisant.

Je m'aime, tu t'aimes, elle s'aime
Nous nous aimons

Vous vous aimez
Elles s'aiment
S'aimeront

Les femmes se prirent bras dessus bras dessous, rirent et pleurèrent ensemble.

Soudain, on entendit des chiens japper. Puis des voix d'hommes. « Ils sont ici ! » cria un policier. Steve poussait les cendres du feu avec une longue tige de métal.

— Dépose ton arme !

— Quelle arme ?

— Celle dans tes mains !

— C'est un tisonnier.

— Dépose ton arme !

Steve obéit. Deux policiers et deux chiens arrivèrent à la porte de la hutte. Six autres agents armés, casqués et bardés d'assez de protection pour affronter douze mammouths encerclèrent le dôme de couvertures. Ils tirèrent si fort sur la peau de chevreuil qu'ils l'arrachèrent de la structure. Ils se penchèrent pour voir à l'intérieur.

— Sortez ! Mains en l'air !

Un groupe de femmes grelottantes dans la neige, certaines les seins nus, fit la première page du journal. « Agression injustifiée contre des femmes en territoire autochtone », titrait-elle. On en parla à la radio, à la télévision, dans les médias sociaux. Chaque fois que Marie-Lumière, Sofia et Lee-Ann étaient interviewées, elles en profitaient pour exposer les méthodes ancestrales employées chez les Premières Nations, tentant de corriger les étiquettes apposées par erreur, et par cupidité, depuis trop longtemps.

Martin aboutit à l'hôpital. Une crise d'angine le força au repos. Il avait perdu sa réputation, un tas de clients et sa santé. Il servit un ordre d'éviction à Marie-Lumière. Quoiqu'elle eût pu contester cette action, elle décida de partir sans protester. C'était le signe du renouveau, de la renaissance.

Tess et Marie-Lumière retrouvèrent la joie de leurs seize ans. Elles comprirent pourquoi, à l'époque, elles étaient devenues amies. La même essence était là. Comme un cristal qu'on avait déterré, lavé, poli et exposé à la lumière. C'était ça, la guérison.

— 24 —

Chanter et danser

« Il ne suffit pas de manger bio et de se chauffer au solaire. Il n'y aura pas de changement de société sans changement humain. Et pas de changement humain sans changement de chacun. J'espère que l'humanité comprendra enfin que la grande mutation sera celle de l'âme humaine. »

PIERRE RABHI

Des guirlandes lumineuses multicolores bordaient la grande fenêtre du salon chez les Hamel-Richard. Le reflet des petites ampoules luisait sur la neige devant la maison. Les rideaux n'étaient pas tirés ; ainsi, quiconque passait par là pouvait deviner qu'une célébration était en cours. Le 28 décembre 2019 avait été retenu pour célébrer la triple fête, plus significative que de coutume. À Noël et au jour de l'An s'ajoutait, cette année, l'anniversaire emblématique des vingt et un ans des jumeaux.

À l'intérieur, on avait dépoussiéré le panneau de bois pour allonger la table de la salle à manger. Un festin, aussi coloré que les guirlandes, était posé au centre de celle-ci. Un filet de caribou attrapé par Rick, le père de Steve, et cuisiné par Tess, sa mère ; une banique et des tartes aux pommes de tótama ; un impressionnant plateau de bouchées végétaliennes préparé par Sofia et décoré par Léa de fleurs, d'herbes et de bouts de carton rouge découpés en forme de cœur. La salade aux mangues, tomates, oignons rouges et basilic était une spécialité de Jack. La soupe aux courges et gingembre avec lait de coco de Louis couvait dans la soupière. Marie-Lumière avait fait les tourtières, deux à la perdrix et au lapin, et deux végétaliennes faites d'un mélange de noix, de fèves rouges et de pois chiches, le tout accompagné d'un mets aux champignons marinés ainsi que divers plats de légumes.

Pour les desserts, Mary avait préparé la douzaine de grands-pères bien grassouillets qui baignaient dans un litre de sirop d'érable. Le généreux pouding aux baies portait encore les traces de folie des jumeaux qui l'avaient confectionné, quelques empreintes de doigts de leur jeu de tic-tac-toe bien ancrées dans la pâte, une activité qui avait escaladé en une bataille de farine. Louis avait retenu Marie-Lumière dans le couloir lorsqu'elle avait accouru en entendant les cris dans la cuisine. « Laisse-les faire. C'est juste de la farine, avait-il dit. Combien coûte une heure de thérapie ? Là, c'est trois piastres et demie pour un moment de bonheur qui leur sera tatoué sur le cœur pour la vie. »

Marie-Lumière s'aperçut que les choix qu'elle faisait dans son quotidien se retrouvaient dans les petits moments comme ceux-là. En un instant, la réalité changea. D'une émotion de frustration, et même de colère, à voir sa cuisine salie jusque dans les fentes des armoires, elle passa plutôt à un sentiment de reconnaissance en constatant le bonheur sur le visage de ses enfants, la joie dans leur voix, l'amour inconditionnel exprimé dans ces ébats. Elle n'eut même pas à dire un mot après le spectacle impromptu. Mika et Kat lavèrent chaque recoin, absorbés dans une conversation au sujet de l'impact du pouvoir, comparant Donald Trump et Narendra Modi, d'Inde, à Sanna Marin, trente-quatre ans, qui venait tout juste d'être élue première ministre de la Finlande, la plus jeune du monde d'ailleurs, et à Jacinda Ardern, première ministre de la Nouvelle-Zélande. Ces deux derniers pays avaient retrouvé la voie de l'avenir, estimaient-ils. Le fossé intergénérationnel entre la jeunesse et les vieux au pouvoir, disait Mika, faisait que les jeunes se sentaient négligés et incompris. Louis avait serré sa femme dans ses bras. « Lâche prise », lui avait-il soufflé dans un vent de tendresse à l'oreille.

Lee-Ann, installée dans le fauteuil face au foyer, tenait la main de Mary dans la sienne. Il était rare que la vieille sage sorte de chez elle. Les deux grands-mères avaient devisé de tout et de rien avant que Lee-Ann plonge au cœur de leur culture et tente de raviver des souvenirs d'enfance chez Mary, des odeurs, des sons, des rituels. Elles s'aperçurent qu'elles étaient nées la même année, en 1940, et qu'elles aimaient la poésie. Mary lui récita le poème *Béatrice* d'Émile Nelligan, et Lee-Ann, celui d'Emily Pauline Johnson, *Les Fleurs du feu.* La poétesse Pauline Johnson, qui avait vécu de 1861 à 1913, était la fille d'un chef mohawk et d'une mère anglaise, raconta tóta ma.

— Elle était même parmi les cinq finalistes des femmes choisies pour figurer sur nos billets de banque !

Mary rougit de honte face à son ignorance.

Et juste là où ont fusé les feux de forêts
Scarifiant sans pitié les terres fraîches du Nord

Une exquise fleur sauvage dresse sa tête violette
Et, comme un doux esprit par le chagrin nourri
Elle masque les plaies avec ses phalangettes

Et juste dans le cœur qui connaît les brûlures
Des feux dévastateurs, de l'humaine tristesse
Parvient une intuition réparatrice et douce
De la beauté amie, même si elle ne dure
Et la vie recommence et fleurit désormais

Lee-Ann avait récité la dernière strophe d'une voix si solennelle que tout le monde s'arrêta de parler pour l'écouter.

— Oui, la vie recommence et fleurit, assura-t-elle avec un grand sourire.

Elle profita du moment de silence pour faire signe à Steve.

— Il serait temps, lui dit-elle.

Avant de faire bonne chère, elle voulait que tous se réunissent en cercle autour du feu. Steve alluma quelques bougies et un bâton de sauge blanche avec lequel il enveloppa chacun de sa fumée en les dirigeant vers la matriarche. Il prit ensuite son tambour et s'assit au pied de sa tóta ma. Lee-Ann entonna un chant iroquois remerciant la Terre Mère de ses éléments, ses êtres rampants, nageants, marchants et volants, ses ancêtres et ses descendants, le soleil, la lune, les étoiles et la Grande Source. Tout le monde entonna le refrain. *Merci.*

Nia wen
Nia wen
Nia wen
Nia wen ko

Lee-Ann s'arrêta, ajusta les longs cordons perlés de son bandeau dans lequel étaient insérées deux plumes d'aigle. Elle tenait un sac de cuir brodé de perles colorées sur ses genoux.

— Vous savez, dit-elle en préambule, l'énergie va où est dirigée l'intention. L'intention est le germe de la pensée ; la pensée donne naissance au geste ; nos gestes créent notre réalité. Donc, notre réalité est créée par nos intentions.

Elle sortit de son sac des crayons de bois et des petits blocs de papier qu'elle distribua à chacun.

— Pour laisser libre cours aux bonnes intentions avant que cette soirée ne prenne son envolée, je vous demande d'écrire sur ces bouts de papier tout ce qui vous tracasse, aujourd'hui et dans la vie ; un tracas, un papier. Faites la liste. Par exemple, *travail à remettre à l'école* ou *conflit avec telle personne* ou *peur de la solitude* ou *crainte face à un projet.* Tout ! Je vous donne dix minutes.

Lee-Ann remplit aussi ses papiers. Elle prit ensuite une enveloppe et demanda à tous d'y mettre leurs tracas. Elle la referma, la leva au-dessus de sa tête et prononça des mots de gratitude et de paix.

— Que cette énergie soit transformée en compost pour notre Terre Mère, car c'est ce qu'elle fait. Elle absorbe les énergies que nous lui offrons. Ce soir, nous vivons sans tracas. Ce soir, nous célébrons Mikaël et Kateri. Ce soir, nous célébrons l'amour qui nous unit.

Elle tendit l'enveloppe à Marie-Lumière.

— De grâce, prends cette enveloppe et offre-la à l'esprit du feu.

Marie-Lumière se leva et déposa l'enveloppe sur les bûches, au milieu des flammes. Un moment de silence s'abattit sans effort dans la maisonnée. Puis, comme un éclair dans le ciel bleu, Lee-Ann ulula du fond de la gorge, ce qui fit sursauter Mary assise à côté d'elle. Le franc sourire de tóta ma fit disparaître ses yeux. Les décibels reprirent, aussi rapidement que si on avait allumé la lumière. Steve se leva et offrit un bras à sa grand-mère et l'autre à celle des jumeaux pour se rendre à la table.

Des mains et des plats se croisèrent au-dessus de la table dans un ballet aérien pendant un moment, le temps que les régals soient partagés dans l'assiette de tout un chacun. Les convives se frappaient les coudes en rigolant. Louis était maître à ouvrir le cœur des jeunes, prenant souvent leur parti, moquant l'arrogance des adultes qui croient tout savoir, qui crachent sur leur fraîche naïveté au lieu de l'intégrer à leur sagesse.

— On s'obstine à chercher comment vivre plus vieux quand, en fait, il faudrait découvrir comment rester jeune, dit le scientifique philosophique. Tout est dans l'intention.

La conversation porta alors sur le concept d'intention qu'avait d'abord évoqué Lee-Ann.

— Ce n'est pas qu'un concept philosophique ou spirituel, dit Louis. La science quantique l'a aussi prouvé. Diverses études ont même démontré que l'énergie d'un objet varie selon qui le regarde. Donc, l'intention, c'est de l'énergie. Nous savons aussi que tout être vivant, pas juste humain, est connecté à un immense réseau énergétique. Ainsi, la réalité dans laquelle nous vivons, continua-t-il en étendant le bras vers la grande fenêtre du salon, est le reflet de ces ondes d'information que chacun et chacune envoie dans cette toile.

— Quand un enfant naît, ajouta Lee-Ann, il influence la toile énergétique qui relie tous les êtres de la planète, si minime soit cette influence.

— Exactement, confirma Louis. Comme tout est énergie, il suffit de jumeler sa fréquence à la réalité qu'on désire.

— Si tu désires la paix dans la vie, il faut que tu émanes la paix, poursuivit Mika. Il faut être ce qu'on veut vivre. Si tu passes ton temps à critiquer les gens, ta réalité en sera une où les gens te critiquent.

— Personne ne comprend vraiment encore la vastitude de cette science de l'énergie, avoua Louis, je dirais même « omniscience » puisqu'elle est à la base de tout.

— Ouais, acquiesça Sofia, on préfère nier l'existence de l'invisible que de reconnaître qu'on n'a pas les outils pour mesurer son contenu possible. En général, pour les scientifiques, pas de preuves veut dire inexistant.

— Et quand on ne comprend pas, on juge, intervint Rick, habituellement très silencieux. Aussitôt qu'on juge, on se croit au-dessus de l'autre. On croit qu'on a raison, que sa vérité est la seule valable.

— Alors que ma profession est bâtie sur le jugement ! nota Jack. Il faut quand même avoir une base pour distinguer le bien du mal, non ?

— Si c'était aussi simple ! nuança Tess. C'est bien beau, vos grands concepts, mais dans une cour de justice, ça ne tient pas la route. Dans notre cas, Rick avait tenté de sauver *ma* vie, dit-elle en mettant la main sur son cœur. Qui l'aurait cru ?

Tess s'arrêta, tentant de refouler un sanglot dans sa gorge. Elle fixa Steve, son seul enfant. C'était un choix.

— Mon fils, si ce n'avait pas été de ta persévérance, je porterais encore ce poids sur les épaules et dans mon cœur. Tu sais, tu n'existerais pas si Marie-Lumière n'avait pas décidé de sauver ce policier. Marie-Lumière a fait son devoir d'être humain, qui est d'aider quelqu'un dans le besoin. Elle ne l'a pas jugé, et c'est ça que j'avais mal saisi. Que cet homme souffre ou non de cet événement, ce n'est pas ma responsabilité de porter le poids de son indifférence ou de sa souffrance. Je croyais que me réfugier dans la souffrance et le malheur le punissait d'une façon quelconque, alors que c'est moi qui m'infligeais le mal. Ç'a été un long cheminement avant que je comprenne tout ça.

Elle s'adressa à Marie-Lumière.

— Merci, chère amie, d'être revenue dans ma vie.

On leva un verre à cette réunion d'amies d'adolescence. Avant que les gens ne prennent une autre bouchée, Marie-Lumière proposa un toast à sa mère, Mary, aussi revenue dans sa vie. Cela fit rougir la vieille dame, visiblement émue par cette attention.

— Parlant de reconnaissance, enchaîna Jack, je voudrais offrir la mienne à Marie-Lumière. Ne serait-ce que pour la transformation de ma sœur, je t'en suis éternellement reconnaissant. Mais il y a beaucoup plus.

Il se tourna vers Sofia.

— Je souhaite exprimer ma gratitude pour cette magnifique dame à côté de moi, déclara-t-il en glissant sa main dans la sienne. Zaza m'avait dit que je prendrais une décision qui changerait ma vie. Ce changement, je le sais, c'est toi, Sofia.

— Ouais, mais elle ne m'avait pas dit que la mienne changerait aussi !

La tablée s'esclaffa. Louis en profita pour lever un verre aux jumeaux.

— Après tout, cette soirée vous est dédiée, Mikaël et Kateri. Nous sommes réunis ce soir pour célébrer vos vingt et un ans, mais je m'aperçois que c'est beaucoup plus que ça.

Il regarda Marie-Lumière tout en continuant de s'adresser aux jumeaux.

— Mika et Kat, cette femme a tout donné pour élever cette famille. C'est elle qui savait distinguer vos pleurs lorsque vous étiez bébés, pas moi. C'est elle qui fermait son bureau lorsque vous aviez une urgence, pas moi. C'est elle qui pouvait deviner l'état de votre cœur même par votre visage impassible, pas moi. C'est elle qui préparait le sac à couches, vos sorties, vos vacances dans les camps d'été, cousant votre nom sur chaque vêtement, pas moi. Si vous êtes arrivés ici à vingt et un ans, affirma Louis en se tournant vers ses enfants, en vie et en santé, c'est grâce à cette femme, à mes côtés.

Il prit la main de son épouse.

— Votre maman, je crois, voit enfin sa beauté. Il n'y avait personne qui pouvait la convaincre. Chercher l'approbation et l'estime de soi chez autrui est un puits sans fond. Il faut le ressentir soi-même, dans son cœur. Pour vos vingt et un ans, Mikaël et Kateri, maintenant légalement majeurs partout au monde, dit-il avec un grand sourire, je vous souhaite la sagesse dans vos décisions et dans votre nouvelle liberté. Merci de m'avoir enseigné à être père. C'est une très grande leçon de vie qui n'a pas de fin.

Il revint vers Marie-Lumière.

— Merci de les avoir amenés jusqu'ici.

Tout le monde applaudit les jumeaux et Marie-Lumière.

— Merci, dit Kat, en regardant son père.

Elle parla pendant plusieurs minutes du cheminement qu'elle avait accompli, du rôle que ses parents avaient joué dans celui-ci.

— Je n'ai que vingt et un ans et j'ai peur pour notre avenir. Si tout est intention, alors je porterai celle de l'amour et de la compassion dans mon cœur. Je porte l'énergie de la Terre Mère, des arbres, des plantes, de leurs fruits et de leurs racines. Je porte l'espoir d'un Nouveau Monde basé sur l'être et non l'avoir, sur le cœur et non la tête.

Kateri observa Steve.

— Et je porte Steve dans mon cœur, déclara-t-elle sans retenue. *Konnorónhkwa*, ajouta-t-elle en mohawk. Je t'aime.

Steve ne put cacher le rougissement de son visage. Il prit ses longs cheveux et les repoussa sur son dos.

— Moi aussi, ma belle Kat. Et tu as raison au sujet de notre Terre Mère. Vous savez, la plupart du temps, on roule les yeux et on soupire lorsque je parle de mes passions. Les gens me demandent ce que je fais dans la vie, si j'ai un diplôme quelconque ; ils sont toujours surpris quand je dis que j'étudie dans la forêt, que c'est elle qui m'enseigne. Elle et tóta ma, précisa-t-il avec un sourire empreint d'amour et en l'enveloppant de son regard chaleureux. Ce que j'apprends ne s'enseigne pas dans nos établissements. En fait, c'est même boudé par la société. Et pourtant !

Il regarda dans son assiette.

— Notre Terre Mère n'a pas de frontières. Son eau et son air sont partout sur la planète, nécessaires à tous pour survivre. Sa terre, divisée en territoires privés permettant à chacun de déverser des poisons dedans, au nom de la productivité et de l'économie, s'épuise; elle se fragilise, se fractionne, éclate. Alors qu'on s'obstine à vouloir dresser des murs, il faut comprendre que c'est exactement le contraire qu'il faut créer: un monde uni sans frontières. La seule frontière qu'il faut ériger est celle entre nos besoins et nos désirs. Nos désirs sont en train de tuer les écosystèmes entiers. Nous croyons que tout ce qui existe est au service de l'être humain. Par exemple, notre humanocentrisme fait qu'on s'achète des bidules – alors que quatre-vingt-dix pour cent de nos achats ne servent plus après six mois –, sans se demander d'où ça vient ni comment c'est arrivé là. Le dommage est donc déjà fait à notre Terre nourrice. La planète est notre capital. Y a-t-il un banquier au monde qui grugerait ainsi dans son capital pour vivre?

Ses yeux firent le tour de la table.

— Le dénominateur commun de la vie ne devrait pas être les indices boursiers, mais ceux de l'état des éléments de la planète; l'état de l'air, de l'eau et du sol.

Tess déposa sa tête sur l'épaule de Rick, cachant ses larmes, émue par les paroles de son fils. Rick serra sa main. Steve se tourna vers Kateri.

— Je sens que j'ai trouvé une bonne compagne de route en toi, Kateri. Merci, Marie-Lumière et Louis, de m'accepter dans votre famille.

Il s'adressa à Mika à côté de lui.

— Je te promets que je prendrai soin de ta sœur, mon frère.

Les deux se donnèrent une accolade. Lee-Ann crut que c'était le bon moment d'offrir les pochettes de cuir qu'elle avait fabriquées pour les jumeaux. Chaque pochette contenait des objets communs – une graine de maïs, un brin d'herbe douce, une feuille de sauge, une pierre, un petit bison sculpté dans le bois – et d'autres uniques à Mika et à Kat : une ciselure d'ours pour Mika et une de biche pour Kat.

— L'ours représente la force et la sagesse, expliqua tóta ma. Il symbolise aussi la protection dont tu auras besoin pour faire ton voyage. Et pour toi, Kat, la biche exprime la douceur, envers les autres, mais aussi envers toi-même. Elle nous enseigne la vision au-delà du matériel et du superficiel de la vie. Elle nous apprend à voir avec le cœur.

— Et le bison ? demandèrent Mika et Kat en chœur, surpris de l'unisson.

— Le bison évoque le sens sacré de tout cheminement terrestre, quel qu'il soit. Il nous rappelle l'humilité et la gratitude dont il faut faire preuve pour les expériences qui nous sont offertes en cours de route.

Mika sembla fort ému soudainement, réalisant qu'il partait en voyage dans quelques jours et qu'il laissait derrière lui l'énergie réconfortante de cette famille élargie. Il se racla la gorge tout en admirant le sac de cuir attaché au bout d'un long lacet, dans ses mains.

— Toi, mon petit, tu viens faire le tour du monde avec moi, dit Mika en parlant à la pochette. Tóta ma a inséré de la belle énergie dans ton bedon pour moi. Je suis certain qu'on s'entendra très bien, fit-il en caressant le sac de cuir avec son index. Peut-être même que ton énergie me permettra de surmonter des difficultés que je rencontrerai. Je ne sais pas, moi, ce que ce sera de vivre dans la pauvreté, sous des toiles de tôle qui attirent des foudres de la vie, la soif, la faim, la maladie, le désespoir aussi sûrement. Alors je souhaite que tu m'aides à trouver la force de persévérer à travers l'injustice dans laquelle je nagerai. Il y a vingt-cinq mille personnes par jour qui meurent de faim. En quinze heures, il n'y aurait plus de Mohawks au Québec, tu imagines ? Alors que manger est le droit le plus fondamental de tout être humain. Je ne dis pas s'ils mouraient parce qu'il n'y avait pas assez de ressources sur la terre, mais ce n'est pas du tout le cas ! Elles existent, en abondance même, dans quelques poches ici et là, des poches en velours rouge, brodées de fil d'or. Si les gens meurent de faim encore aujourd'hui, alors qu'on peut quasiment aller passer une fin de semaine sur la Lune, c'est parce que la société a permis l'accumulation sans raison de richesses, contrôlées par quelques pochettes de velours rouge, brodées de fil d'or. Ah ! T'inquiète pas, ma petite pochette de cuir ! Ils ne sont pas plus heureux, nichés dans leur fortune. Leur for intérieur les suit partout, malgré les couches de vernis, aussi dorées soient-elles. Tu sais, toi et moi, on s'en va apprendre avec les meilleurs comptables de la planète. À qui ferais-tu confiance pour gérer ton argent ? À un homme instruit, riche et endetté ? Ou à une femme monoparentale gagnant deux dollars par jour, mais qui réussit à vivre et à nourrir ses trois enfants ? Je souhaite, petite pochette de trésors, que tu m'apportes la sagesse dans mes décisions pour que jamais elles ne blessent autrui. Je souhaite bien sûr la santé, puis ça, c'est aussi un gros souhait pour maman.

Mika leva les yeux quelques secondes vers sa mère.

— Tu sais, maman, elle est médecin et tout... « Quand la santé va, tout va », c'est un peu son mantra, affirma-t-il avec un air moqueur. Je souhaite transformer mon corps et mon cœur en éponges pour absorber le pouls du monde, le comprendre et trouver les ponts pour unir toutes ces différences.

Il s'interrompit.

— Ah ! Attendez ! lança-t-il en approchant la pochette de son oreille.

Il hocha la tête quelques fois et sourit.

— Elle me dit que c'est tout ce qu'on a à faire : se changer soi-même. Guérir ses blessures. Le reste, c'est du bonbon.

Il s'esclaffa, ce qui entraîna toute la tablée dans un fou rire profond. On lui souhaita bonne chance dans son périple.

— L'important, intervint Marie-Lumière plus sérieusement, et c'est ce que j'ai compris dans cette dernière année, c'est qu'il ne faut pas être esclave de ses traumatismes. Pendant trop longtemps, tout ce que j'arrivais à faire, c'était de me cacher dans un coin ; rejeter l'aide de mes proches, surtout si leurs questions me bousculaient. Je ne cherchais qu'à me réfugier dans ma douleur, mes peurs et ma colère. Et bien sûr, je montrais du doigt les autres pour continuer de me poser en victime. C'était la seule façon de me consoler. Je voulais crier que j'avais eu mal trop souvent pour avancer, que ma douleur m'empêchait de briser les barreaux de ma cage. Au fond de moi, je savais que faire face à mes maux exigerait une prise de conscience et de responsabilité pour assurer ma propre guérison. J'ai fonctionné ainsi jusqu'au jour où je me suis demandé si tout cela valait vraiment ma détresse. J'ai réalisé que je devais cesser de remettre dans les mains des autres ce que moi seule pouvais accomplir. J'avais peur d'affronter mes démons, parce que j'étais consciente que je devais les laisser aller. Laisser aller veut dire renaître. La renaissance implique la recherche de qui nous sommes réellement. Changer, c'est plonger dans l'inconnu. Et ça, ça demande de la confiance. En fait, il s'agit de se souvenir de qui nous sommes vraiment sous toutes ces couches d'expériences et d'émotions accumulées.

Marie-Lumière prit une gorgée d'eau avant de continuer.

— Il est impossible de retourner en arrière, après un tel éveil. Je sens cette nouvelle énergie sous ma peau, voyageant dans mes veines pour remplir chaque cellule de mes organes, de mon corps. Je n'ai plus peur de voir, de regarder, de chercher ailleurs, surtout en moi. Je peux maintenant entendre cette petite voix intérieure, cette voix qui a pourtant toujours été là, mais que j'ai trop longtemps ignorée, alors que c'est elle qui offre l'autre choix, celui de la beauté, de la liberté. La liberté, c'est de pouvoir sauter à pieds joints dans sa vie afin de briser les chaînes du passé, ces liens énergétiques, sans jugement, sans vengeance, sans regret. Je veux être présente dans ma vie et cesser d'être une spectatrice ou une victime. Je suis responsable de mes choix. Ce pouvoir nous appartient, celui d'écouter la partie de nous-mêmes qui refuse de souffrir, celui de laisser aller l'ego qui veut toujours punir.

Marie-Lumière se redressa sur sa chaise en repoussant son assiette.

— Moi, il m'a fallu l'aide d'une plante médicinale pour me libérer, pour me guérir. Je comprends maintenant Lee-Ann, qui m'avait dit que j'aurais un pont à construire entre les différentes médecines du monde. Il fallait que je le traverse moi-même pour en comprendre l'essence.

Elle regarda la vieille sage.

— Elle ne m'avait pas parlé des obstacles qui parsèmeraient le chemin, par contre ! ajouta-t-elle avec un grand soupir. Je dois me rétablir quelque part, rouvrir une clinique. Il me semble que tout est à faire. Et nous avons tellement de demandes pour un autre Nixi Pae… Je vous annonce d'ailleurs que j'ai eu hier la confirmation que Kana et Zaza reviendront à Pâques pour faire non seulement un, mais deux Nixi Pae ! Ça veut dire quarante personnes à recruter.

— Ah, génial ! s'exclama Léa. J'ai une amie et son père qui veulent faire une cérémonie.

— Super ! dit Kat. J'ai au moins quatre amis qui veulent participer.

— Rick et moi aimerions aussi nous joindre à vous, dit Tess. C'est certain que ça se passera ?

— Bien sûr que oui. Seule une pandémie mondiale pourrait l'annuler ! assura Marie-Lumière.

Elle se tourna et prit la main de son mari dans la sienne.

— C'est la raison pour laquelle Louis et moi prenons six semaines de vacances. Tant de choses se sont passées et nous devons aller décanter tout ça. Ce sera de vraies vacances, car nous serons dans un chalet sans électricité sur le bord d'un petit lac dans la forêt. Et tout ce qu'on apportera sera papier, stylos et livres. J'ai une histoire à écrire, affirma-t-elle, pensive. La route est parsemée d'embûches. Mais je sais dans le fond de mon cœur que c'est celle que je dois emprunter.

Marie-Lumière avait les larmes aux yeux. Elle regarda son fils.

— Mika, je sais que mon rôle était aussi de vous donner des ailes pour voler, mais je ne savais pas que tu volerais si loin. Sois prudent, mon fils, et reviens-nous avec la sagesse du monde.

Avant de tomber dans l'émotion larmoyante, elle décida qu'il était temps de passer au salon.

— Il y a assez de desserts pour faire engraisser le pays, alors gavez-vous !

L'atmosphère devint soudainement légère comme une montgolfière emportant toute la maisonnée dans une titillation de bien-être. On s'embrassait en débarrassant la table, se chatouillait en remplissant son bol de dessert, s'arrosait de crème fouettée, pas trop quand même, un peu sur le front, les joues et le nez. Un feu d'artifice de rires explosa.

Le feu fut ravivé, les lumières adoucies, des bougies et bâtons d'encens allumés. Mika sortit sa guitare, Steve attrapa sa flûte. Léa et Kat les accompagnèrent en chantant, en tapant du tambour et en dansant. Les plus vieux admirèrent les jeunes et se laissèrent bercer par leur musique. *Pourvu qu'ils ne cessent jamais de chanter et de danser,* pensa Marie-Lumière.

Dehors, un homme dans une grosse BMW auscultait les gens heureux par la fenêtre du salon. Les mains gantées de cuir crispées sur le volant, il rageait, submergé par une mer d'idées de vengeance et de jalousie. *Je n'en ai pas fini avec toi, Marie-Jeanne Richard…*

Remerciements

J'avais écrit cent vingt pages d'un roman lorsque mon amie et collègue Josée Blanchette est venue faire un tour en Afrique du Sud, en mars 2020. Nous avons parlé de l'histoire que j'écrivais. Les gros romans de cinq cents pages se lisent beaucoup moins qu'avant. J'ai jeté ces pages à la poubelle et j'ai recommencé. Merci, Josée, pour ta franchise. C'est ça, l'amitié, pouvoir dire la vérité avec amour.

L'amitié, je l'ai aussi trouvée à Kanehsatake. Merci à tous mes amis mohawks, particulièrement à Walter David, à Lise T. David, à leur fils Mike David, et à Goo, qui m'ont accueillie comme une des leurs, qui ont répondu à mes questions au sujet de leur peuple et culture. J'ai découvert votre douleur et votre histoire, et à travers elles un peuple passionné, lumineux et plein de compassion, déterminé à protéger notre Mère nourrice,

Gaïa. Pardonnez-leur, car ils ne savent pas ce qu'ils font…

Merci à tous ces gens à qui j'ai emprunté les témoignages des chapitres 18 et 19. J'ai changé les noms, le sexe parfois, l'origine aussi, mêlé certaines histoires, mais vous reconnaîtrez vos expériences de guérison qui sont importantes à partager avec les autres, ne serait-ce que pour démontrer le pouvoir du possible. Dans ce contexte, Nelson Mandela n'avait pas idée de la véracité de ses propos lorsqu'il a dit que « cela semble impossible jusqu'à ce que ce soit fait ».

Merci à Soozi van der Linde, sangoma sud-africaine, guide et amie. Une fois, j'étais partie de chez moi dans les montagnes du Drakensberg, mais j'ai rebroussé chemin cinq cents mètres plus loin, ayant cette image en tête qu'il me fallait absolument des gants de caoutchouc, comme ceux qu'on garde sous l'évier de la cuisine. Je n'avais aucune idée pourquoi. Je suis revenue à la maison les prendre. Quand je suis arrivée chez Soozi, elle m'a demandé si j'avais eu son message. « Mais il n'y a pas de signal, ici, Soozi. » Elle m'a dit : « Non ! Je ne l'ai pas envoyé par cellulaire. » Elle a tapoté sa tempe avec son index. « J'avais besoin d'une paire de gants en caoutchouc. » La vie n'est pas banale avec Soozi.

Merci à !Gubi, né en 1929, un San et un sanusi qui m'a enseigné de grandes leçons de vie. Il ne va pas bien, !Gubi. Il crache beaucoup de mucus. Il peine un peu à respirer. Je crois qu'il se prépare à changer de dimension. Tes leçons de vie, !Gubi, résonneront dans tous les cœurs que tu auras touchés. Et au-delà.

Merci aux Marakames, les chamans huichols, et aux pajés hunis kuins avec qui j'ai travaillé, particulièrement à Byron Maclean, chaman sud-africain qui a étudié dix ans avec les Huni Kuin, et qui m'a grandement aidée et guidée dans mon cheminement spirituel.

Merci à tous les autres maîtres et guides qui ont aussi contribué à accroître ma richesse spirituelle, particulièrement Ovide Mercredi de la nation crie ; Dominique (T8aminik) Rankin de la nation algonquine et sa conjointe, une magnifique kukum, Marie-Josée Tardif ; Sammye Harvey, une kukum chippewa de la nation ojibwée ; Rutendo Ngara, sangoma zimbabwéenne ; Natalie Leeming, sangoma sud-africaine ; Kevin Bloom, journaliste, écrivain et sangoma sud-africain ; et Kate Spreckley, guide spirituelle sud-africaine.

Merci à mon comité de lecture, ma fille Shanti Naidoo-Pagé, ma mère Louise Grondin, mes amies Sophie Ekande, Martine Boisjoly, Esmeralda De Rethy et Louise Poudrier, qui m'ont guidée avec leurs critiques et conseils.

Merci à mes fils, Kami et Léandre, et à ma fille, Shanti, qui m'ont poussée et soutenue, aidée et conseillée, cajolée et aimée tout le long de mon cheminement de guérison.

Merci à Johanne Guay. Ah, Johanne ! C'est notre dernier livre ensemble puisque tu prends ta retraite. J'ai écrit sept livres avec toi. Je me souviens de mon premier roman, *Eva.* Tu m'avais guidée de l'écriture journalistique à celle du roman. Quel cheminement ! C'est toi, ma gourou. Sept fois mille mercis. Mais nos routes continuent, je le sais, entrelacées dans la spirale du temps.

Merci aux femmes des Premières Nations, celles qui restent sur la ligne de front, debout, solides, toujours déterminées et pleines de compassion. Si nous respirons encore aujourd'hui, c'est grâce à vous. Si nous avons encore des lacs et des rivières limpides, c'est grâce à vous. Si nous avons encore de la terre riche et saine, c'est grâce à vous. Quiconque attaque une tóta ma ou une kukum attaque sa propre humanité. Mon plus grand souhait est qu'on ouvre notre troisième œil, car les deux autres sont aveugles ; et qu'on se range derrière vous, avec confiance et humilité. Montrez-nous comment communiquer avec Gaïa. Montrez-nous comment vivre en équilibre avec notre Terre Mère.

Merci à mon mari de trois décennies, Jay Naidoo, avec qui je poursuis ce cheminement, main dans la main, âmes unies pour l'éternité. D'ailleurs, il m'a écrit un message quelques jours avant que je ne le voie, après cinq mois de séparation forcée.

Juillet 2020

Ma chérie,

Déjà cinq mois que nous nous sommes vus ! C'est notre record en trente ans de mariage. Tu me manques tellement. Le confinement mondial provoqué par la pandémie de la COVID-19 a changé le monde à jamais. Tu en as profité pour écrire un livre sur la spiritualité et la guérison par le savoir indigène. Moi, j'ai passé ce temps dans l'ashram Isha, avec Sadhguru, dans le sud de l'Inde, la terre de mes ancêtres, dans un profond voyage intérieur pour comprendre qui je suis et pourquoi je suis ici.

J'ai profité de la sagesse indigène et des pratiques spirituelles que les voyants, les yogis et les êtres illuminés ont mises au point il y a des milliers d'années. La science commence seulement à comprendre et à corroborer les résultats qu'apportent ces techniques et pratiques. C'est la clé pour naviguer dans un monde de plus en plus incertain et instable. L'ayahuasca nous en a donné un aperçu. Il a montré à quel point notre compréhension de nous-mêmes et des différentes dimensions qui constituent la vie ici est limitée. C'était un portail.

Notre tâche la plus urgente est d'élever la conscience de l'humanité avant qu'il ne soit trop tard. La première étape est l'obligation spirituelle de se guérir. Puis de comprendre notre interconnexion avec la Terre Mère. C'est ainsi que le monde changera.

Ton livre apportera une contribution précieuse à cette conversation. Marcher sur ce chemin avec toi est ma plus grande joie.

Ton mari

Restez à l'affût des titres à paraître chez Libre Expression en suivant Groupe Librex : facebook.com/groupelibrex

libreexpression.com

Cet ouvrage a été composé en ITC New Baskerville 11,5/14
et achevé d'imprimer en janvier 2021 sur les presses
de Marquis imprimeur, Québec, Canada.

100% PCF BIOGAZ ÉNERGIE PERMANENT

Imprimé sur du papier 100% postconsommation,
fabriqué avec un procédé sans chlore et à partir d'énergie biogaz.